A APOSTA FINAL
JOGOS DE HERANÇA 3

A APOSTA FINAL

ENIGMAS INTERMINÁVEIS

SEGREDOS E MAIS SEGREDOS

QUEM GANHAR LEVA TUDO

A APOSTA FINAL

JOGOS DE HERANÇA 3

JENNIFER LYNN BARNES

Tradução
Isadora Sinay

Copyright © 2022 by Jennifer Lynn Barnes
Copyright da tradução © 2022 by Editora Globo S.A.

Os direitos morais do autor foram garantidos.

Todos os direitos reservados. Nenhuma parte desta edição pode ser utilizada ou reproduzida — em qualquer meio ou forma, seja mecânico ou eletrônico, fotocópia, gravação etc. — nem apropriada ou estocada em sistema de banco de dados sem a expressa autorização da editora.

Título original: *The Final Gambit*

Editora responsável **Paula Drummond**
Editora assistente **Agatha Machado**
Assistentes editoriais **Giselle Brito e Mariana Gonçalves**
Preparação de texto **Sofia Soter**
Diagramação **Ilustrarte Design**
Projeto gráfico original **Laboratório Secreto**
Revisão **Isabel Rodrigues e Luiza Miceli**
Ilustração de capa **Katt Phatt**
Design de capa original **Karina Granda**
Capa © 2022 **Hachette Book Group, Inc.**

Texto fixado conforme as regras do Acordo Ortográfico da Língua Portuguesa (Decreto Legislativo nº 54, de 1995)

CIP-BRASIL. CATALOGAÇÃO NA PUBLICAÇÃO
SINDICATO NACIONAL DOS EDITORES DE LIVROS, RJ

B241a
  Barnes, Jennifer Lynn
    A aposta final / Jennifer Lynn Barnes ; tradução Isadora Sinay. - 1. ed. - Rio de Janeiro : Globo Alt, 2022.

                    (Jogos de herança ; 3)

    Tradução de: The final gambit
    Sequência de: O herdeiro perdido
    ISBN 978-65-88131-65-7

    1. Romance americano. I. Sinay, Isadora. II. Título. III. Série.

22-79769   CDD: 813
                                CDU: 82-31(73)

Meri Gleice Rodrigues de Souza - Bibliotecária - CRB-7/6439

1ª edição, 2022 — 9ª reimpressão, 2024

Direitos de edição em língua portuguesa para o Brasil
adquiridos por Editora Globo S.A.
R. Marquês de Pombal, 25
20.230-240 – Rio de Janeiro – RJ – Brasil
www.globolivros.com.br

Para William

Capítulo 1

— **Precisamos falar do** seu aniversário de dezoito anos.

As palavras de Alisa ecoaram pela maior das cinco bibliotecas da Casa Hawthorne. Estantes que iam do chão ao teto ocupavam dois andares, nos envolvendo em volumes de capa dura e encadernação de couro, muitos inestimáveis, cada um deles uma lembrança do homem que havia construído aquela sala.

Aquela casa.

Aquela dinastia.

Quase imaginei o fantasma de Tobias Hawthorne me observando quando me ajoelhei e passei a mão pelo chão de mogno, buscando irregularidades nos vincos.

Como não encontrei nenhuma, me levantei e respondi à declaração de Alisa.

— Precisamos? Precisamos *mesmo*?

— Legalmente? — A formidável Alisa Ortega arqueou uma sobrancelha para mim. — Precisamos. Você pode já ter sido emancipada, mas, nos termos da sua herança...

— Nada muda quando eu fizer dezoito — falei, examinando a sala em busca do meu próximo passo. — Eu não vou herdar até ter morado na Casa Hawthorne por um ano.

Eu conhecia minha advogada bem o suficiente para saber que era *daquilo* que ela realmente queria falar. Meu aniversário era em dezoito de outubro. Eu alcançaria a marca de um ano na primeira semana de novembro e instantaneamente me tornaria a adolescente mais rica do planeta. Até lá eu tinha outras preocupações.

Uma aposta para ganhar. Um Hawthorne para vencer.

— Seja como for... — Alisa era tão fácil de deter quanto um trem em alta velocidade. — Com seu aniversário chegando, devemos discutir algumas coisas.

Bufei, rindo.

— Quarenta e seis bilhões de coisas?

Alisa me olhou, exasperada, e eu me concentrei na missão. A Casa Hawthorne era cheia de passagens secretas. Jameson tinha apostado que eu não conseguiria encontrar todas. Olhando o enorme tronco de árvore que servia de escrivaninha, enfiei a mão na bainha dentro da minha bota e puxei a faca para testar uma rachadura natural na superfície da mesa.

Eu tinha aprendido do pior jeito que não podia ir a lugar nenhum desarmada.

— Checagem de choro! — Xander "sou uma máquina de Rube Goldberg que anda e fala" Hawthorne enfiou a cabeça para dentro da biblioteca. — Avery, em uma escala de um a dez, o quanto você precisa se distrair nesse momento e quão apegada você é a suas sobrancelhas?

Jameson estava do outro lado do mundo. Grayson não tinha ligado desde que havia ido para Harvard. Xander, meu autodeclarado BFFH — *Best Friend Forever Hawthorne* —, considerava seu dever sagrado me manter animada na ausência dos irmãos.

— Um — respondi. — E dez.

Xander fez uma pequena mesura.

— Então *adieu*.

Em um piscar de olhos, ele havia sumido.

Algo definitivamente ia explodir nos dez minutos seguintes. Eu me virei de volta para Alisa e analisei o resto do cômodo: as estantes que pareciam infinitas, as escadas de ferro fundido que espiralavam para cima.

— Só diga o que você veio dizer, Alisa.

— Pois é, Lee-Lee — disse uma voz profunda, açucarada e arrastada vinda do corredor. — Nos ilumine.

Nash Hawthorne assumiu posição na porta, seu característico chapéu de caubói puxado para baixo.

— Nash. — Alisa usava seu terninho como uma armadura. — Isso não é da sua conta.

Nash se recostou no batente da porta e cruzou preguiçosamente o pé direito sobre o tornozelo esquerdo.

— Se a menina me mandar sair, eu saio.

Nash não confiava em Alisa comigo. Fazia meses.

— Está tudo bem, Nash — falei. — Você pode ir.

— Eu imagino que sim.

Nash não fez sinal de desencostar do batente. Ele era o mais velho dos quatro irmãos Hawthorne, acostumado a pastorear os outros três. Ao longo do último ano, tinha estendido o hábito a mim. Ele e minha irmã "não estavam namorando" há meses.

— Não é noite do não namoro? — perguntei. — Não significa que você deveria estar em outro lugar?

Nash tirou o chapéu de caubói e deixou que o olhar firme pousasse no meu.

— Eu aposto — disse ele, se virando para sair da sala — que ela quer falar com você sobre abrir um fundo.

Eu esperei até que Nash não pudesse ouvir antes de me virar para Alisa.

— Um fundo?

— Eu só queria que você soubesse das suas opções. — Alisa tinha a típica facilidade dos advogados em se esquivar de respostas específicas. — Vou montar um dossiê para que você dê uma olhada. Agora, quanto ao seu aniversário, existe também a questão da festa.

— Sem festa — respondi imediatamente.

A última coisa que eu queria era transformar meu aniversário em um evento que fosse parar nas manchetes e explodisse em hashtags.

— Você tem uma banda favorita? Ou um cantor? Precisamos de uma atração.

Senti meus olhos se apertarem.

— Sem festa, Alisa.

— Tem alguém que você quer na lista de convidados?

Quando Alisa se referia a *alguém*, não estava falando de gente que eu conhecia, e sim de celebridades, bilionários, socialites, realeza...

— Sem lista de convidados — insisti —, porque não vou dar uma festa.

— Você realmente deveria considerar a imagem... — começou Alisa, e eu me desliguei da conversa.

Eu sabia o que ela ia dizer. Ela vinha dizendo a mesma coisa havia quase onze meses. *Todo mundo ama uma história de Cinderela.*

Bem, *essa* Cinderela tinha uma aposta para ganhar. Analisei as escadas de ferro fundido. Três espiralavam em sentido anti-horário. Mas a quarta... Eu andei até ela e subi os degraus. Ao chegar no segundo andar, passei os dedos por baixo da estante em frente à escada. *Uma alavanca.* Eu a puxei, e toda a prateleira curva se virou para trás.

Número doze. Dei um sorriso malicioso. *Toma essa, Jameson Winchester Hawthorne.*

— Sem festa — repeti para Alisa, e desapareci parede adentro.

Capítulo 2

À noite, subi na cama, os lençóis de algodão egípcio frescos e macios contra minha pele. Enquanto esperava pela ligação de Jameson, minha mão foi parar na mesinha de cabeceira, onde estava um pequeno broche de bronze em forma de chave.

— Escolha uma das mãos.

Jameson estende os dois punhos. Eu toco sua mão direita e ele abre os dedos, me mostrando a palma vazia. Tento a esquerda, mesma coisa. Então ele fecha meus dedos em um punho. Eu os abro e lá está o broche, na palma da minha mão.

— Você resolveu as chaves mais rápido que qualquer um de nós — lembra Xander. — Já passou da hora disso!

— Desculpa, menina — diz Nash, com a voz arrastada. — Já faz seis meses. Você é uma de nós agora.

Grayson não diz nada, mas, quando eu me atrapalho para colocar o broche e o derrubo, ele o pega antes que caia no chão.

A memória queria levar a outra — Grayson, eu, a adega —, mas não deixo. Nos últimos meses, eu desenvolvera meus próprios métodos de distração. Peguei o celular, abri um site de financiamento coletivo e fiz uma busca por *despesas médicas* e *aluguel.* Ainda faltavam seis semanas para a fortuna Hawthorne ser minha, mas os sócios da McNamara, Ortega e Jones já tinham me arranjado um cartão de crédito basicamente ilimitado.

Manter doação anônima. Cliquei naquela opção repetidas vezes. Quando o celular finalmente tocou, eu me recostei e atendi.

— Alô.

— Preciso de um anagrama da palavra *pelada.*

Havia um zumbido de energia na voz de Jameson.

— Não precisa, não — falei, e me virei de lado. — Como está aí na Toscana?

— O lugar de origem do Renascimento Italiano? Cheia de estradas sinuosas e vales, onde uma neblina matinal se ergue ao longe e as florestas estão cheias de folhas de um vermelho tão brilhante que o mundo todo parece estar pegando fogo da melhor maneira possível? Essa Toscana?

— Isso — murmurei. — Essa Toscana.

— Já vi melhores.

— Jameson!

— Do que você quer saber primeiro, Herdeira: Siena, Florença ou as vinícolas?

Eu queria *tudo,* mas havia um motivo para Jameson estar usando o habitual ano sabático dos Hawthorne para viajar.

— Me fale da mansão.

Você encontrou alguma coisa?

— Sua mansão toscana foi construída no século dezessete. Supostamente é um sítio, mas parece mais um castelo, e é cercada por mais de quarenta hectares de oliveiras. Tem uma piscina, um forno a lenha para pizzas e uma enorme lareira de pedra original.

Dava para imaginar. Vividamente — e não só porque tinha um fichário com fotos.

— E quando você conferiu a lareira?

Eu não precisava perguntar se ele *tinha* checado a lareira.

— Eu encontrei uma coisa.

Eu me sentei, meu cabelo caindo pelas costas.

— Uma pista?

— Provavelmente — respondeu Jameson. — Mas para qual quebra-cabeça?

Todo meu corpo estava eletrizado.

— Se não me contar, eu vou *acabar* com você, Hawthorne.

— E eu — respondeu Jameson respondeu — adoraria ser acabado.

Meus lábios traidores ameaçaram sorrir. Sentindo o gosto da vitória, Jameson me deu a resposta:

— Eu encontrei um espelho triangular.

Simples assim, meu cérebro deu a largada. Tobias Hawthorne tinha criado os netos com quebra-cabeças, enigmas e jogos. O espelho provavelmente era uma pista, mas Jameson estava certo: não tínhamos como saber de que jogo. De qualquer forma, não era atrás disso que ele estava viajando o mundo.

— Nós vamos descobrir o que o disco era — disse Jameson, praticamente lendo minha mente. — O mundo é o tabuleiro, Herdeira. Só precisamos continuar jogando os dados.

Talvez, mas não estávamos seguindo uma trilha, nem jogando um dos jogos do velho. Estávamos tateando no escuro, esperando que existissem respostas lá fora, respostas que nos diriam por que um pequeno disco, parecido com uma moeda e gravado com círculos concêntricos, valia uma fortuna.

Por que o único filho de Tobias Hawthorne, nomeado em sua homenagem, tinha deixado o disco para minha mãe.

Por que Toby o tinha pegado de mim antes de desaparecer e se fazer de morto de novo.

Toby e o disco eram minhas últimas conexões com a minha mãe, e ambos tinham sumido. Doía pensar naquilo por muito tempo.

— Encontrei outra passagem secreta hoje — falei de repente.

— É mesmo? — respondeu Jameson, o equivalente verbal de estender uma das mãos no início de uma valsa. — Qual você encontrou?

— Biblioteca circular.

Do outro lado da linha telefônica houve um silêncio breve, mas inconfundível.

Então entendi.

— Você não sabia dessa.

A vitória era tão doce.

— Quer que eu te conte onde é? — ronronei.

— Quando eu voltar — murmurou Jameson —, eu mesmo descubro.

Eu não fazia ideia de quando ele ia voltar, mas logo meu ano na Casa Hawthorne terminaria. Eu estaria livre. Poderia ir a qualquer lugar, fazer qualquer coisa — *todas* as coisas.

— Aonde você vai agora? — perguntei a Jameson.

Se eu me deixasse pensar demais em *todas as coisas,* eu me afundaria nelas — em desejo, em saudades, em acreditar que eu poderia ter tudo.

— Santorini — respondeu Jameson. — Mas é só dizer, Herdeira, e...

— Continue. Continue procurando — falei, minha voz ficando rouca. — Continue me contando tudo.

— Tudo? — repetiu Jameson em um tom baixo e grave que me fez pensar no que nós dois poderíamos estar fazendo se eu estivesse lá com ele.

Eu me virei de barriga para baixo.

— O anagrama que você estava procurando? É *pedala*.

Capítulo 3

As semanas passaram em uma mistura de bailes beneficentes e provas da escola, noites conversando com Jameson e tempo demais me perguntando se Grayson um dia atenderia a droga do telefone.

Foco. Afastando tudo da mente, eu mirei. Olhando pela mira da arma, inspirei, expirei e atirei — e atirei de novo e de novo.

A propriedade Hawthorne tinha de tudo, inclusive sua própria sala de tiro. Eu não era chegada em armas. Não era minha praia. Mas estar indefesa também não era. Forçando meu maxilar a relaxar, baixei a arma e tirei a proteção de ouvido.

Nash examinou meu alvo.

— Bom arranjo, menina.

Teoricamente, eu nunca precisaria de uma arma, nem da faca na minha bota. Na teoria, a propriedade Hawthorne era impenetrável, e, quando eu saía para o mundo, sempre era acompanhada de seguranças armados. Contudo, desde que fora nomeada no testamento de Tobias Hawthorne, eu tinha levado um tiro, quase explodido e sido sequestrada. A *teoria* não tinha impedido os pesadelos.

Nash ter me ensinado a revidar, sim.

— Sua advogada já te trouxe os documentos para o fundo? — perguntou casualmente.

Minha advogada era a ex dele, que ele conhecia bem demais.

— Talvez — respondi.

A explicação de Alisa ainda ecoava nos meus ouvidos: *Normalmente, com um herdeiro da sua idade, haveria certas garantias determinadas. Como o sr. Hawthorne preferiu não instalá-las, é uma opção que você mesma deveria considerar.* Segundo Alisa, se eu colocasse o dinheiro em um fundo, poderia nomear um responsável por cuidar e aumentar a fortuna por mim. Alisa e os sócios da McNamara, Ortega e Jones estavam, é claro, dispostos a servir como os responsáveis, com o entendimento de que não me negariam nada que eu pedisse. *Um fundo revogável apenas diminuiria a pressão até que você esteja pronta para tomar as rédeas totalmente.*

— Me lembre, por favor — disse Nash, se inclinando para me olhar nos olhos —: qual é a nossa regra sobre jogo sujo?

Ele não era nem de longe tão sutil quanto imaginava quando se tratava de Alisa Ortega, mas respondi a pergunta mesmo assim.

— Não existe jogo sujo se você ganhar.

Capítulo 4

Na manhã do meu aniversário de dezoito anos — e do primeiro dia das férias de outono da celebrada Escola Heights Country Day —, eu acordei e vi um vestido de festa indescritivelmente lindo pendurado na porta do quarto. Era comprido, de um verde azulado escuro, com um corpete marcado por dezenas de milhares de minúsculas pedrinhas pretas que formavam um padrão delicado e hipnotizante.

Era um vestido de parar o trânsito. De cair o queixo.

Um vestido que alguém usaria para uma festa de gala que daria manchetes e explodiria em hashtags. *Droga, Alisa.* Fui até o vestido, me sentindo rebelde — até que vi o bilhete pendurado no cabide. *ME VISTA SE TIVER CORAGEM.*

Não era a letra de Alisa.

Encontrei Jameson na borda do bosque Black Wood. Ele estava de smoking branco, bem-vestido até demais, e parado ao lado de — eu juro por Deus — um balão de ar quente.

Jameson Winchester Hawthorne. Eu corri como se o vestido não me impedisse, como se eu não tivesse uma faca amarrada na coxa.

Jameson me pegou, nossos corpos colidindo.

— Feliz aniversário, Herdeira.

Alguns beijos eram suaves e macios — e outros eram como fogo.

Finalmente, a noção de que tínhamos público conseguiu invadir meu cérebro. Oren era discreto, e não estava olhando *para* a gente, mas meu chefe de segurança obviamente não ia deixar Jameson Hawthorne sair voando comigo sozinho.

Eu me afastei, relutante.

— Um balão? — perguntei a Jameson, seca. — Sério?

— Eu deveria te avisar, Herdeira... — disse Jameson, e se jogou por cima da borda da cesta, aterrissando agachado. — Sou perigosamente bom com aniversários.

Jameson Hawthorne era perigosamente bom em várias coisas.

Ele estendeu a mão para mim. Eu a aceitei e nem tentei fingir que tinha me acostumado com aquilo — com tudo aquilo, qualquer parte daquilo, com *ele*. Dali a milhão de anos, a vida que Tobias Hawthorne tinha me deixado ainda me deixaria sem fôlego.

Oren entrou no balão depois de mim e fixou o olhar no horizonte. Jameson soltou as cordas e acendeu a chama.

Nós subimos.

No ar, com o coração na garganta, eu olhei para a Casa Hawthorne lá embaixo.

— Como se dirige isso? — perguntei a Jameson enquanto tudo, exceto nós dois e meu guarda-costas muito discreto, ficava menor e mais distante.

— Não se dirige — disse Jameson, me abraçando. — Às vezes, Herdeira, tudo que podemos fazer é reconhecer para qual direção o vento está soprando e planejar um percurso.

O balão era só o começo. Jameson Hawthorne não fazia nada pela metade.

Um piquenique secreto.

Um passeio de helicóptero até o Golfo.

Fuga dos *paparazzi*.

Uma dança lenta, descalços na praia.

O oceano. Um penhasco. Uma aposta. Uma corrida. Um desafio. *Eu vou me lembrar disso.* Essa era minha sensação na volta de helicóptero para casa. *Eu vou me lembrar de tudo.* Dali a anos, eu ainda *sentiria* aquilo tudo. O peso do vestido, o vento no rosto. Areia quente na pele e morangos cobertos de chocolate derretendo na língua.

Ao pôr do sol, já estávamos quase em casa. Tinha sido o dia perfeito. Sem multidões. Sem celebridades. Sem...

— Festa — falei quando o helicóptero se aproximou da propriedade Hawthorne e notei o que aparecia lá embaixo.

O jardim de topiária e o gramado ao lado estavam iluminados por milhares de luzinhas... e isso nem era o pior.

— É melhor aquilo não ser uma pista de dança — falei, séria.

Jameson manobrou o helicóptero para a aterrissagem, jogou a cabeça para trás e sorriu.

— Você não vai falar nada da roda-gigante?

Claro que ele tinha precisado me tirar da Casa.

— Vou te matar, Hawthorne.

Jameson desligou o motor.

— Por sorte, Herdeira, os Hawthorne têm sete vidas.

Quando desembarcamos e caminhamos na direção do jardim, eu me virei para Oren e estreitei os olhos.

— Você sabia disso — acusei.

— Eu posso ter sido apresentado a uma lista de convidados para vetar.

A expressão do meu chefe de segurança era completamente impossível de interpretar... até a festa aparecer na nossa frente. Então ele *quase* sorriu.

— Eu também posso ter vetado alguns dos nomes na lista — acrescentou.

E por *alguns*, logo notei, ele quis dizer quase todos.

A pista de dança estava coberta de pétalas de rosa e iluminada por cordões cruzados de luzes delicadas, brilhando suavemente como vagalumes. Um quarteto de cordas tocava à esquerda de um bolo que eu teria esperado ver em um casamento da realeza. A roda-gigante girava ao longe. Garçons de smoking carregavam bandejas de champanhe e aperitivos.

Mas não havia convidados.

— Gostou?

Libby apareceu ao meu lado. Ela estava vestida como a princesa de um conto de fadas gótico, e sorria de orelha a orelha.

— Eu queria pétalas de rosa preta, mas assim ficou bom também — acrescentou.

— O que *é* isso? — Suspirei.

Minha irmã esbarrou o ombro no meu.

— Estamos chamando de baile da introvertida.

— Não tem ninguém aqui.

Senti meu próprio sorriso aumentar.

— Não é verdade — respondeu Libby, animada. — Eu estou aqui. Nash torceu o nariz para a comida chique e se nomeou responsável pela churrasqueira. O sr. Laughlin está comandando a roda-gigante sob a supervisão da sra. Laughlin. Thea e Rebecca estão em um momento *super*discreto atrás das esculturas de gelo. Xander está de olho na sua surpresa, e aqui estão Zara e Nan!

Eu me virei bem a tempo de ser cutucada por uma bengala. A bisavó de Jameson me olhou feio enquanto a tia dele nos observava com humor austero.

— Você aí, menina — disse Nan, o que era basicamente sua própria versão do meu nome. — O decote desse vestido te faz parecer uma meretriz.

Ela sacudiu a bengala para mim e então resmungou:

— Eu aprovo.

— Eu também — ressoou uma voz à minha esquerda. — Feliz aniversário para baralho, sua luta linda.

— Max?

Eu a encarei, então olhei de volta para Libby.

— Surpresa!

Ao meu lado, Jameson fez um gesto de desdém.

— Alisa pode ter ficado com a impressão de que haveria uma festa muito maior.

Mas não havia. Era só... *a gente*.

Max me abraçou.

— Me pergunte como vai a faculdade!

— Como vai a faculdade? — perguntei, ainda totalmente chocada.

Max sorriu.

— Menos divertida que o Combate Mortal de Salto da Roda-Gigante.

— Combate Mortal de Salto da Roda-Gigante? — repeti.

Era a cara de Xander. Eu sabia com certeza que os dois tinham mantido contato.

— Quem está ganhando? — perguntou Jameson, inclinando a cabeça para o lado.

Max respondeu, mas, antes que eu pudesse processar o que ela estava dizendo, vi um movimento com o canto do olho; ou talvez eu tenha só sentido. Sentido *ele*. Vestido todo de preto, usando um smoking de dez mil dólares que nem outros caras usam moletons esfarrapados, Grayson Hawthorne entrou na pista de dança.

Ele voltou para casa. Esse pensamento foi acompanhado pela lembrança da última vez que eu o tinha visto. *Grayson, destruído. Eu ao lado dele.* De volta ao presente, Grayson Hawthorne deixou que seus olhos se demorassem nos meus por só um momento, então se virou para o restante da festa.

— Combate Mortal de Salto da Roda-Gigante — falou, com calma. — Isso nunca acaba bem.

Capítulo 5

Na manhã seguinte, acordei e vi o vestido de festa jogado na ponta da cama. Jameson estava dormindo ao meu lado. Eu engoli o impulso de traçar seu maxilar com os dedos, de tocar suavemente a cicatriz que descia pelo seu peito.

Eu já tinha perguntado uma dúzia de vezes de onde vinha aquela cicatriz, e ele tinha me dado uma dúzia de respostas diferentes. Em algumas versões, o culpado era uma pedra afiada. Um para-raios. Um para-brisa.

Um dia eu teria a resposta de verdade.

Eu me permiti mais um momento ao lado de Jameson, então saí da cama, peguei meu broche Hawthorne, me vesti e desci as escadas.

Grayson estava na sala de jantar, sozinho.

— Eu não achei que você voltaria para casa — falei, de alguma forma conseguindo me sentar na frente dele.

— Tecnicamente, não é mais *minha* casa.

Mesmo em um volume baixo, a voz de Grayson inundava o espaço como a maré.

— Em pouco tempo tudo nesse lugar será oficialmente seu — acrescentou.

Não era uma condenação nem uma reclamação. Era um fato.

— Nada precisa mudar por causa disso — eu disse.

— Avery.

Olhos claros e penetrantes encontraram os meus.

— Precisa — continuou. — *Você* precisa.

Antes de eu aparecer, Grayson era o suposto herdeiro. Ele era praticamente especialista no que alguém *precisava* fazer.

E eu era a única que sabia: por baixo daquele exterior controlado e invencível, ele estava desmontando. Eu não podia dizer isso, não podia demonstrar que estava sequer pensando nisso, então continuei no assunto.

— E se eu não conseguir fazer isso sozinha? — perguntei.

— Você não está sozinha.

Grayson deixou o olhar se demorar no meu, então cuidadosa e deliberadamente quebrou o contato visual.

— Todo ano, nos nossos aniversários — disse depois de um momento —, o velho nos chamava para seu escritório.

Eu já tinha ouvido isso antes.

— *Invista. Cultive. Crie* — falei.

Desde pequenos, em todo aniversário, os irmãos Hawthorne tinham recebido dez mil dólares para investir. Também fora dito a eles para escolherem um talento ou um interesse para cultivar, e que nenhum gasto seria poupado nesse cultivo. Finalmente, Tobias Hawthorne lançava um desafio de aniversário: algo para eles inventarem, criarem, fazerem ou fabricarem.

— *Investir...* você logo vai ter resolvido. *Cultivar...* você deveria escolher algo que quer para si. Não uma coisa ou uma experiência, mas uma habilidade.

Eu esperei que Grayson me perguntasse o que eu iria escolher, mas ele não o fez. Em vez disso, tirou um livro de couro do bolso interno do paletó e o deslizou pela mesa.

— Quanto ao seu desafio de aniversário, você vai precisar bolar um plano — falou.

O couro era de um marrom escuro e quente, macio ao toque. As bordas das páginas eram levemente desiguais, como se o livro tivesse sido encadernado à mão.

— É melhor começar com um bom entendimento das suas finanças. Daí, pense no futuro e mapeie seu tempo e seus compromissos financeiros pelos próximos cinco anos.

Eu abri o livro. As páginas beges e grossas estavam em branco.

— Anote tudo — instruiu Grayson. — Então arranque e escreva de novo. De novo e de novo, até ter um plano que funcione.

— Você sabe o que faria na minha posição.

Eu teria apostado minha fortuna inteira que em algum lugar ele tinha um diário, e um plano, todo dele.

Grayson voltou a me olhar.

— Eu não sou você.

Eu me perguntava se havia alguém em Harvard, uma única pessoa, que o conhecia pelo menos um décimo tão bem quanto seus irmãos e eu.

— Você prometeu que ia me ajudar — escapou antes que eu pudesse me conter. — Você disse que me ensinaria tudo que eu precisava saber.

Eu sabia que não deveria lembrar Grayson Hawthorne de uma promessa quebrada. Eu não tinha o direito de pedir isso dele, de pedir nada dele. Eu estava com Jameson. Eu *amava* Jameson. E, durante toda a vida de Grayson, todo mundo tinha esperado coisas demais.

— Desculpa — voltei atrás. — Isso não é problema seu.

— Não me olhe como se eu estivesse quebrado — ordenou Grayson, áspero.

Você não está quebrado. Eu tinha dito isso a ele. Ele não tinha acreditado em mim na época. Ele não acreditaria naquele momento também.

— Alisa quer que eu coloque o dinheiro em um fundo — falei, porque o mínimo que eu devia a ele era mudar de assunto.

Grayson respondeu arqueando a sobrancelha.

— Claro que quer.

— Eu ainda não concordei com nada.

Um sorriso leve puxou as pontas da boca dele.

— Claro que não.

Oren apareceu na porta antes que eu pudesse responder.

— Acabei de receber uma ligação de um dos meus homens — me disse ele. — Tem alguém no portão.

Um aviso soou na minha mente, porque Oren era perfeitamente capaz de cuidar sozinho de visitantes indesejados. *Skye? Ou Ricky?* A mãe de Grayson e o inútil do meu pai não estavam mais presos por um atentado contra mim que, surpreendentemente, eles *não tinham* planejado. Nem por isso haviam deixado de ser ameaças.

— Quem é? — perguntou Grayson, com a expressão afiada.

Oren me olhou nos olhos enquanto respondia a pergunta.

— Ela diz que se chama Eve.

Capítulo 6

Durante meses eu havia mantido a existência da filha de Toby em segredo para todo mundo, exceto Jameson. Porque Toby tinha me pedido... mas não *só* por isso.

— Eu preciso cuidar disso — eu disse com uma calma que absolutamente não sentia.

— Presumo que minha ajuda não seja necessária?

O tom de Grayson era despreocupado, mas eu o conhecia. Sabia que ele entenderia minha recusa de ajuda como prova de que estava pisando em ovos com ele.

Os Hawthorne não deveriam quebrar, a voz dele sussurrou na minha memória. *Especialmente eu.*

Naquele momento, eu não podia me dar ao luxo de convencer Grayson Hawthorne de que, na minha opinião, ele não era *fraco, quebrado* nem *ferido.*

— Agradeço a oferta — eu disse a ele —, mas está tudo bem.

A última coisa de que Grayson precisava era ver a menina no portão.

Enquanto Oren me levava até lá, minha mente corria. *O que ela está fazendo aqui? O que ela quer?* Tentei me preparar, mas, assim que vi a filha de Toby na frente do portão, uma onda de emoção me atingiu. O cabelo ruivo flutuava com uma brisa suave. Mesmo de costas, mesmo usando um vestido branco esfarrapado e manchado, ela era luminosa.

Ela não deveria estar aqui. Toby tinha sido claro: ele não podia me salvar do legado de Tobias Hawthorne, mas *podia* salvar Eve. Da imprensa. Das ameaças. *Da árvore envenenada,* pensei, saindo da suv.

Eve se virou. Ela se mexia como uma dançaria, ao mesmo tempo graciosa e livre, e, no momento em que seu olhar encontrou o meu, eu perdi o fôlego.

Eu sabia que Eve era a cara de Emily Laughlin.

Eu sabia.

Mas vê-la era como erguer os olhos e encontrar um tsunami se formando. Ela tinha o cabelo loiro-arruivado de Emily, os olhos de esmeralda de Emily. O rosto em forma de coração, a boca, o delicado conjunto de sardas.

Vê-la iria matar Grayson. Poderia ferir Jameson, mas iria *matar* Grayson.

Eu preciso tirá-la daqui. Essa ideia martelava minha cabeça, mas, quando cheguei ao portão, meus instintos mandaram outro alerta. Olhei para a estrada.

— Deixe-a entrar — eu disse a Oren.

Eu não via nenhum *paparazzi*, mas a experiência tinha me ensinado o perigo das teleobjetivas, e a última coisa de que Jameson ou Grayson precisavam era ver o rosto daquela menina em todos os sites de fofoca da internet.

O portão se abriu. Eve deu um passo na minha direção.

— Você é Avery — disse ela, e respirou, trêmula. — Eu sou...

— Eu sei quem você é.

As palavras saíram mais duras do que eu pretendia, e foi naquele momento que vi sangue seco em uma têmpora dela.

— Ah, que inferno — falei, me aproximando. — Está tudo bem?

— Eu estou bem.

Eve fechou os dedos com força na alça da bolsa surrada que carregava a tiracolo.

— Toby não está — acrescentou.

Não. Minha mente se rebelou. Minha mãe tinha amado Toby. Ele tinha cuidado de mim depois que ela se fora. *Ele precisa estar bem.* A respiração ficou presa no meu peito, e eu deixei que Oren nos levasse para trás da suv, escondidas de olhos e ouvidos curiosos.

— O que aconteceu com Toby? — perguntei, com urgência.

Eve apertou os lábios.

— Ele disse que, se alguma coisa acontecesse com ele, eu deveria te procurar. E, olha, eu não sou ingênua, tá? Eu sei que você provavelmente não me quer aqui — falou, como uma pessoa acostumada a ser indesejada. — Mas eu não tinha para onde ir.

Quando fiquei sabendo de Eve, propus trazê-la para a Casa Hawthorne. Toby tinha vetado a ideia. Ele não queria que ninguém soubesse de sua existência. *Então por que a tinha mandado para mim?* Comprimindo todos os músculos da barriga e do rosto, me forcei a dar atenção à única coisa importante.

— O que aconteceu com Toby? — repeti, com a voz baixa e gutural.

O vento bateu nos cabelos de Eve. Ela abriu a boca rosada.

— Levaram ele embora.

O ar abandonou meus pulmões, meus ouvidos zumbiram, meu senso de gravidade foi distorcido.

— Quem? — perguntei. — Quem o levou?

— Eu não sei — disse Eve, abraçando a si mesma em um gesto protetor. — Toby me encontrou uns meses atrás, e me disse quem ele era. Quem *eu* era. Estávamos indo bem, só nós dois, mas na semana passada alguma coisa aconteceu. Toby viu alguém.

— Quem? — perguntei de novo, a palavra arrancada de mim.

— Não sei. Toby não quis me contar. Ele só disse que precisava ir embora.

Toby faz essas coisas, pensei, com os olhos ardendo. *Ele vai embora.*

— Você disse que alguém o levou.

— Estou chegando lá — disse Eve, ríspida. — Toby não queria me levar, mas não lhe dei escolha. Eu disse que, se ele tentasse me deixar para trás, eu falaria com a imprensa.

Apesar de uma foto vazada e alguns rumores de tabloide, nenhum veículo de mídia tinha sido capaz de sustentar as afirmações de que Toby estava vivo.

— Você o chantageou para te levar junto?

— Se você estivesse no meu lugar — respondeu Eve, algo quase suplicante em seu tom —, teria feito o mesmo.

Ela baixou os olhos, os cílios impossivelmente longos projetando sombras no rosto.

— Toby e eu desaparecemos, mas alguém estava na nossa cola, nos caçando que nem um predador. Toby não queria me dizer de quem estávamos fugindo, mas, na segunda-feira, disse que precisávamos nos separar. O plano era nos encontrarmos três dias depois. Eu esperei. Fiquei escondida, como ele tinha me ensinado. Ontem, apareci no lugar que combinamos.

Ela sacudiu a cabeça, os olhos verdes brilhando.

— Toby, não — concluiu.

— Talvez ele tenha repensado — eu disse, querendo que fosse verdade. — Talvez...

— Não — insistiu Eve, desesperada. — Toby nunca mentiu para mim. Ele nunca quebrou uma promessa. Ele não... — se interrompeu. — Alguém o levou. Você não acredita em mim? Eu posso provar.

Eve afastou o cabelo do rosto. O sangue seco que eu tinha visto era só a ponta do iceberg. A pele em volta do corte era um hematoma repulsivo, uma mistura de preto e roxo.

— Alguém te bateu.

Até Oren falar, eu tinha quase esquecido que ele estava ali.

— Com a coronha de uma arma, eu diria — continuou ele.

Eve nem olhou para ele. O olhar verde e brilhante continuou firme em mim.

— Toby não apareceu no nosso ponto de encontro, mas outra pessoa apareceu — disse ela, deixando o cabelo cobrir o machucado. — A pessoa me agarrou por trás e me disse que, se eu soubesse o que era bom para mim, eu esqueceria Toby Hawthorne.

— A pessoa usou o nome dele? — consegui formular a pergunta.

Eve fez que sim.

— É a última coisa de que me lembro. Me deram uma pancada, e eu desmaiei. Quando acordei, vi que tinham roubado tudo que eu tinha. Até reviraram meus bolsos.

Sua voz tremeu de leve, e então ela se controlou.

— Toby e eu tínhamos escondido uma mala para emergências: uma muda de roupa para cada um, algum dinheiro.

Eu me perguntei se ela sabia com quanta força ela estava segurando a mala.

— Eu comprei uma passagem de ônibus e vim para cá — continuou. — Até você.

Você tem uma filha, eu tinha dito a Toby quando soube de Eve. *Eu tenho duas,* ele respondera. Engolindo a mistura de emoções dentro de mim, eu me virei para Oren.

— Deveríamos chamar a polícia.

— Não — disse Eve, e pegou meu braço. — Você não pode dizer que um homem morto desapareceu, e Toby não me disse para ir à polícia. Ele me disse para vir até *você.*

Senti a garganta apertar.

— Alguém te atacou. Isso podemos denunciar.

— E quem — retrucou Eve — vai acreditar em uma menina como eu?

Eu tinha crescido pobre. Eu tinha sido *assim*: uma garota de quem ninguém esperava muito, tratada como se valesse menos, porque tinha menos.

— Envolver a polícia pode nos deixar de mãos atadas — disse Oren. — Deveríamos nos preparar para um pedido de resgate. Caso não recebamos um pedido assim...

Eu nem queria pensar no significado da pessoa que tinha levado Toby não estar atrás de dinheiro.

— Se Eve contar onde ela deveria encontrar Toby, você pode mandar uma equipe para reconhecimento? — perguntei a Oren.

— Imediatamente — disse ele.

Ele se virou abruptamente para algo, ou alguém, atrás de mim. Ouvi um som vindo daquela direção, um som engasgado e quase animalesco, e eu soube, mesmo antes de me virar, o que veria ali. *Quem* veria ali.

— Emily?

Grayson Hawthorne tinha visto um fantasma.

Capítulo 7

Grayson Davenport Hawthorne era uma pessoa que valorizava controle — de toda situação, de toda emoção. Quando avancei um passo, ele recuou.

— Grayson — falei, baixinho.

Não havia palavras para a forma como ele estava olhando para Eve, como se ela fosse um sonho, toda esperança e todo tormento, *tudo*.

Os olhos cinza-prateados dele se fecharam.

— Avery, você deveria...

Grayson se forçou a respirar. Ele se endireitou e arrumou a postura.

— Não é seguro ficar perto de mim agora, Avery.

Levei um momento para perceber que ele achava que estava alucinando. *De novo.* Quebrando. *De novo.*

Me diga de novo que não estou quebrado.

Eliminando o espaço entre nós, peguei Grayson pelos ombros.

— Ei — eu disse suavemente. — *Ei*. Olhe para mim, Gray.

Aqueles olhos claros se abriram.

— Não é Emily — falei, olhando nos olhos dele, e não deixei que ele desviasse o olhar. — E você não está alucinando.

Grayson olhou por cima do meu ombro.

— Eu vejo...

— Eu sei — eu disse, levando a mão ao rosto dele e o forçando a me olhar. — Ela é de verdade. Seu nome é Eve.

Eu não sabia se ele estava me ouvindo, muito menos se estava processando o que eu dizia.

— É a filha de Toby — continuei.

— Ela parece...

— Eu sei — eu disse, a mão ainda no rosto dele. — A mãe de Emily era mãe biológica de Toby, lembra?

Toby tinha sido adotado pela família Hawthorne em segredo, ainda recém-nascido. Alice Hawthorne tinha fingido uma gravidez para esconder a adoção, fazendo-o passar por seu próprio filho.

— Isso torna Eve uma Laughlin de sangue — continuei. — É a semelhança familiar.

— Eu pensei...

Grayson se calou. Um Hawthorne não admitia fraqueza.

— Você sabia — disse Grayson, baixando os olhos para mim, e finalmente afastei a mão de seu rosto. — Você não está surpresa de vê-la, Avery. Você sabia.

Eu ouvi o que ele não estava dizendo: *aquela noite na adega... eu sabia.*

— Toby queria que a existência dela ficasse em segredo — falei, dizendo para mim mesma que era *por isso* que eu não havia contado a ele. — Ele não queria essa vida para Eve.

— Quem mais sabe? — insistiu Grayson naquele tom de herdeiro, o que fazia perguntas soarem obrigatórias, como se ele estivesse fazendo um favor à pessoa que estava questionando ao pedir em vez de arrancar a resposta da cabeça dela.

— Só Jameson — respondi.

Depois de um momento demorado e torturante, Grayson olhou para trás de mim, para Eve, a emoção evidente em cada músculo do seu maxilar. Eu não sabia quanto de seu tormento era porque ele achava que eu o considerava fraco e quanto era por causa dela. De qualquer forma, Grayson não se escondeu da dor. Ele andou até Eve, deixando que viesse, como um homem sem camisa saindo para a chuva congelante.

Eve o encarou. Ela deveria ter sentido a intensidade do momento — *dele* —, mas se afastou disso.

— Olha, eu não sei o que está acontecendo *aí* — disse ela, com um gesto para o rosto de Grayson. — Mas foi uma semana muito cansativa. Eu estou imunda. Eu estou com medo — disse, com a voz falha, e se virou para mim. — Então você vai me convidar para entrar e deixar seus capangas descobrirem o que aconteceu com Toby, ou vamos ficar parados aqui?

Grayson piscou, como se estivesse vendo ela — *Eve* — pela primeira vez.

— Você está ferida.

Ela olhou para ele de novo.

— Eu estou puta.

Eu engoli em seco. Eve estava certa. Cada segundo que passávamos lá fora era um segundo em que Oren e sua equipe estavam cuidando de mim em vez de encontrar Toby.

— Vamos — eu disse, as palavras arranhando minha garganta que nem pedras. — Vamos voltar para a Casa.

Oren abriu a porta de trás da suv. Eve entrou e, quando eu a segui, me perguntei se era assim que Pandora se sentira ao abrir aquela caixa.

Capítulo 8

Eu deixei Eve usar meu chuveiro. Dado o número de banheiros na Casa Hawthorne, reconheci a decisão pelo que era: eu queria ficar de olho nela.

Só esqueci de considerar o fato de que Jameson ainda estava na minha cama. Eve não pareceu notá-lo no caminho para o banheiro, mas Grayson, sim — e Jameson definitivamente notou Eve. No momento em que a porta do banheiro se fechou atrás dela, ele se levantou da cama.

Sem camisa.

— Me conte tudo, Herdeira.

Eu busquei na expressão dele alguma pista do que ele estava sentindo, mas Jameson Hawthorne era o jogador de pôquer perfeito. Ver Eve tinha que ter provocado alguma emoção nele. O fato de que escondia aquilo de mim me atingiu com tanta força quanto o fato de Grayson não conseguir desviar os olhos da porta do banheiro.

— Não sei por onde começar — falei.

Eu não conseguia dizer o que precisava: *foi Toby.*

Jameson foi até mim a passos largos.

— Me diga do que precisa, Herdeira.

Grayson finalmente desviou o olhar da porta do banheiro. Ele se abaixou, pegou uma regata do chão e a jogou na cara do irmão.

— Se veste.

De alguma forma, o olhar comicamente irritado que Jameson lançou para Grayson era *exatamente* do que eu precisava. Eu contei aos dois tudo que Eve tinha me dito.

— Eve não conseguiu dar muitos detalhes para Oren — completei. — Ele está juntando uma equipe para analisar o lugar do sequestro, mas...

— Eles provavelmente não vão encontrar muita coisa a essa altura — concluiu Grayson.

— Que conveniente — comentou Jameson. — O que foi? — disse quando Grayson estreitou os olhos gelados. — Eu só estou dizendo que tudo que temos agora é a história de uma desconhecida que apareceu na nossa porta e nos convenceu a deixá-la entrar.

Ele estava certo. Nós não conhecíamos Eve.

— Você não acredita nela?

Grayson normalmente não era do tipo que fazia perguntas quando as respostas já estavam aparentes, então sua fala veio com um fundo de hostilidade.

— O que posso dizer? — disse Jameson, e deu de ombros de novo. — Eu sou um canalha desconfiado.

E Eve é a cara de Emily, pensei. Jameson não estava imune àquilo. Nem de longe.

— Eu não acho que ela está mentindo — falei.

O machucado.

— Você não acharia mesmo — me disse Jameson, com suavidade. — E nem — disse a Grayson com um tom bem diferente — você.

Era uma clara referência a Emily. Ela tinha enganado os dois, manipulado os dois, mas Grayson a tinha amado até o fim.

— Você sabia — disse Grayson, andando até Jameson. — Você sabia que ela estava por aí, Jamie. Você sabia que Toby tinha uma filha, e não disse uma palavra.

— Você vai mesmo *me* falar de segredos, Gray?

Do que ele está falando? Eu nunca tinha dito uma palavra a Jameson a respeito das coisas que o irmão havia confessado para mim na calada da noite.

— No mínimo — enunciou Grayson, em voz baixa e mortal —, devemos nossa proteção a essa garota.

— Por causa da aparência dela? — disse Jameson, jogando o desafio.

— Porque ela é filha de Toby — respondeu Grayson —, e isso a torna uma de nós.

Toquei meu broche. *Eve é uma Hawthorne.* Pensar naquilo não deveria ter doído. Não era novidade. Eve era filha de Toby, mas já estava claro para mim que Grayson não a via como uma prima. *Ela não é parente de sangue deles. Eles não cresceram juntos.* Então, quando Grayson disse que ela era uma deles, que eles deviam proteção a ela, tudo em que consegui pensar foi que ele já tinha dito palavras parecidas sobre mim.

Est unus ex nobis. Nos defendat eius.

— Podemos, por favor, nos concentrar em Toby? — falei.

Grayson deve ter percebido algo no meu tom, porque recuou. Cedeu.

Eu me virei para Jameson.

— Finja por um segundo que você confia em Eve. Finja que ela não se parece em nada com Emily. Finja que ela está falando a verdade. Além da busca de Oren, qual nosso próximo passo?

Era aquilo que Jameson e eu fazíamos: perguntas e respostas, ver o que outras pessoas deixavam passar. Se ele não pudesse fazer aquilo comigo, se ver Eve o tivesse abalado tanto assim...

— Motivo — finalmente respondeu. — Se queremos descobrir quem levou Toby, precisamos saber *por que* ele foi levado.

Logicamente, eu conseguia pensar em três possibilidades gerais.

— Querem algo dele. Querem usá-lo como barganha — falei, e engoli em seco. — Ou querem feri-lo.

Sabem o nome dele. De alguma maneira, souberam como encontrá-lo.

— Tem que haver algo que estamos deixando passar — eu disse.

Eu precisava que fosse um quebra-cabeça. Eu precisava que houvesse pistas.

— Você mencionou que Eve disse que a pessoa que a atacou revirou os bolsos dela. — Jameson tinha um jeito de brincar com os fatos de uma situação, girá-los como uma moeda sendo passada de um dedo para outro. — Então o que estavam procurando?

O que Toby tinha que alguém poderia querer o suficiente para raptá-lo? O que poderia valer esse tipo de risco?

O que cabe em um bolso? Meu coração quase explodiu no peito.

Que mistério Jameson e eu tínhamos passado os últimos nove meses tentando resolver?

— O disco. — Suspirei.

A porta do banheiro se abriu. Eve estava ali, enrolada em uma toalha branca, o cabelo molhado escorrendo pelo pescoço. Estava nua, exceto por um medalhão no pescoço. Grayson fez muito esforço para não olhar para ela.

Jameson olhou para mim.

— Você precisa de alguma coisa? — perguntei a Eve.

O cabelo dela era mais escuro quando molhado, menos notável. Sem isso como distração, os olhos pareciam maiores, as maçãs do rosto, mais pronunciadas.

— Curativo — respondeu Eve, sem demonstrar constrangimento por estar ali de toalha. — Meu corte abriu no chuveiro.

— Eu te ajudo — ofereci antes que Grayson o fizesse.

Quanto mais rápido eu cuidasse de Eve, mais rápido eu poderia voltar para Jameson e para a possiblidade que tinha acabado de criar.

E se a pessoa que levou Toby estivesse atrás do disco? Com a cabeça a mil, levei Eve de volta ao banheiro.

— Que disco? — perguntou ela por trás de mim.

Eu puxei um kit de primeiros socorros e lhe entreguei. Ela o pegou de mim, os dedos roçando nos meus.

— Quando eu entrei no quarto, vocês estavam falando do que aconteceu com Toby — insistiu, teimosa. — Você mencionou um disco.

Eu me perguntei o que mais ela teria ouvido, e se era de propósito. Talvez Jameson estivesse certo. Talvez não pudéssemos confiar nela.

— Pode não ser nada — eu disse, afastando a pergunta.

— O que pode não ser nada? — insistiu Eve.

Como não respondi, ela soltou outra pergunta feito uma bomba:

— Quem é Emily?

Eu engoli em seco.

— Uma garota.

Não era mentira, mas estava tão longe da verdade que eu não poderia deixar por isso mesmo.

— Ela morreu. Vocês duas... são parentes.

Eve escolheu um curativo e afastou o cabelo molhado do rosto. Eu quase ofereci para ajudá-la, mas algo me impediu.

— Toby me disse que era adotado — disse ela, colocando o curativo no lugar. — Mas ele não quis me dizer nada a respeito da família biológica... ou dos Hawthorne.

Ela esperou, como se quisesse que eu lhe dissesse algo. Como não fiz isso, ela baixou o olhar.

— Eu sei que você não confia em mim — disse ela. — Eu também não confiaria. Você tem tudo e eu não tenho nada, e eu sei o que isso parece.

Eu também. Por experiência, *eu também*.

— Eu não queria vir até aqui — continuou. — Eu não queria pedir nada a você... ou a eles.

A voz dela falhou.

— Mas eu quero Toby de volta. Eu quero meu *pai* de volta, Avery.

Ela fixou o olhar esmeralda no meu, irradiando uma intensidade que quase se assemelhava à dos Hawthorne.

— E eu vou fazer qualquer coisa, *qualquer coisa*, para conseguir o que eu quero, mesmo que seja te implorar por ajuda. Então, por favor, Avery, se você sabe de alguma coisa que possa nos ajudar a encontrar Toby, só me diga.

Capítulo 9

Eu não contei a Eve sobre o disco. Eu justifiquei para mim mesma que, até onde eu sabia, não havia nada para contar. Nem todo mistério era um quebra-cabeça elaborado. A resposta nem sempre era elegante e cuidadosamente desenhada. E mesmo que o sequestro de Toby tivesse a ver com o disco, onde isso nos deixava?

Sentindo que eu devia *algo* a Eve, pedi à sra. Laughlin para preparar um quarto para ela. Lágrimas rolaram no momento em que a velha mulher viu sua bisneta. Não havia como esconder quem Eve era.

Não havia como esconder que ela pertencia àquele lugar.

Horas mais tarde, eu estava sozinha no escritório de Tobias Hawthorne. Eu disse a mim mesma que estava fazendo a coisa certa, dando espaço a Jameson e Grayson. Ter visto Eve havia despertado um trauma. Eles precisavam processar o acontecido, e eu precisava pensar.

Abri o compartimento secreto da escrivaninha e peguei a pasta que Jameson e eu guardávamos ali. Abrindo-a, encarei o desenho que eu tinha feito: um pequeno disco, do tamanho de uma moeda de 25 centavos, gravado com círculos concêntricos. Da última vez que eu tinha visto aquele pedaço de metal, Toby o arrancara das minhas mãos. Eu tinha perguntado a ele o que era. Ele não havia respondido. Tudo o que eu sabia era o que lera em uma mensagem que Toby um dia tinha escrito para minha mãe: que, se um dia ela precisasse de qualquer coisa, ela deveria ir até Jackson. *Você sabe o que deixei lá,* Toby havia escrito. *Você sabe o que vale.*

Eu encarei o desenho. *Você sabe o que vale.* Vindo do filho de um bilionário, era quase inimaginável. Nos meses desde que Toby havia partido, Jameson e eu tínhamos examinado livros sobre arte e civilizações antigas, sobre moedas raras, tesouros perdidos e grandes descobertas arqueológicas. Até tínhamos pesquisado organizações como a Maçonaria e a Ordem dos Templários.

Espalhando a pesquisa na mesa, busquei algo que tivéssemos deixado passar, mas não havia registro do disco em lugar nenhum, e a busca global de Jameson nas casas de férias dos Hawthorne também não tinha resultado em nada significativo.

— Quem sabe do disco? — me deixei pensar em voz alta. — Quem sabia o que valia e que Toby estava com ele?

Quem sequer sabia com certeza que Toby estava vivo e onde encontrá-lo?

Tudo que eu tinha eram perguntas. Parecia errado Jameson não estar ali fazendo-as comigo.

Sem querer, enfiei a mão mais fundo no compartimento escondido para pegar outro arquivo, aquele que o bilionário

Tobias Hawthorne tinha montado sobre mim. *O velho sabia de Eve?* Eu não conseguia ignorar a sensação de que, se Tobias Hawthorne *soubesse* da filha de Toby, eu não estaria ali. O bilionário tinha me escolhido em grande parte pelo efeito que aquilo teria na sua família. Ele tinha me usado para forçar os meninos a confrontar suas questões, para trazer Toby de volta ao tabuleiro.

Deveria ter sido ela.

Um estalo soou atrás de mim. Eu me virei e vi Xander saindo da parede. Só de olhar a cara dele, eu sabia que meu BFFH tinha visto nossa hóspede.

— Eu venho em paz — anunciou seriamente. — Eu venho com torta.

— Ele vem comigo — disse Max, que entrou no quarto atrás de Xander. — Que lerda de baralho está acontecendo, Avery?

Xander colocou a torta na escrivaninha.

— Eu trouxe três garfos.

Entendi o significado do tom pesado dele.

— Você está chateado.

— De dividir essa torta?

Desviei os olhos.

— Por causa de Eve.

— Você sabia — me disse Xander, com mais mágoa do que acusação.

Eu me forcei a olhar nos olhos dele.

— Sabia.

— Todas aquelas vezes em que jogamos Golfe de Biscoito juntos e você não achou que valia a pena mencionar? — disse Xander, cortando um pedaço da torta, que sacudiu. — Você pode não ter notado, mas eu sou excelente em guardar segredos! Minha boca é um túmulo.

Max fez um gesto de desdém..

— A expressão não é "eu sou um túmulo"?

— Eu sou mais uma montanha-russa dentro de um labirinto enterrado em uma pintura de M.C. Escher que está em outra montanha-russa — disse Xander, e deu de ombros. — Mas minha *boca* é um túmulo. Me pergunte sobre todos os segredos que estou guardando.

— Que segredos você está guardando? — perguntou Max, obediente.

— Eu não posso te contar!

Xander enfiou o garfo de forma triunfante na torta.

— Então, se eu tivesse dito que Toby tinha uma filha por aí exatamente igual a Emily Laughlin, você *não teria* contado a Rebecca? — falei, me referindo à irmã de Emily e amiga mais antiga de Xander.

— Eu definitivamente, cem por cento, totalmente... *teria* contado a Rebecca — admitiu Xander. — Em retrospecto, que bom que não me contou. Excelente decisão, mostra um critério firme.

Meu celular tocou. Olhei para o aparelho e então de volta para Xander e Max.

— É Oren.

Com o coração martelando até os ouvidos, atendi.

— O que sabemos? — perguntei.

— Não muito. Ainda não. Eu mandei uma equipe para o lugar onde Eve diz que deveria encontrar Toby. Não havia evidência física de luta, mas, com um pouco de esforço, encontramos o registro de uma ligação para a emergência feita horas antes do momento em que Eve diz que apareceu.

Minha mão segurou o telefone com mais força.

— Que tipo de ligação?

— Denúncia de tiroteio — disse Oren, sem medir palavras. — Quando uma viatura chegou, a cena já estava limpa. Atribuíram a fogos de artifício ou ao escapamento de um carro.

— Quem ligou para a emergência? — perguntei. — Alguém viu alguma coisa?

— Minha equipe está trabalhando nisso — disse Oren, e fez uma pausa. — Enquanto isso, eu mandei um dos meus homens seguir Eve enquanto ela estiver na Casa.

— Você acha que ela é uma ameaça?

Por impulso, minha mão foi, de novo, para o broche Hawthorne.

— Meu trabalho é tratar todo mundo como ameaça — respondeu ele. — Nesse momento, o que eu preciso é que você me prometa que vai ficar quieta e não vai fazer nada.

Olhei para a pesquisa espalhada pela mesa.

— Minha equipe e eu vamos descobrir tudo que pudermos o mais rapidamente possível, Avery — insistiu ele. — Toby pode ser o alvo, mas também pode não ser.

Eu franzi o cenho.

— O que isso quer dizer?

— Nos dê vinte e quatro horas e eu te digo.

Vinte e quatro horas? Eu deveria ficar ali sentada sem fazer nada por um dia inteiro? Encerrei a ligação.

— Oren acha que Eve é uma ameaça? — perguntou Max em um sussurro dramático.

Xander fez uma careta.

— Nota mental: cancelar a festa de boas-vindas.

Pensei em Oren me dizendo para deixá-lo cuidar disso, então em Eve jurando que tudo que queria era encontrar Toby.

— Não — eu disse a Xander. — Não cancele nada. Eu quero conhecer Eve melhor.

Eu precisava saber se podia confiar nela, porque, se pudesse, talvez ela soubesse de algo que eu não sabia.

— Está pensando em alguma coisa específica? — perguntei.

Xander juntou as mãos.

— Eu acredito que nossa melhor opção para examinar a verdade sobre o misterioso personagem Eve seja... Escadas e Serpentes.

Capítulo 10

A versão Hawthorne de Escadas e Serpentes não era um jogo de tabuleiro. Xander me prometeu que explicaria melhor quando Eve concordasse em jogar. Concentrada nessa tarefa, fui até a ala Versalhes. No alto da escada leste, encontrei Grayson parado como uma estátua na entrada da ala, vestido com um terno completo prateado, o cabelo loiro molhado da piscina.

Uma festa na piscina. A memória me acertou e não queria largar. *Grayson está habilmente desviando de todas as perguntas financeiras que me fazem. Eu olho para a piscina. Uma criança pequena está perigosamente equilibrada na borda. Ela se inclina para a frente, cai e não volta. Antes que eu possa me mexer ou mesmo gritar, Grayson sai correndo.*

Com um único movimento, ele mergulha na piscina, totalmente vestido.

— Cadê Jameson? — perguntou Grayson, me trazendo de volta para o presente.

— Provavelmente em algum lugar onde não deveria estar — respondi honestamente —, tomando péssimas decisões e jogando a cautela para os infernos.

Eu não perguntei a Grayson o que ele estava fazendo em frente à ala Versalhes.

— Eu vi que Oren botou um homem atrás de Eve.

Grayson quase conseguiu fingir que estava falando sobre o tempo, mas um comentário nunca era só um comentário quando vinha dele.

— É o trabalho de Oren garantir que estou segura.

Eu não acrescentei que, em outras circunstâncias, Grayson consideraria aquele o trabalho dele também.

Est unus ex nobis. Nos defendat eius.

— Oren não deveria estar preocupado *comigo* — disse Eve, surgindo no corredor, de cabelo seco e caindo em ondas suaves. — Sua equipe de segurança deveria estar totalmente concentrada em Toby.

Eve deixou que seu olhar verde vibrante fosse de mim para Grayson, e me perguntei se ela reconhecia o efeito que tinha nele.

— O que eu preciso fazer para te convencer que não sou uma ameaça? — perguntou.

Ela estava olhando para Grayson, mas fui eu quem respondi:

— Que tal um jogo?

— Escadas e Serpentes dos Hawthorne — vociferou Xander, parado em frente a uma pilha de travesseiros, escadas de corda, ganchos de escalada, ventosas e cordas de nylon. — As regras são bem simples.

A lista de coisas complicadas que Xander Hawthorne considerava serem "bem simples" era longa.

— A Casa Hawthorne tem três quedas, equivalentes às Serpentes, entradas para passagens secretas que envolvem, vamos dizer assim, um salto — continuou Xander.

Eu sorri. Já tinha encontrado todas as três.

— Tem escorregadores nas paredes da sua mansão? — desdenhou Max. — Ricaços do cadete.

Xander não se ofendeu.

— Algumas quedas são mais vantajosas que outras. Se algum jogador encontrar uma queda antes de você, ela é congelada por três minutos, então todo mundo precisa de um desses — disse Xander ao pegar um travesseiro e o sacudir de forma suave, mas, de alguma maneira, ameaçadora. — Uma batalha precisa acontecer.

— A versão de Escadas e Serpentes dos Hawthorne inclui briga de travesseiro? — perguntou Max em um tom que me fez pensar que ela estava imaginando todos os quatro irmãos Hawthorne atirando travesseiros uns nos outros, possivelmente sem camisa.

— *Guerra* de travesseiro — corrigiu Xander. — Quando você conquistar sua queda e chegar ao térreo, você sai da Casa e então começa uma corrida de quem escala até o teto pelo lado de fora.

Eu examinei o equipamento de escalada aos nossos pés.

— Podemos escolher uma escada?

— Não é simplesmente — corrigiu Xander austeramente — *escolher* uma escada.

Grayson quebrou o silêncio que tinha adotado no momento em que Eve havia saído para o corredor:

— Nosso avô gostava de dizer que qualquer escolha que vale alguma coisa tem um preço.

Eve o examinou.

— E o preço de equipamento de escalada é...

Grayson respondeu ao olhar inquisidor dela com um todo seu.

— Um segredo.

Xander elaborou.

— Cada jogador confessa um segredo. A pessoa com o melhor segredo pode escolher o equipamento de escalada primeiro, e por aí vai. A pessoa com o segredo menos impressionante fica por último.

Eu estava começando a ver porque Xander tinha escolhido aquele jogo.

— Agora — continuou, esfregando as mãos. — Qual alma corajosa quer ir primeiro?

Eu olhei para Eve, mas Grayson interveio.

— Eu vou.

Ele fixou seus olhos prateados à frente. Eu não sabia o que esperar, mas definitivamente não era ele dizendo, sem nenhuma entonação que fosse:

— Eu beijei uma garota em Harvard.

Ele... não, eu não ia concluir o pensamento. O que Grayson Hawthorne fazia com a boca não era problema meu.

— Eu fiz uma tatuagem — ofereceu Max, com um sorriso. — É bem nerd e em um lugar que não vou revelar. Meus pais não podem descobrir *nunca*.

— Me conte mais — disse Xander — dessa tatuagem nerd.

Grayson arqueou uma sobrancelha para o irmão e eu tentei pensar em algo que faria Eve sentir que precisava se abrir.

— Às vezes — eu disse, baixo — sinto que Tobias Hawthorne cometeu um erro.

Talvez isso não fosse um segredo. Talvez fosse óbvio. Mas a parte seguinte era mais difícil de dizer.

— Que ele deveria ter escolhido outra pessoa.

Eve me encarou.

— O velho não cometia erros — disse Grayson com aquele tom que nos desafiava a discordar, e recomendava fortemente que não o fizesse.

— Minha vez — disse Xander, e levantou a mão. — Eu descobri quem é meu pai.

— É *o quê?*

Grayson virou a cabeça para o irmão. Skye Hawthorne tinha quatro filhos, cada um de um pai diferente, nenhum dos quais ela tinha identificado. Nash e Grayson tinham descoberto os pais deles no ano anterior. Eu sabia que Xander estava procurando o dele.

— Eu não sei se ele sabe de mim — disse Xander, apressado. — Eu não fiz contato. Não tenho certeza se vou. E, pelas regras sagradas de Escadas e Serpentes, nenhum de vocês *nunca* pode mencionar isso de novo a menos que eu mencione antes. Eve?

Com o restante de nós ainda concentrado em Xander, Eve se inclinou e pegou um gancho de escalada. Quando eu me virei para olhá-la, ela estava passando um dedo pela borda.

— Quase vinte e um anos atrás, minha mãe ficou bêbada e traiu o marido, e eu fui o resultado.

Ela não olhou nos olhos de ninguém.

— O marido dela sabia que eu não era dele, mas eles seguiram casados. Eu costumava pensar que se eu fosse boa o suficiente... esperta o suficiente, doce o suficiente, *algo* o suficiente... o homem que todos fingíamos que era o meu pai pararia de me culpar por ter nascido.

Ela jogou o gancho de volta no chão.

— A pior parte era que minha mãe me culpava também.

Grayson se inclinou na direção dela. Eu nem tinha certeza se ele sabia que estava fazendo isso.

— Conforme fiquei mais velha — continuou Eve, sua voz baixa, mas áspera —, percebi que não importava quão perfeita eu fosse. Eu nunca seria boa o suficiente, porque eles não queriam que eu fosse *perfeita* ou *extraordinária*. Eles queriam que eu fosse invisível.

Qualquer emoção que Eve estivesse sentindo estava escondida demais para ser vista.

— E isso é a única coisa que eu nunca serei — concluiu.

Silêncio.

— E seus irmãos? — perguntei.

Até então, eu tinha estado tão concentrada na semelhança entre Eve e Emily, no fato de que ela era filha de Toby, que não tinha pensado nos outros membros da sua família ou no que tinham feito.

— Meios-irmãos — disse Eve, absolutamente sem entonação.

Tecnicamente, os irmãos Hawthorne eram meios-irmãos. Tecnicamente, Libby e eu também. Mas não havia como confundir o tom de Eve: significava algo diferente para ela.

— Eli e Mellie vieram para cá com desculpas falsas — eu disse. — Por sua causa.

— Eli e Mellie nunca fizeram nada por mim — respondeu Eve, sua voz rouca, sua cabeça erguida. — No Natal, quando eu tinha cinco anos, e eles tinham presentes sob a árvore e eu não? Nas reuniões de família para as quais todo mundo ia, menos eu? Toda vez que eu ficava de castigo por existir um pouco alto demais? Toda vez que eu precisava implorar por uma carona para casa porque ninguém se dava ao trabalho de me buscar? — disse ela, e baixou os olhos. — Se meus *irmãos* vieram para a Casa Hawthorne, com certeza não foi por minha causa. Eu não troquei uma palavra com nenhum deles em dois anos.

O olhar esmeralda brilhante voltou a mim.

— Isso é pessoal o suficiente para você? — perguntei.

Senti uma pontada cortante de culpa. Eu me lembrei de como tinha sido chegar na Casa Hawthorne como alguém de fora, e pensei de repente na minha mãe e na forma como ela teria recebido a filha de Toby de braços abertos.

E no que ela diria se pudesse me ver interrogando-a agora.

Votos foram computados. Segredos, pontuados. Equipamento, escolhido.

E então era hora da corrida.

Capítulo 11

Aqui está o que eu descobri a respeito de Eve durante o jogo de Escadas e Serpentes: ela era competitiva, não tinha medo de altura, tinha alta tolerância a dor e definitivamente reconhecia o efeito que causava em Grayson.

Ela se encaixava ali, na Casa Hawthorne, com os Hawthorne.

Era isso que estava na minha cabeça quando agarrei a borda do telhado. Uma mão baixou e se fechou no meu pulso.

— Você não é a primeira — disse Jameson, em um tom que comunicava claramente que ele sabia como eu me sentia sobre *isso*. — Mas também não é a última.

Essa honra acabaria com Xander e Max, que tinham passado tempo demais em uma briga de travesseiros. Eu olhei para além de Jameson, para a parte em que o telhado ficava reto.

E vi Grayson e Eve.

— Em uma escala de chato até murcho — brincou Jameson —, como ele está?

Deus livre Jameson Hawthorne de ser pego abertamente *preocupado* com o irmão.

— Honestamente? — perguntei e mordi o lábio, mantendo-o entre meus dentes por tempo demais, e então baixei a voz. — Eu estou preocupada. Grayson não está bem, Jameson. Eu acho que seu irmão não está bem há muito tempo.

Jameson andou até a borda do telhado — *bem* na borda — e olhou para a enorme propriedade.

— Os Hawthorne não podem, como regra geral, estar de qualquer outro jeito.

Ele também estava sofrendo, e, quando Jameson Hawthorne sofria, ele corria riscos. Eu o conhecia e sabia que só existia uma forma de fazê-lo confessar a dor e expurgar o veneno.

— *Taiti* — eu disse.

Era um código que eu não usava à toa. Se Jameson ou eu disséssemos *Taiti*, o outro precisava ficar metaforicamente nu.

— Seu aniversário foi o segundo aniversário da morte de Emily — disse Jameson, seus ombros e costas tensos por baixo da camisa. — Quase consegui não pensar nisso, mas agora não seria o pior momento para você me dizer que eu não a matei.

Eu fui até ele, bem na borda do telhado, ignorando a queda de dezoito metros.

— O que aconteceu com Emily não foi sua culpa.

Jameson virou a cabeça para mim.

— Também não seria o pior momento para me dizer que não está com ciúmes de Eve estar tão perto de Grayson.

Eu queria saber o que ele estava sentido. Aquilo era parte do sentimento, parte do efeito de pensar em Emily.

— Não estou com ciúmes — eu disse.

Jameson me olhou bem nos olhos.

— *Taiti.*

Ele tinha me mostrado o dele

— Ok — eu disse, rouca. — Talvez eu esteja, mas não é só por causa de Grayson. Eve é a filha de Toby. Eu quis ser. Achei que era. Mas não sou, e ela é, e agora, de repente, ela está aqui, conectada com esse lugar, com todos vocês... e não, eu não gosto disso, e me sinto mesquinha por me sentir assim.

Eu me afastei da borda.

— Mas vou contar a ela sobre o disco — concluí.

Quer eu pudesse ou não confiar em Eve, eu confiava que nós queríamos a mesma coisa. Eu entendia melhor como devia ter sido para ela conhecer Toby, ser *desejada*.

Antes que Jameson pudesse questionar minha decisão sobre o disco, Max se arrastou até o telhado e desabou.

— Poooooonte que partiu — falou, alongando a palavra. — Eu nunca mais faço isso.

Xander subiu atrás dela.

— Que tal amanhã? Na mesma hora?

A aparição deles fez Grayson e Eve virem na nossa direção.

— E aí? — disse Eve, a expressão manchada de vulnerabilidade, a voz dura. — Passei no seu teste?

Em resposta, puxei o desenho do disco do bolso e o entreguei a Eve.

— Da última vez que eu vi Toby — eu disse lentamente —, ele pegou esse disco de mim. Nós não sabemos o que é, mas sabemos que vale uma fortuna.

Eve encarou o desenho e voltou a me olhar.

— Como você sabe disso?

— Ele o deixou para minha mãe. Tinha uma carta.

Era o máximo que eu conseguia contar a ela.

— Ele já te contou alguma coisa a respeito disso? — perguntei. — Você tem alguma ideia de onde ele guardou o disco?

— Não — disse Eve, e sacudiu a cabeça. — Mas se alguém levou Toby para conseguir isso... — A respiração dela falhou. — O que vão fazer se ele não entregar a eles?

E, pensei, enjoada, *o que farão com ele quando encontrarem o disco?*

Capítulo 12

Naquela noite, a única coisa que afastou meus pesadelos foi o corpo de Jameson perto do meu. Sonhei com minha mãe, com Toby, com fogo e ouro. Acordei com o som de gritos.

— Eu vou esganá-lo!

Havia um total de uma pessoa que conseguia irritar minha irmã.

Com Jameson começando a se mexer, saí da cama e fui até o corredor.

— Outro chapéu de caubói? — chutei.

Havia dois meses que Nash vinha comprando chapéus de caubói para Libby. Um arco-íris de cores e estilos. Ele gostava de deixá-los em lugares que ela iria encontrar.

— Olhe isso! — exigiu Libby.

Ela levantou o chapéu. Era preto com uma caveira, e ossos em strass no centro e spikes de metal na lateral.

— É a sua cara — eu disse a ela.

— É perfeito! — disse Libby, indignada.

— Aceite, Lib. Vocês são um casal.

— Nós não somos um casal — insistiu Libby. — Essa não é minha vida, Ave. É a sua.

Ela baixou o olhar, e o cabelo, pintado de preto com pontas multicoloridas, caiu na frente do rosto.

— E a experiência me ensinou que eu sou completamente incompetente quando se trata de amor. Então — disse Libby, jogando o chapéu de caubói na minha cara —, eu não estou apaixonada por Nash Hawthorne. Nós não somos um casal. Nós não estamos namorando. E ele definitivamente não está apaixonado por mim.

— Avery — chamou Oren, anunciando sua presença.

Eu me virei para ele, o coração acelerado.

— O que foi? — perguntei. — *Toby?*

— Isso chegou com um mensageiro no meio da noite — disse Oren, e me passou um envelope com meu nome escrito em uma letra elegante. — Eu examinei, e não tem nenhum traço de veneno, explosivos ou gravadores.

— É um pedido de resgate? — perguntei.

Se fosse um pedido de resgate, eu poderia ligar para Alisa, fazê-la pagar.

Sem esperar por uma resposta, peguei o envelope de Oren. Era pesado demais para ser só uma carta. Meus sentidos ficaram aguçados, o mundo à minha volta entrou em câmera lenta, e eu o abri.

Dentro, encontrei uma única folha de papel... e um conhecido disco dourado.

Que raios? Ergui os olhos.

— Jameson!

Ele já estava vindo até mim. *Nós estávamos errados.* As palavras morreram, presas na minha garganta. *A pessoa que sequestrou Toby não estava atrás do disco.*

Eu o encarei, a cabeça a mil.

— Por que o sequestrador de Toby mandaria isso para você? — perguntou Jameson. — Prova de vida?

— Prova de que estão com ele — corrigi a contragosto, porque aquilo não era prova de *vida*. — E o fato de terem me mandado — eu continuei, me empertigando. — Significa que a pessoa que levou Toby não sabe o que o disco vale, ou...

— Ou não liga.

Jameson colocou uma mão no meu ombro.

Toby está bem. Ele precisa estar. Ele tem que estar. Com o disco queimando na minha mão como um ferro quente, fechei o punho e me forcei a ler a mensagem que o acompanhava. O papel era de linho, caro. As letras tinham sido escritas em vermelho-sangue.

I G Ç
RE CHE
E DET

— É isso? — disse Jameson. — Não tem mais nada? Examinei o envelope.

— Nada — falei, e toquei a tinta vermelha, sentindo o estômago revirar. — Isso *é* tinta, não é?

Vermelho-sangue.

— Eu não sei — disse Jameson com intensidade —, mas eu sei o que diz.

Encarei as letras espalhadas pela página.

I G Ç
RE CHE
E DET

I G DOR

— É um truque simples — explicou Jameson. — Um dos favoritos do meu avô. Você decodifica a mensagem pegando uma sequência de letras e recombinando-as nos espaços em branco. São três letras nesse caso.

Com o coração martelando as costelas, eu tentei me concentrar. Que três letras poderiam ir entre I e G ou RE e CHE?

Depois de alguns segundos, consegui enxergar. Lentamente, com cuidado, meu cérebro chegou na resposta, letra por letra.

— V.I.N.

Respirei fundo. VIN. Completa, a mensagem era qualquer coisa, menos reconfortante.

— Vingança — me forcei a dizer em voz alta. — Revanche. Vendeta.

Decodificada, a última linha parecia mais com uma assinatura.

Olhei para Jameson, que a leu por mim.

— Vingador.

Capítulo 13

Eu mandei uma mensagem para Grayson e Xander. Quando nos encontraram na biblioteca circular, trouxeram Eve. Sem dizer uma palavra, ergui o disco. Hesitante, Eve o pegou de mim e a sala ficou em silêncio.

— Quanto você disse que isso valia? — perguntou ela, dando um suspiro entrecortado.

Sacudi a cabeça.

— Não sabemos, exatamente... mas muito.

Foram mais quatro ou cinco segundos antes de Eve me devolver o disco com relutância.

— Tinha alguma mensagem? — perguntou Grayson, e eu passei o papel para ele. — Eles não pediram resgate — notou, quase calmo demais.

Meu peito queimava como se eu tivesse prendido a respiração por tempo demais, embora eu não tivesse.

— Não — respondi. — Não pediram.

No dia anterior, eu tinha pensado em três motivos para o sequestro. *O sequestrador queria algo de Toby. O sequestrador queria usar Toby como barganha.*

Ou o sequestrador queria feri-lo.

Uma das opções parecia muito mais provável.

Xander espichou o pescoço por cima do ombro de Grayson para olhar melhor o bilhete. Ele decodificou a mensagem tão rápido quanto Jameson.

— Um tema de vingança. Que animado.

— Vingança pelo quê? — perguntou Eve, desesperada.

A resposta óbvia tinha me ocorrido no momento em que decodificara a mensagem, e me acertou de novo com a força de uma pá na boca do estômago.

— A Ilha Hawthorne — eu disse. — O incêndio.

Mais de duas décadas antes, Toby tinha sido um adolescente inconsequente e descontrolado. O incêndio que o mundo presumira que tinha tirado sua vida também tirara a vida de outros três jovens. *David Golding. Colin Anders Wright. Kaylie Rooney.*

— Três vítimas — disse Jameson, e começou a circular pela sala como uma pantera prestes a dar o bote. — Três famílias. Quantos suspeitos isso nos dá no total?

Eve andou também, na direção de Grayson.

— Que incêndio?

Xander se meteu entre eles.

— O que Toby acidentalmente, mas meio que de propósito, causou. É uma história longa e trágica envolvendo brigas com pais, adolescentes bêbados, incêndio premeditado e um maldito relâmpago.

— Três vítimas — repeti o que Jameson tinha dito, mas meus olhos foram para Grayson. — Três famílias.

— Uma a sua — respondeu Grayson. — E uma a minha.

A irmã da minha mãe tinha morrido no incêndio da Ilha Hawthorne. O bilionário Tobias Hawthorne tinha salvado a reputação da própria família ao colocar a culpa do incêndio nela. A família de Kaylie Rooney, a família da minha mãe, estava cheia de criminosos. Do tipo violento.

Do tipo que odiava os Hawthorne.

Eu me virei e andei na direção da porta sentindo o estômago pesado.

— Preciso dar um telefonema.

Em um dos enormes e sinuosos corredores da Casa Hawthorne, disquei um número que só tinha discado uma vez antes, tentando ignorar a memória que ameaçava tomar conta de mim.

Se a inútil da minha filha tivesse te contado alguma coisa sobre essa família, você não teria ousado ligar para mim. A mulher que tinha dado à luz e criado minha mãe não era exatamente do tipo materno. *Se aquela putinha não tivesse fugido, eu mesma teria enfiado uma bala nela.* Da última vez que eu tinha ligado, me disseram para esquecer o nome da minha avó e que, se eu tivesse sorte, ela e o restante da família Rooney esqueceriam o meu.

E, ainda assim, ali estava eu, ligando de novo.

Ela atendeu.

— Você acha que é intocável?

Eu entendi a recepção como sinal de que ela tinha reconhecido meu número, o que significava que eu não precisava dizer nada além de:

— Você está com ele?

— Quem raios você pensa que é? — A voz áspera e rouca dela me atingiu como um chicote. — Acha mesmo que não posso te atingir, senhorita Poderosa? Acha que está segura nesse seu castelo?

Tinham me dito que a família Rooney era de bandidos pequenos, que seu poder era ofuscado pelo da família Hawthorne, e da herdeira Hawthorne.

— Eu acho que seria um erro te subestimar — falei.

Fechei a mão esquerda em um punho e, com a direita, agarrei o telefone.

— *Você. Está. Com. Ele?* — insisti.

Houve uma pausa longa e calculada.

— Um daqueles netos Hawthorne bonitinhos? — disse ela. — Talvez eu esteja... e talvez ele não esteja mais tão bonitinho quando você recebê-lo de volta.

A menos que ela estivesse me enganando, tinha acabado de mostrar a mão. Eu sabia onde os netos Hawthorne estavam. Mas se os Rooney não sabiam que Toby tinha desaparecido... se eles não sabiam ou acreditavam que ele estava *vivo,* eu não poderia demonstrar que ela tinha chutado errado.

Então joguei o jogo dela.

— Se você está com Jameson, não coloque um dedo nele...

— Me diga, menina, o que dizem sobre cão que ladra?

— Não morde — falei, sem mudar de entonação.

— Por aqui temos um ditado diferente.

Sem aviso, a linha explodiu em latidos e uivos ferozes, cinco ou seis cachorros pelo menos.

— Eles estão famintos, são bravos e gostam de sangue — continuou ela. — Pense nisso antes de ligar para esse número de novo.

Eu desliguei, ou talvez tenha sido ela. *Os Rooney não estão com Toby.* Tentei me concentrar nisso.

— Tudo bem aí, menina?

Nash Hawthorne tinha modos gentis e um timing notável.

— Tudo bem — sussurrei.

Nash me puxou para um abraço, a camiseta branca surrada e macia contra meu rosto.

— Eu tenho uma faca na bota — murmurei na camiseta dele. — Sou excelente atiradora. Sei jogar sujo.

— É isso aí, menina — disse Nash, me fazendo cafuné. — Quer me contar do que isso se trata?

Capítulo 14

Na biblioteca, Nash examinou o envelope, a mensagem e o disco.

— Os Rooney não estão com Toby — anunciei. — Eles são implacáveis, e se soubessem com certeza que Toby está vivo, provavelmente estariam se esforçando para dar a cara dele para uma matilha de cães comer, mas tenho quase certeza de que não estão com ele.

Xander ergueu a mão direita.

— Eu tenho uma pergunta sobre caras e cachorros.

Estremeci.

— Você nem quer saber.

Grayson se apoiou na borda de uma das escrivaninhas de tronco, desabotoando o paletó.

— Eu posso igualmente liberar os Grayson.

Eve olhou para ele.

— Os *Grayson?*

— Meu progenitor e sua família — explicou Grayson, seu rosto como pedra. — Eles são parentes de Colin Anders

Wright, que morreu no incêndio. Sheffield Grayson abandonou a esposa e as filhas alguns meses atrás.

Era mentira. Sheffield Grayson estava morto. A meia-irmã de Eve o matara para me salvar e Oren havia encoberto tudo. Mas Eve não deu sinal de saber disso, e, com base no que ela havia contado a nós sobre os irmãos, fazia sentido.

— Rumores colocam meu suposto pai em algum lugar das ilhas Cayman — continuou Grayson com suavidade. — E eu tenho ficado de olho no resto da família.

— A família Grayson sabe de você? — perguntou Jameson ao irmão.

Sem brincadeiras, sem sarcasmo. Ele sabia o que *família* significava para Grayson.

— Não vi necessidade de que soubessem — respondeu. — Mas posso te garantir que, se a esposa, a irmã ou as filhas de Sheffield Grayson tivessem dedo nisso, eu saberia.

— Você contratou alguém — disse Jameson, e estreitou os olhos. — Com que dinheiro?

— Invista. Cultive. Crie — disse Grayson, e não deu nenhuma outra explicação antes de se levantar. — Se cortamos as famílias de Colin Anders Wright e Kaylie Rooney, resta apenas a família da terceira vítima: David Golding.

— Vou mandar alguém investigar — falou Oren, sem sequer sair das sombras.

— Parece que você faz bastante isso — comentou Eve, com um olhar para ele.

— Herdeira.

Jameson de repente parou de andar. Ele pegou o envelope no qual a mensagem havia vindo.

— Isso estava endereçado para *você*.

Eu ouvi o que ele estava dizendo, a possibilidade que ele tinha visto.

— E se Toby não for o alvo da vingança? — falei devagar. — E se for eu?

— Você tem muitos inimigos? — perguntou Eve.

— Na posição dela — murmurou Grayson —, é difícil não ter.

— E se estivermos olhando para isso do jeito errado? Quando Xander andava de um lado para o outro, não era em uma linha reta ou em círculos.

— E se o importante não for a mensagem? — continuou a perguntar. — E se devêssemos estar concentrados no código?

— O jogo — traduziu Jameson. — Nós todos reconhecemos esse jogo de palavras.

— Pode crer — disse Nash, e enfiou os polegares nos bolsos da calça jeans surrada. — Nós estamos procurando alguém que sabia como o velho jogava.

— Como assim, *como o velho jogava*? — perguntou Eve.

Grayson respondeu, resumindo:

— Nosso avô gostava de quebra-cabeças, charadas, códigos. Durante anos, Tobias Hawthorne tinha dado um desafio aos netos toda manhã de sábado — um jogo para jogar, um quebra-cabeça complexo a ser resolvido.

— Ele gostava de nos testar — falou Nash. — Criar as regras. Nos ver dançar.

— Nash tem traumas de avô — confidenciou Xander a Eve. — É uma história trágica, mas envolvente de...

— Você não quer terminar essa frase, irmãozinho.

Não havia nada de explicitamente perigoso ou ameaçador no tom de Nash, mas Xander não era tonto.

— Claro que não! — concordou Xander.

Meus pensamentos corriam.

— Se estamos procurando alguém que conhece os jogos de Tobias Hawthorne, alguém perigoso e amargo com rancor de mim...

— Skye — disseram Jameson e Grayson ao mesmo tempo.

Tentar me matar não tinha funcionado muito bem para a mãe deles. Mas, dado que Sheffield Grayson a tinha culpado por uma tentativa de assassinato que ela não tinha cometido, *não* tentar me matar também não tinha dado muito certo para Skye Hawthorne.

E se essa fosse a próxima jogada dela?

— Precisamos confrontá-la — disse Jameson imediatamente. — Falar com ela... pessoalmente.

— Eu vou ter que vetar essa ideia — interveio Nash, andando sem pressa até Jameson.

— Como é aquele velho ditado? — refletiu Jameson. — *Você não manda em mim?* É algo assim. Não, espere, eu lembrei! É *você não manda em mim, pulha.*

— Excelente variedade de gírias — comentou Xander.

Jameson deu de ombros.

— Eu agora sou um homem viajado.

— Jamie está certo — disse Grayson, conseguindo conter uma careta. —A única forma de arrancar alguma coisa de Skye é cara a cara.

Ninguém podia machucar Grayson, machucar qualquer um deles, como Skye.

— Mesmo se ela estiver por trás disso — eu disse —, ela vai negar tudo.

Era o que Skye fazia. Na cabeça dela, ela era sempre a vítima, e, quando se tratava dos filhos, sabia bem como pisar no calo.

— E se mostrarem o disco a ela? — sugeriu Eve, baixo.

— Se ela o reconhecer, talvez possam usar isso para fazê-la falar.

— Se Skye tivesse qualquer ideia do que o disco vale — respondi —, ela definitivamente não o teria mandado para mim.

Skye Hawthorne tinha sido quase completamente deserdada. De jeito nenhum ia abrir mão de qualquer coisa valiosa.

— Então, se ela tentar conseguir o disco — afirmou Grayson, altivo —, nós saberemos que ela está ciente do seu valor e, logo, não está por trás do sequestro.

Eu encarei Grayson.

— Eu não vou deixar nenhum de vocês fazer isso sem mim.

— Avery — interveio Oren, que saiu das sombras com um olhar em parte paterno, em parte comandante militar. — Eu aconselho fortemente evitar qualquer tipo de confronto com Skye Hawthorne.

— Pessoalmente, acho silver tape mais eficiente que conselhos — disse Nash a Oren, casualmente.

— Está acertado, então! — disse Xander, alegremente. — Reunião de família ao estilo Hawthorne!

— Hum, Xander?

Max apareceu na porta com uma aparência amassada. Ela erguia um celular.

— Você deixou isso na mesinha de cabeceira.

Mesinha de cabeceira? Olhei para Max. Eu sabia que ela e Xander eram amigos, mas aquele *não* era um amarrotado amigável.

— Rebecca mandou mensagem — disse Max a Xander, ignorando meu olhar de forma suspeita. — Ela está vindo para cá.

Eu estava tão distraída com a ideia de Max e Xander terem passado a noite juntos que levou um momento para que eu absorvesse o restante. *Rebecca*. Ver Eve iria destruir a irmã de Emily.

— Novo plano — anunciou Xander. — Eu vou pular a reunião de família. Vocês podem me contar depois.

Eve franziu o cenho.

— Quem é Rebecca?

Capítulo 15

Oren dirigia e Nash ia no banco do carona. Mais dois guarda-costas se acomodaram na parte de trás da suv, o que me deixou na fileira do meio, com Jameson de um lado e Grayson do outro.

— Você não deveria estar em um voo de volta para Harvard?

Jameson se inclinou para a frente, por cima de mim, para olhar feio para o irmão.

Grayson arqueou uma sobrancelha.

— E daí?

— Me diga que estou errado — disse Jameson. — Me diga que você não ficou por causa de Eve.

— Existe uma ameaça — disparou Grayson. — Alguém fez um movimento contra nossa família. Claro que eu fiquei.

Jameson estendeu o braço em volta de mim para agarrar Grayson pelo terno.

— Ela não é Emily.

Grayson não se alterou. Não revidou.

— Eu sei disso.

— Gray.

— Eu *sei* disso!

Da segunda vez, as palavras de Grayson saíram mais altas, mais desesperadas.

Jameson o soltou.

—Apesar do que você parece acreditar — cuspiu Grayson —, do que *vocês dois* parecem acreditar, eu sei cuidar de mim mesmo.

Grayson era o Hawthorne que havia sido criado para liderar. O que nunca tinha permissão para precisar de qualquer coisa ou qualquer um.

— E você está certo, Jamie, ela *não* é Emily. Eve é vulnerável de formas que Emily nunca foi.

Os músculos no meu peito apertaram.

— Deve ter sido um jogo de Escadas e Serpentes muito esclarecedor — disse Jameson.

Grayson olhou pela janela, desviando o rosto de nós dois.

— Eu não consegui dormir ontem. Eve também não — disse, a voz controlada, o corpo imóvel. — Eu a encontrei perambulando pelos corredores.

Pensei em Grayson beijando uma garota em Harvard. Em Grayson vendo um fantasma.

— Perguntei se o hematoma na têmpora doía — continuou Grayson, os músculos do maxilar marcados e rígidos. — E ela me disse que alguns garotos gostariam que ela dissesse que sim. Que algumas pessoas preferem pensar que garotas como ela são fracas.

Ele ficou em silêncio por um segundo ou dois.

— Mas Eve não é fraca. Ela não mentiu para nós. Ela não pediu nada, exceto ajuda para encontrar a única pessoa no mundo que a vê pelo que ela é.

Pensei em Eve falando do quanto ela tinha tentado ser *perfeita* quando criança. E então pensei em Grayson. Nos padrões impossíveis que ele se impunha.

— Talvez não seja eu quem precisa de um lembrete de que essa garota é ela mesma — disse Grayson, a voz afiada como uma faca. — Mas vá em frente, Jamie, me diga que sou tendencioso, que não sou confiável. Que sou frágil e fácil de ser manipulado.

— Não — interveio Nash do banco da frente.

— Eu ficarei feliz em discutir todos os seus defeitos — disse Jameson a Grayson — em ordem alfabética e com muitos detalhes. Vamos só resolver isso primeiro.

Isso nos levou a um bairro cheio de mansões pré-fabricadas. Antes, o tamanho dos terrenos e das casas teria me impressionado, mas, em comparação com a Casa Hawthorne, as construções enormes pareciam totalmente comuns.

Oren estacionou na rua e, quando começou a recitar nosso protocolo de segurança, tudo em que eu conseguia pensar era *como Skye Hawthorne acabou aqui?*

Eu não tinha acompanhado o que havia acontecido com ela depois que a promotoria retirou as acusações de assassinato e tentativa de assassinato, mas tinha esperado encontrá-la em farrapos, ou no luxo completo — não nos subúrbios.

Tocamos a campainha e Skye abriu a porta, usando um vestido verde-água solto e óculos de sol.

— Ora, que surpresa — disse ela, olhando os meninos por cima dos óculos de sol. — Se bem que eu tirei mesmo uma carta de mudança hoje de manhã. A Roda da Fortuna, seguida do Oito de Copas invertido — suspirou. — E meu horóscopo falava de perdão.

Os músculos no maxilar de Grayson ficaram tensos.

— Não viemos te perdoar.

— *Me* perdoar? Gray, querido, por que eu precisaria do perdão de alguém?

Isso vindo da mulher cujas acusações tinham sido abandonadas apenas porque tinha sido presa pelo atentado errado contra a minha vida.

— Afinal — continuou Skye, entrando na casa e gentilmente nos permitindo acompanhar —, eu não joguei *vocês* na rua, joguei?

Grayson tinha forçado Skye a sair da Casa Hawthorne — por mim.

— Eu garanti que você tivesse para onde ir — disse ele, rígido.

— Eu não deixei *vocês* apodrecerem na prisão — continuou Skye, dramática. — Eu não forcei vocês a implorar a amigos por advogados decentes. Honestamente! Não venham vocês me falarem de perdão. Não fui eu quem abandonei vocês.

Nash arqueou uma sobrancelha.

— Questionável, não acha?

— Nash — disse Skye, e estalou a língua. — Você não está um pouco velho para guardar rancores infantis? Você, especialmente, deveria entender: não fui feita para ficar parada. Uma mulher como eu pode até morrer de inércia. É mesmo tão difícil entender que sua mãe também é uma pessoa?

Ela podia destroçá-los sem nem tentar. Mesmo Nash, que tinha tido anos para superar a falta de instintos maternos de Skye, não estava imune.

— Você está usando uma aliança — interrompeu Jameson com uma observação perspicaz.

Skye lhe deu um sorrisinho tímido.

— Essa coisinha? — disse, acenando com o que devia ser um diamante de três quilates na mão esquerda. — Eu teria convidado vocês para o casamento, meninos, mas foi uma coisinha pequena no cartório. Vocês sabem que detesto espetáculos, e, considerando como eu e Archie nos conhecemos, um casamento civil pareceu mais adequado.

Skye Hawthorne *vivia* pelo espetáculo.

— Um casamento civil pareceu mais adequado — repetiu Grayson, digerindo o que ela queria dizer e estreitando os olhos. — Você se casou com seu advogado de defesa?

Skye deu de ombros elegantemente.

— Os filhos e netos de Archie estão sempre insistindo para que ele se aposente, mas meu querido marido vai exercer direito criminal até morrer de velhice.

Em outras palavras: sim, ela tinha se casado com o advogado, e sim, ele era significativamente mais velho do que ela e possivelmente não passaria muito tempo nesse mundo.

— Agora, se vocês não vieram implorar o meu perdão... — disse Skye, e examinou cada um de seus três filhos. — Então por que estão aqui?

— Um pacote chegou na Casa Hawthorne hoje — disse Jameson.

Skye se serviu de uma taça de espumante.

— Ah, é?

Jameson puxou o disco do bolso.

— Você não saberia o que é isso, saberia?

Skye Hawthorne congelou por um segundo. Suas pupilas dilataram.

— Onde vocês acharam isso? — perguntou, avançando para pegar da mão dele, mas, como um mágico, Jameson fez a "moeda" desaparecer.

Skye reconheceu. Eu via a fome nos olhos dela.

— Diga o que é — ordenou Grayson.

Skye olhou para ele.

— Sempre tão sério — murmurou, estendendo a mão para tocar o rosto dele. — E a sombra nesses olhos...

— Skye — chamou Jameson, desviando a atenção dela de Grayson. — *Por favor.*

— Bons modos, Jamie? Vindos de você? — retrucou Skye, e abaixou a mão. — Estou chocada, mas, mesmo assim, não tem muita coisa que eu possa dizer. Eu nunca tinha visto essa coisa antes.

Ouvi as palavras dela com cuidado. Ela nunca tinha *visto.*

— Mas você sabe o que é — eu disse.

Por um momento, Skye me encarou como se fôssemos duas jogadoras nos cumprimentando antes de uma partida.

— Seria uma pena se alguém encontrasse seu marido — se intrometeu Nash — e o avisasse de algumas coisas.

— Archie não vai acreditar em uma palavra do que você disser — respondeu Skye. — Ele já me defendeu de acusações falsas uma vez.

— Eu aposto que sei uma ou duas coisas que ele acharia interessante — disse Nash, e se apoiou na parede, esperando.

Skye olhou para Grayson. De todos eles, era ele em quem ela ainda tinha mais efeito.

— Eu não sei muito — cedeu. — Eu sei que a moeda era do meu pai. Eu sei que o grande Tobias Hawthorne me interrogou por horas quando ela sumiu, descrevendo-a várias vezes. Mas não fui eu quem a peguei.

Eu disse o que todos nós estávamos pensando:

— Foi Toby.

— Meu pequeno Toby estava com tanta raiva naquele verão... — disse Skye, fechando os olhos, e por um momento não pareceu perigosa ou manipuladora, nem mesmo coquete. — Eu nunca soube o porquê.

A adoção. O segredo. As mentiras.

— No fim, meu querido irmãozinho fugiu e levou *isso* como presente de despedida. Com base na reação do nosso pai, Toby escolheu muito bem a vingança. Para arrancar esse tipo de resposta com alguém com o dinheiro do meu pai? — falou Skye, e abriu os olhos de novo. — Devia ser *muito* preciosa.

Vá a Jackson. As instruções de Toby para minha mãe ecoavam na minha mente. *Você sabe o que deixei lá. Você sabe o que vale.*

— Você não está com Toby — Jameson foi direto ao ponto. — Está?

— Você está admitindo — disse Skye, perspicaz — que meu irmão está vivo?

— Responda — ordenou Grayson.

— Eu não *estou* com nenhum de vocês mais, estou? Nem com Toby. Nem com vocês, meninos.

Skye parecia estar quase sofrendo, mas o brilho nos olhos dela era um pouco afiado demais.

— Honestamente, do que exatamente você está me acusando, Grayson? — continuou Skye, pegando um drinque. — Você age como se eu fosse um monstro.

A voz dela ainda estava alta e clara, mas intensa. Pela primeira vez, vi uma semelhança entre ela e os filhos, especialmente entre ela e Jameson.

— Todos vocês agem, mas a única coisa que eu já quis foi ser amada.

Tive a súbita sensação de que aquela era a verdade de Skye, pelo ponto de vista dela.

— Mas quanto mais eu precisava de amor, quanto mais eu desejava, mais indiferente o mundo se tornava. Meus pais. Os pais de vocês. Até mesmo vocês, meninos.

Skye tinha dito a Jameson uma vez que ela deixava os homens depois que engravidava como um teste: se realmente a quisessem, iriam atrás dela.

Mas nenhum deles tinha ido.

— Nós te amamos — disse Nash, de uma maneira que me fez pensar no garotinho que ele devia ter sido. — Você era nossa mãe. Como não amaríamos?

— Era isso que eu dizia para mim mesma, cada vez que engravidava.

Os olhos de Skye brilharam.

— Mas nenhum de vocês foi meu por muito tempo. Não importava o que eu fizesse, vocês eram primeiro do avô de vocês, e meus só em segundo lugar.

Skye deu outro gole, sua voz se tornando mais indiferente.

— Papai nunca me considerou uma jogadora no grande jogo, então fiz o que pude. Eu lhe dei herdeiros.

Ela olhou para mim.

— E vejam como isso acabou — falou, e deu de ombros de leve. — Então para mim chega.

— Você realmente espera que a gente acredite que você vai jogar a toalha? — perguntou Jameson.

— Querido, eu não me importo muito com o que vocês acreditam. Mas prefiro ser dona do meu próprio reino do que aceitar restos do *dela*.

— Então você está desistindo de tudo? — perguntei, encarando Skye Hawthorne, tentando adivinhar alguma verdade. — Da Casa Hawthorne? Do dinheiro? Do legado do seu pai?

— Você sabe qual é a maior diferença entre milhões e bilhões, Ava? — perguntou Skye. — Porque, a partir de certo ponto, não é o dinheiro.

— É o poder — disse Grayson ao meu lado.

Skye ergueu a taça para ele.

— Você realmente teria sido um herdeiro maravilhoso.

— Então é isso? — perguntou Nash, olhando em volta do hall enorme. — Esse é seu reino agora?

— Por que não? — respondeu Skye, aérea. — Papai nunca me viu como uma boa jogadora, de qualquer forma.

Ela deu de ombros elegantemente outra vez.

— Quem sou eu para decepcioná-lo?

Capítulo 16

A caminhada pela longa entrada foi tensa.

— Bem, eu, pelo menos, achei uma variedade agradável — declarou Jameson. — Nossa mãe *não é* a vilã dessa vez.

Ele podia agir como se fosse à prova de balas, como se a frieza de Skye não o tocasse, mas eu o conhecia melhor que isso.

— Minha parte favorita, pessoalmente — continuou solenemente —, foi ser culpado de nunca tê-la amado suficiente, embora eu precise dizer que o lembrete de que fomos concebidos em uma tentativa vã de garantir os doces, doces bilhões dos Hawthorne nunca é inútil.

— Cala a boca.

Grayson tirou seu paletó e virou à direita.

— Aonde você vai? — gritei para ele.

Grayson se virou.

— Eu prefiro caminhar.

— Vinte e nove quilômetros? — perguntou Nash.

— Eu prometo a vocês, todos vocês, mais uma vez... — Grayson arregaçou as mangas da camisa, o movimento estudado, enfático. — Que eu sei cuidar de mim mesmo.

— Fale de novo — encorajou Jameson —, mas dessa vez ainda *mais* que nem um robô.

Eu olhei feio para Jameson. Grayson estava sofrendo. Os dois estavam.

— Você está certa, Herdeira — disse Jameson, erguendo as mãos, derrotado. — Eu estou sendo terrivelmente injusto com robôs.

— Você está procurando briga — comentou Grayson, a voz perigosamente neutra.

Jameson deu um passo na direção do irmão.

— Uma caminhada de vinte e nove quilômetros também serve.

Durante vários segundos, os dois se encararam em silêncio. Finalmente, Grayson inclinou a cabeça.

— Não espere que eu fale com você.

— Nem sonharia com isso — respondeu Jameson.

— Vocês dois estão sendo ridículos — eu disse. — Vocês não podem andar de volta até a Casa Hawthorne.

Àquela altura, eu realmente deveria saber que não se diz a um Hawthorne que ele não pode fazer alguma coisa.

Eu me virei para Nash.

— Você não vai dizer nada? — perguntei a ele.

Em resposta, Nash abriu a porta da suv para mim.

— Eu vou na frente.

Sozinha na fileira do meio, passei o caminho de volta para a Casa Hawthorne em silêncio. Skye tinha definitivamente afetado os filhos. Grayson iria se fechar. Jameson iria transbordar. Eu só podia esperar que os dois chegassem em casa ilesos. Sofrendo por eles, eu me perguntava quem tinha tornado Skye tão desesperada para ser o centro do mundo de alguém que nem conseguia amar os próprios filhos por medo de que eles não a amassem de volta o suficiente.

Em algum nível, eu sabia a resposta. *Papai nunca me considerou uma jogadora no grande jogo.* Eu voltei ainda mais, para um poema que Toby tinha escrito em código. *Veneno é a árvore, percebeu? Envenenou S e Z e eu.*

— Skye adorava estar grávida. — Nash quebrou o silêncio na suv, olhando para mim do banco da frente. — Eu já te contei isso?

Eu sacudi a cabeça.

— O velho a paparicava. Ela passava a gravidez inteira na Casa Hawthorne, até fazia um ninho. E quando tinha um bebê novo, os primeiros dias eram mágicos. Eu me lembro de ficar na porta, vendo-a amamentar Gray logo depois deles voltarem do hospital. Tudo o que ela fazia era olhar para ele e cantarolar baixinho. O bebê Gray era um carinha quieto, solene. Jamie gritava. Xander se sacudia. — Nash imitou com a cabeça. — E toda vez, naqueles primeiros dias, eu pensava: *talvez ela fique.*

Eu engoli em seco.

— Mas ela nunca ficou.

— Pelo que Skye conta, o velho nos roubou. A verdade é que foi ela quem colocou meus irmãos nos braços dele. Ela *os deu* para ele. O problema nunca foi que ela não nos amasse... ela só gostava mais de todo o resto.

A aprovação do pai. A fortuna dos Hawthorne. Eu me perguntei quantos bebês Nash viu a mãe abandonar antes de decidir que não queria fazer parte disso.

— Se você tivesse um bebê... — comecei.

— Quando eu tiver um bebê — veio a resposta profunda e dolorida —, ela vai ser meu mundo inteiro.

— Ela? — repeti.

Nash se acomodou em seu lugar.

— Eu consigo imaginar Lib com uma menininha.

Antes que eu pudesse responder *àquilo,* Oren recebeu uma ligação.

— O que você conseguiu? — perguntou assim que atendeu. — Onde?

Oren freou a SUV em frente ao portão.

— Houve uma invasão — disse a nós. — Um sensor foi acionado nos túneis.

A adrenalina inundou minha corrente sanguínea. Levei a mão à faca na minha bota, não para puxá-la, só para lembrar que eu não estava indefesa. Finalmente, meu cérebro se acalmou o suficiente para que eu me lembrasse das circunstâncias de quando saíra da Casa Hawthorne.

— Eu quero equipes vindo dos dois lados — ia dizendo Oren.

— Pare — interrompi. — Não é uma invasão.

Respirei fundo.

— É Rebecca.

Capítulo 17

Os túneis que passavam por baixo da propriedade Hawthorne tinham menos entradas do que as passagens secretas. Anos antes, Tobias Hawthorne tinha mostrado as entradas para uma jovem Rebecca Laughlin. O velho tinha visto uma menina vivendo nas sombras da irmã doente, e dissera a Rebecca que ela merecia algo próprio.

Eu a encontrei no túnel embaixo das quadras de tênis. Guiada apenas pela lanterna do celular, me aproximei dela. O túnel terminava em uma parede de concreto. Rebecca estava ali, encarando-a, o cabelo ruivo indomado, o corpo esguio rígido.

— Vá embora, Xander — disse ela.

Parei a alguns passos de distância dela.

— Sou eu.

Ouvi Rebecca inspirar, trêmula.

— Vá embora, Avery.

— Não.

Rebecca era boa em usar o silêncio como arma, ou escudo. Depois da morte de Emily, ela tinha se isolado, enroscada no silêncio.

— Eu tenho o dia inteiro — falei.

Rebecca finalmente se virou para me olhar. Para uma garota bonita, ela chorava feio.

— Eu conheci Eve. Nós contamos a ela a verdade sobre a adoção de Toby. — Ela inspirou uma lufada de ar. — Ela quer conhecer minha mãe.

Claro que queria. A mãe de Rebecca era a avó de Eve.

— Sua mãe dá conta disso? — perguntei.

Eu só tinha encontrado Mallory Laughlin algumas vezes, mas *estável* não era uma palavra que eu teria usado para descrevê-la. Quando adolescente, ela tinha dado Toby bebê para adoção, sem saber que os Hawthorne o tinham adotado. Seu bebê tinha estado tão perto, durante anos, e ela não sabia, não naquela época. Quando finalmente tivera outro filho, duas décadas mais tarde, Emily tinha nascido com uma doença cardíaca.

E agora Emily tinha morrido. E, até onde Mallory sabia, Toby também.

— *Eu* não estou dando conta disso — disse Rebecca. — Elas se parecem tanto, Avery. — Rebecca soava além da raiva, além da dor, a voz um mosaico de emoções demais para serem contidas em um só corpo. — Ela até fala que nem Emily.

Toda a vida de Rebecca quando nova tinha girado em torno da irmã. Ela tinha sido criada para se diminuir.

— Você precisa que eu te diga que Eve *não é* Emily? — perguntei.

Rebecca engoliu em seco.

— Bem, ela não parece me odiar, então...

— Te odiar? — perguntei.

Rebecca se sentou e levou os joelhos ao peito.

— A última coisa que Em e eu fizemos foi brigar. Você sabe o quanto ela teria me feito suar para ser perdoada por isso? Por estar *certa*?

Elas tinham brigado por conta dos planos de Emily para aquela noite, os planos que a mataram.

— Droga — disse Rebecca, tocando as pontas do cabelo ruivo repicado —, ela me odiaria por isso também.

Eu me sentei ao lado dela.

— Pelo cabelo?

Parte da tensão nos músculos de seu corpo inteiro estremeceu.

— Emily gostava do nosso cabelo comprido.

Nosso cabelo. O fato de que Rebecca conseguia dizer aquilo sem notar o quanto era doido, mesmo então, me fez querer socar alguém por ela.

— Você é uma pessoa independente, Rebecca — falei, desejando que ela acreditasse. — Você sempre foi.

— E se eu não for boa em ser uma pessoa independente?

Rebecca estava diferente nos últimos meses. Ela tinha uma aparência diferente, se vestia diferente, ia atrás do que queria. Ela tinha aceitado Thea de volta.

— E se tudo isso for só o universo me dizendo que eu não *posso* seguir em frente? *Nunca* — continuou, o queixo trêmulo. — Talvez eu seja uma pessoa horrível por querer isso.

Eu sabia que ver Eve iria magoá-la. Eu sabia que reviraria o passado, da mesma forma que tinha acontecido com Jameson, com Grayson. Mas aquilo era Rebecca, até a carne.

— Você não é uma pessoa horrível — falei, mas não tinha certeza de que *eu* poderia fazê-la acreditar. — Você já contou a Thea sobre Eve?

Rebecca se levantou e enfiou a ponta do coturno surrado no chão.

— Por que eu faria isso?

— Bex.

— Não me olhe assim, Avery.

Ela estava sofrendo. Não ia *parar* de doer tão cedo.

— O que eu posso fazer? — perguntei.

— Nada — disse Rebecca, e pude ouvir algo se partindo dentro dela. — Porque agora eu preciso descobrir como contar para minha mãe que ela tem uma neta igualzinha à filha que teria escolhido manter, se o universo a tivesse deixado escolher entre Emily e eu.

Rebecca estava ali. Ela estava viva. Era uma boa filha. Mas sua mãe ainda conseguia olhar bem na cara dela e dizer em prantos que todos os seus bebês morriam.

— Quer que eu vá contar para sua mãe com você? — perguntei.

Rebecca sacudiu a cabeça, as pontas desiguais do cabelo ondulando com uma corrente de ar.

— Eu sou melhor em querer coisas agora do que eu era antes, Avery — disse, e se endireitou, uma linha invisível de aço descendo por sua coluna. — Mas eu não posso ter o luxo de querer você comigo para isso.

Capítulo 18

Eu fiquei nos túneis depois que Rebecca foi embora, em dúvida, então voltei à Casa Hawthorne e saí por uma escada escondida que dava no salão principal. Quando voltou o sinal do celular, puxei o gatilho e telefonei.

— A que devo essa muito duvidosa honra?

Thea Calligaris tinha aperfeiçoado a arte do desdém verbal.

— Oi para você também, Thea.

— Deixe-me adivinhar — disse ela, impertinente. — Você precisa desesperadamente de uma ajuda fashion? Ou talvez algum dos Hawthorne esteja em colapso?

Eu não respondi, então ela corrigiu o palpite:

— Mais de um?

Um ano antes, eu nunca teria imaginado que nós duas seríamos qualquer coisa que remotamente parecesse amigas, mas tínhamos conquistado uma a outra... mais ou menos.

— Eu preciso te contar uma coisa.

— Bem — respondeu Thea, coquete —, eu não tenho o dia todo. Caso você tenha perdido o recado, meu tempo é *muito* valioso.

No verão, Thea tinha viralizado. Em algum lugar entre Saint Barth e as Maldivas, ela tinha se tornado uma Influencer, com I maiúsculo. Então ela tinha voltado para Rebecca.

Não importa quanto tempo demore, Thea tinha me dito uma vez. *Eu vou continuar escolhendo ela.*

Eu contei tudo a ela.

— Quando você diz que essa menina é igualzinha a...

— É *igualzinha* mesmo — repeti.

— E Rebecca...

Rebecca ia me matar.

— Elas acabaram de se conhecer. Eve quer conhecer a mãe de Bex.

Por três segundos inteiros, Thea caiu em um silêncio pouco característico.

— Isso é zoado, mesmo pelos padrões dos Hawthorne e adjacentes.

— *Você* está bem? — perguntei.

Emily tinha sido a melhor amiga de Thea.

— Eu não trabalho com vulnerabilidade — respondeu Thea. — Não combina com a minha estética de megera.

Ela parou.

— Bex não queria que você me contasse isso, né? — perguntou.

— Não exatamente.

Eu quase *ouvi* Thea dando de ombros, ou tentando.

— Só por curiosidade — disse ela com leveza —, exatamente quantos Hawthorne estão *mesmo* em colapso agora?

— Thea.

— Se chama *schadenfreude*, Avery. Mas, honestamente, os alemães deveriam inventar uma palavra que captasse com mais precisão a emoção de sentir uma satisfação mesquinha em saber que os canalhas mais arrogantes do mundo também têm sentimentos minúsculos.

Thea não era tão fria quanto gostava de fingir que era, mas eu sabia que não devia denunciar isso quando se tratava dos Hawthorne.

— Você vai ligar para Rebecca? — perguntei.

— E deixar que ela desligue na minha cara? — respondeu Thea, ácida, e deixou passar um momento. — Claro que vou.

Ela tinha deixado Rebecca ir uma vez. Não ia deixar de novo.

— Agora, se isso é tudo, eu tenho um império para construir e uma garota para perseguir.

— Cuide dela, Thea — eu disse.

— Vou cuidar.

Capítulo 19

Oren esperou eu desligar o telefone para demonstrar que estava ali. Ele apareceu e eu forcei meu cérebro a se concentrar.

— Alguma novidade? — perguntei.

— Nenhuma sorte no rastreio do mensageiro, mas a equipe que eu mandei para o ponto de encontro de Toby e Eve voltou a dar notícias.

A memória de uma palavra ecoou na minha mente: *tiroteio.*

— Você descobriu quem ligou para a emergência? — perguntei, me agarrando à calma da mesma forma que uma pessoa pendurada em um abismo de quinze metros se agarra ao que conseguir alcançar.

— O telefonema foi feito de um armazém vizinho. Minha equipe achou o proprietário. Ele não faz ideia de quem ligou, mas tinha uma coisa para nós.

Uma coisa. A maneira como Oren falou me deu a sensação de que meu estômago tinha sido forrado de chumbo.

— O quê?

— Outro envelope.

Oren esperou que eu processasse a informação antes de continuar:

— Foi enviado noite passada, por mensageiro, impossível de rastrear. O dono do armazém foi pago em dinheiro para entregar o envelope a qualquer um que perguntasse sobre uma ligação de emergência. O pagamento chegou com o pacote, então é igualmente impossível de rastrear.

Oren estendeu o envelope.

— Antes de você abrir... — começou.

Eu o arranquei das mãos dele. Dentro, havia uma foto de Toby, o rosto roxo e inchado, segurando um jornal com a data do dia anterior. *Prova de vida.* Eu engoli em seco e virei a foto. Não havia nada no verso, nada no envelope.

Ontem ele estava vivo.

— Nenhum pedido de resgate? — perguntei, engasgada.

— Não.

Olhei de novo para os hematomas de Toby, o rosto inchado.

— Você conseguiu descobrir alguma coisa sobre a família de David Golding? — perguntei, tentando me controlar.

— No momento, estão no estrangeiro — respondeu Oren. — E as finanças estão limpas.

— E agora? Nós sabemos onde Eli e Mellie estão? E Ricky? Constantine Calligaris ainda está na Grécia?

Eu odiava o quanto parecia frenética e a maneira como minha mente estava saltando de possiblidade em possiblidade sem descanso: os meios-irmãos de Eve, meu pai, o recém-separado marido de Zara, *quem mais?*

— Eu venho rastreando os quatro indivíduos que você acabou de mencionar há mais de seis meses — relatou Oren.

— Nenhum deles chegou a menos de trezentos quilômetros

do lugar de interesse no momento em que Toby foi levado, e não tenho motivos para desconfiar de qualquer tipo de envolvimento de nenhum deles.

Oren fez uma pausa.

— Eu também investiguei Eve — acrescentou.

Pensei em Eve se entregando inteira naquele jogo de Escadas e Serpentes e no que Grayson tinha dito sobre ela no carro.

— E? — perguntei baixo.

— A história dela confere. Ela saiu de casa no dia em que fez dezoito anos, cortou o contato com toda a família, incluindo os irmãos. Isso foi dois anos atrás. Ela era garçonete e ia ao trabalho regularmente, até desaparecer com Toby semana passada. Dos dezoito anos até conhecer Toby alguns meses atrás, vivia em aperto financeiro e morava com o que pareciam ser uns colegas de quarto horríveis. Indo mais fundo e voltando alguns anos, eu encontrei um registro de um incidente na escola em que cursou o ensino médio, envolvendo Eve e um aparentemente adorado professor. *Palavra dele contra a dela.*

A expressão de Oren endureceu.

— Ela tem motivos para desconfiar de autoridades — concluiu.

E quem, Eve tinha me perguntado, *vai acreditar em uma garota como eu?*

— O que mais? — perguntei a Oren. — O que você não está me contando?

Eu o conhecia bem o suficiente para saber que tinha *alguma coisa.*

— Nada em relação a Eve.

Oren me encarou por um longo momento, então enfiou a mão no bolso da camisa e me entregou um pedaço de papel.

— Essa é uma lista dos membros da sua equipe de segurança e nossos associados próximos que foram abordados com ofertas de emprego nas últimas três semanas — acrescentou.

Eu fiz uma conta rápida. *Treze.* Não podia ser normal.

— Abordados por quem? — perguntei.

— Empresas de segurança particular, no geral — respondeu Oren. — Variadas demais para eu achar confortável. Não há denominador comum na propriedade das diferentes empresas, mas uma coisa assim não acontece a menos que alguém esteja *fazendo* acontecer.

Alguém que queria buracos na minha segurança.

— Você acha que isso está relacionado ao sequestro de Toby? — perguntei.

— Não sei — disse Oren, seco. — Meus homens são fiéis e bem pagos, então as tentativas deram errado, mas eu não estou gostando disso, Avery... de nada disso.

Ele me olhou.

— Sua amiga Max pretende voltar à faculdade amanhã de manhã — continuou. — Eu gostaria de mandar uma equipe de segurança com ela, mas ela está... *relutante*.

Eu engoli em seco.

— Você acha que Max está em perigo?

— Ela pode estar.

A voz de Oren era firme. *Ele* era firme.

— Eu seria negligente se, a essa altura, não presumisse que você é o alvo de uma agressão concentrada e com várias frentes — explicou. — Talvez seja. Talvez não seja. Mas, até concluirmos o contrário, eu não tenho escolha além de proceder como se houvesse uma ameaça importante... e isso significa presumir que qualquer pessoa próxima a você pode ser o próximo alvo.

Capítulo 20

Eu não sabia o que ia ser mais difícil: convencer Max a deixar que Oren lhe desse um guarda-costas ou mostrar aquela foto de Toby para Eve. Acabei indo atrás de Max primeiro e encontrei ela *e* Eve na pista de boliche com Xander, que segurava uma bola de boliche em cada mão.

— Eu chamo essa jogada de *o helicóptero* — entoou ele, erguendo os braços para o lado.

Mesmo nos momentos mais sombrios, Xander era Xander.

— Você vai derrubar uma delas no seu pé — eu disse.

— Tudo bem — respondeu Xander, alegremente. — Eu tenho dois pés!

— Skye sabia alguma coisa do disco? — perguntou Eve, passando por Xander e Max. — Ela está envolvida?

— Não para a segunda pergunta — eu disse. — E a primeira não é importante agora.

Engoli em seco. Meu plano de confrontar a situação com Max primeiro tinha ido por água abaixo.

— O importante é isso — falei, e passei para Eve a foto de Toby, desviando o rosto.

Eu não conseguia olhar, mas não olhar não ajudava. Dava para *sentir* Eve ao meu lado, encarando a foto. A respiração dela era audível e irregular. Ela tinha *sentido*, assim como eu.

— Se livre disso.

Eve derrubou a foto. Aumentou o tom de voz.

— *Tire isso daqui.*

Eu me abaixei para pegar a foto, mas Xander largou as bolas de boliche e chegou antes de mim. Ele pegou o celular. Enquanto eu observava, ele ligou a lanterna e a passou pelo verso da foto.

— O que você está fazendo? — perguntou Max.

— Ele está checando se tem alguma mensagem escondida no grão do papel — respondi.

Se algumas partes da página fossem mais densas do que outras, a luz não penetraria tão bem. Eu não tinha *querido* olhar tão de perto para a foto, para o rosto de Toby, mas, agora que Xander tinha puxado a lanterna, meu cérebro trocou de marcha. *E se tiver algo a mais nessa mensagem?*

— Vamos precisar de luz negra — falei. — E uma fonte de calor.

Se estávamos lidando com alguém que conhecia os jogos de Tobias Hawthorne, tinta invisível era definitivamente possível.

— É para já! — disse Xander.

Ele me passou a foto, então saiu correndo da sala.

— O que vocês estão fazendo? — me perguntou Eve, com a voz seca.

Eu estava analisando a foto, olhando para além das feridas de Toby.

— O jornal — falei de repente, com força. — O que Toby está segurando.

Peguei meu celular e tirei uma foto da foto, para poder ampliar.

— O artigo de primeira página — continuei, e adrenalina me inundou. — Algumas letras estão apagadas. Vê essa palavra? Pelo contexto, dá para saber que deveria ser *crise,* mas o E está apagado. Mesma coisa com o U nessa palavra. Então S, outro E. M.

Deslizando para o computador do boliche, eu cliquei no botão para incluir um novo jogador e digitei as cinco letras que eu já tinha lido, então continuei. No total, havia vinte letras apagadas no artigo.

L. Digitei a última, então voltei e acrescentei espaços. Apertei enter e a mensagem surgiu na tela de pontuação. *EU SEMPRE VENÇO NO FINAL.*

Eu sabia que alguém estava brincando conosco, comigo. Mas aquilo deixou muito mais claro que o sequestrador de Toby não estava só jogando *comigo.* Estava jogando *contra* mim.

Quando Xander voltou trazendo uma luz negra em uma das mãos e um abajur Tiffany no outro, deu uma olhada nas palavras na tela e as deixou de lado.

— Escolha ousada de nome — disse, me dirigindo um olhar esperançoso. — Seu?

— Não.

Eu me recusava a ceder à escuridão que queria vir. Em vez disso, me virei para Max.

— Eu vou precisar que você concorde em levar um guarda-costas amanhã.

Max abriu a boca, provavelmente para protestar, mas Xander cutucou o ombro dela.

— E se te conseguirmos um moreno misterioso com um passado trágico e um fraco por cachorrinhos? — disse ele, em tom insistente.

Depois de um longo momento, Max o cutucou de volta.

— Fechado.

Quando as coisas se acertassem pelo menos um pouco, eu e ela teríamos uma longa conversa sobre cutucões, mesas de cabeceira e a *amizade* entra ela e Xander Hawthorne. Mas por enquanto...

Eu me virei para Oren, um medo novo me acertando tarde demais.

— E Jameson e Grayson? Eles ainda não chegaram em casa.

Se qualquer um próximo de mim podia ser um alvo, então...

— Tenho um homem com cada um deles — respondeu Oren. — A última notícia que tive é que os meninos ainda estavam juntos e as coisas estavam ficando feias. Feias estilo Hawthorne — esclareceu. — Nenhuma ameaça externa.

Dado o estado emocional deles depois da conversa com Skye, *feio estilo Hawthorne* era provavelmente o melhor que podíamos esperar.

Eles estão seguros. Por enquanto. Com uma sensação claustrofóbica, me voltei para as palavras na tela. **EU SEMPRE VENÇO NO FINAL.**

— Pronome da primeira pessoa do singular — falei, porque era mais fácil dissecar a mensagem do que me perguntar o que *vencer* significava para a pessoa que estava com Toby. — Isso sugere que estamos lidando com um indivíduo, não um grupo. E as palavras *no final* parecem indicar que houve perdas no caminho.

Eu respirei, pensei e me forcei a ver mais que aquilo nas palavras.

— O que mais? — perguntei.

Duas horas e meia depois, Jameson e Grayson ainda não tinham chegado em casa, e eu estava pirando. Eu já tinha revirado a mensagem, a foto e o envelope, caso houvesse mais alguma coisa ali dentro. Mas nada que eu fazia parecia adiantar.

Vingança. Revanche. Vendeta. Vingador. Eu sempre venço no final.

— Estou odiando isso — disse Eve, a voz baixa e aguda. — Eu *odeio* me sentir impotente.

Eu também odiava.

Xander olhou de Eve para mim.

— Vocês duas estão emburradas? — perguntou. — Porque Avery, eu sou, como sempre, seu BFFH, e você *sabe* qual é a pena por ficar emburrada.

— Eu não vou jogar Pega Xander — falei.

— O que é Pega Xander? — perguntou Max.

— O que *não é* Pega Xander? — respondeu Xander, filosófico.

— Isso tudo é uma piada para você? — perguntou Eve, dura.

— Não — disse Xander, subitamente sério. — Mas às vezes o cérebro começa a andar em círculos. Não importa o que você faça, os mesmos pensamentos continuam se repetindo, de novo e de novo. Você fica preso em um ciclo e, dentro do ciclo, não enxerga além dele. Você vai continuar pensando nas mesmas possibilidades, à toa, porque as respostas que você precisa... estão além do ciclo. Distrações não são só distrações. Às vezes elas quebram o ciclo, e quando você sai, quando o cérebro para de girar...

— Você vê coisas que não tinha notado antes — concluiu Eve, e encarou Xander por um momento. — Certo. Traga as distrações, Xander Hawthorne.

— É muito perigoso dizer isso — avisei.

— Não dê bola para Avery! — instruiu Xander. — Ela só está um pouco tímida por causa do Incidente.

Max riu.

— Que incidente?

— Não importa — disse Xander —, e, em minha defesa, eu não esperava que o zoológico mandasse um tigre *de verdade*. Agora... — disse ele, e tocou o queixo. — O que queremos fazer? O Chão É Lava? Guerra de Esculturas? Assassinos da Gelatina?

— Desculpa — disse Eve, esganiçada, e se voltou para a porta. — Não vai dar.

— Espera! — gritou Xander atrás dela. — O que você acha de fondue?

Capítulo 21

Na Casa Hawthorne, *fondue* envolvia doze panelas de fondue acompanhadas por três fontes gigantescas de chocolate. A sra. Laughlin montou tudo na cozinha profissional em uma hora.

Distrações não são apenas distrações, lembrei. *Às vezes você precisa delas para quebrar o ciclo.*

— Em termos de fondue de queijo — declarou Xander —, temos gruyère, gouda, cheddar com cerveja, fontina, chällerhocker...

— Ok — interrompeu Max —, você está inventando essas palavras.

— Estou? — disse Xander em sua voz mais galante. — Para mergulhar, temos baguete, pão de fermentação natural, bolacha, crouton, bacon, presunto cru, salame, sopressata, maçã, pera e vários vegetais, grelhados ou crus. E então temos os fondues de sobremesa! Para os puristas entre nós, temos fontes de chocolate amargo, chocolate ao leite e chocolate branco. Combinações mais criativas de sobremesas estão nas panelas. Eu recomendo *muito* o chocolate duplo com caramelo salgado.

Observando a enorme variedade de opções do que mergulhar nas sobremesas, Max pegou um morango em uma das mãos e uma bolacha na outra.

— Joga para cá! — gritou Xander, correndo para trás. — Acerta o ângulo!

Max atirou a bolacha, que Xander pegou com a boca. Sorrindo, Max mergulhou o morango em uma das panelas de sobremesa, deu uma mordida, então gemeu.

— Forra, como isso é bom.

Quebre o ciclo, pensei, então comecei a circular pelas opções, morrendo a cada mordida. Ao meu lado, Eve lentamente começou a fazer o mesmo.

Com a boca cheia de bacon, Xander pegou um garfo de fondue e o ergueu como uma espada.

— *En garde!*

Max se armou. O resultado foi caos. O tipo de caos que terminou com Max e Xander encharcados com o conteúdo das fontes e Eve levando uma banana com chocolate amargo no peito.

— Eu peço um perdão achocolatado — disse Xander.

Max o acertou com um pão.

Eve baixou os olhos para a sujeira na blusa.

— Era minha única camiseta.

Eu olhei para Max. *Você e eu vamos conversar em breve.* Então me virei para Eve.

— Venha — eu disse. — Vou te dar uma blusa.

— *Isso* é seu armário?

Eve estava chocada. Araras, armários e prateleiras se erguiam pelos quatro metros de parede, tudo abarrotado.

— Pois é — falei, me lembrando de como eu tinha me sentido quando trouxeram as roupas. — Você devia ver o closet no quarto que era da Skye. Tem cento e setenta metros quadrados, dois andares e um bar de champanhe.

Eve encarou as roupas.

— Fique à vontade — falei, mas ela não se mexeu. — Sério — insisti. — Pegue o que quiser.

Ela tocou uma blusa verde-clara, mas congelou quando sentiu o tecido. Eu não era ligada em moda, mas a maciez incrível de roupas caras, a *sensação* delas, era o que ainda me pegava também.

— Toby não queria que eu me envolvesse com isso — disse Eve, que continuava olhando a blusa. — A mansão. A comida. As roupas.

Ela inspirou fundo, audível.

— Ele odiava esse lugar. *Odiava*. E quando eu perguntava por que, tudo que ele dizia era que a família Hawthorne não era o que parecia ser, que a família dele tinha segredos — continuou, e finalmente puxou a blusa verde do cabide. — Segredos sombrios. Talvez até perigosos.

Eu pensei em todos os segredos dos Hawthorne que eu tinha descoberto desde que chegara: não apenas a verdade a respeito da adoção de Toby ou o papel dele no incêndio na ilha Hawthorne, mas todo o resto.

Nan matou o marido. Zara traiu seus dois. Skye deu o sobrenome dos pais como nome dos filhos e pelo menos um deles era um homem perigoso. Tobias Hawthorne subornou o pai de Nash para manter distância. Jameson viu Emily Laughlin morrer.

E isso sem contar os segredos que eu mesma tinha ajudado a criar desde que chegara. Eu tinha permitido que Grayson encobrisse o envolvimento da mãe no atentado contra minha vida e colocasse toda a culpa no ex-namorado abusivo de Libby. Tinha feito vista grossa quando Toby e Oren decidiram que o corpo de Sheffield Grayson precisava desaparecer.

Na minha frente, Eve ainda estava esperando que eu dissesse alguma coisa.

— Vou deixar você se vestir — falei.

De volta ao quarto, me peguei pensando em quais outros segredos dos Hawthorne eu ainda não sabia. Voltei para a foto de Toby e me permiti olhar diretamente em seus olhos. *Isso é por causa de você, de mim ou dessa família? Quantos inimigos nós temos?*

Uma batida invadiu meus pensamentos. Abri a porta e encontrei o sr. Laughlin ali — e Oren, junto com o guarda de Eve, postado no corredor.

— Perdoe a interrupção, Avery. Trouxe uma coisa para você.

O velho caseiro trazia um carrinho cheio de longos rolos de papel.

Outra entrega especial? Meu coração acelerou.

— Foi uma entrega?

— Eu mesmo que achei.

Por mais ásperos que fossem os modos do sr. Laughlin, havia algo quase gentil em seus olhos cor de musgo.

— Você acabou de fazer aniversário — explicou. — Todo ano, depois do aniversário *dele,* o sr. Hawthorne fazia planos para a próxima expansão da casa.

Tobias Hawthorne nunca tinha terminado a Casa Hawthorne. Ele acrescentava algo todo ano.

— Aqui estão as plantas — disse o sr. Laughlin, e apontou o carrinho com a cabeça enquanto o levava para dentro do quarto. — Uma para cada ano desde que começamos a construção. Pensei que você poderia querer vê-las se estiver planejando seu próximo acréscimo.

— Eu? Acrescentar algo à Casa Hawthorne?

Eve entrou no quarto, vestindo a blusa de seda verde. Por um momento, ela encarou as plantas da mesma forma que tinha encarado as roupas no meu armário. Até que alguém apareceu na porta.

Jameson. O rosto e corpo dele estavam cobertos de lama. A camisa estava rasgada, e o ombro, sangrando.

O sr. Laughlin passou um braço em volta do ombro de Eve.

— Vamos, mocinha. É melhor irmos embora.

Capítulo 22

— **Você está sangrando** — eu disse a Jameson.

Ele mostrou os dentes em um sorriso maldoso.

— Também estou perigosamente perto de sujar... tudo.

Havia lama no rosto e no cabelo dele. As roupas estavam ensopadas, a camisa grudada no abdômen, me permitindo ver cada linha de músculo por baixo.

— Antes que você pergunte — murmurou Jameson —, eu estou bem e Gray, também.

Eu me perguntei se Grayson Hawthorne tinha uma gota de lama sequer na roupa.

— Oren disse que as coisas ficaram feias estilo Hawthorne.

Eu olhei feio para Jameson. Ele deu de ombros.

— Skye sempre dá um jeito de mexer com a nossa cabeça — disse Jameson, sem elaborar a respeito da lama, do sangue ou do que exatamente ele e Grayson tinham aprontado. — No fim das contas, descobrimos o que precisávamos. Skye não está envolvida no sequestro.

Desde então, eu já tinha descoberto muito mais. Contei tudo a Jameson em um jorro de palavras: a foto de Toby, a mensagem que o sequestrador tinha escondido nela, os comentários de Eve a respeito de segredos sombrios e perigosos, o que Oren tinha me dito a respeito das tentativas de contratar minha equipe de segurança.

Quanto mais eu falava, mais perto Jameson chegava de mim, e mais perto eu precisava ficar dele.

— Não importa o que eu faça — falei, nossos corpos se tocando —, sinto que não estou chegando a lugar nenhum.

— Talvez seja esse o objetivo, Herdeira.

Eu reconheci o tom na voz dele, um tom que conhecia tão bem quanto cada uma das suas cicatrizes.

— No que você está pensando, Hawthorne?

— A segunda mensagem muda as coisas.

Jameson fechou os braços ao meu redor. Senti a lama molhar minha blusa, o calor do corpo dele através da roupa.

— Nós estávamos errados — falou.

— Sobre o quê? — perguntei.

— A pessoa com quem estamos lidando... ela não está jogando um jogo Hawthorne. Nos jogos do velho, as pistas estão sempre em sequência. Uma pista leva a outra, se você souber resolvê-la.

— Mas, dessa vez — falei, seguindo a linha de raciocínio dele —, a primeira mensagem não nos levou a lugar nenhum. A segunda mensagem só veio.

Jameson ergueu a mão para tocar meu rosto, me sujando mais de lama.

— Ou seja, as pistas do jogo não são sequenciais. Resolver uma não vai magicamente te levar à próxima, Herdeira, não importa o que você faça. Ou o sequestrador de Toby só quer te deixar assustada, e nesse caso são só ameaças vagas, sem um desenho maior...

Eu o encarei.

— Ou? — perguntei, porque ele tinha dado a alternativa.

— Ou — murmurou Jameson — tudo é parte da mesma charada: uma resposta, muitas pistas.

Os ossos do quadril dele pressionaram de leve meu estômago.

— Uma charada — repeti, minha voz áspera. — Quem levou Toby... e por quê?

Vingança. Revanche. Vendeta. Vingador. Eu sempre venço no final.

— Uma charada incompleta — continuou Jameson. — Montada pouco a pouco. Ou uma história... e estamos à mercê do narrador.

A pessoa que liberava dicas, pistas que não davam em lugar nenhum sozinhas.

— Nós não temos o necessário para resolver isso — falei, odiando o que estava dizendo e o quão derrotada eu soava. — Temos?

— Ainda não.

Eu queria gritar, mas, em vez disso, ergui os olhos para ele. Vi um corte aberto na parte de baixo de sua mandíbula e ergui a mão para levantar seu queixo.

— Isso está feio.

— Pelo contrário, Herdeira, sangue fica ótimo em mim.

Xander não era o único Hawthorne especializado em distrações.

Como precisava disso, e não gostava nada daquele corte no queixo dele, eu me permiti ser distraída.

— Vamos fazer um jogo — sugeri. — Eu aposto que você não consegue tomar banho e tirar toda essa lama antes que eu encontre o que precisamos do kit de primeiros socorros.

— Eu tenho uma ideia melhor.

Jameson inclinou a boca na direção da minha. Estiquei o pescoço. Mais lama no meu rosto, nas minhas roupas.

— Eu aposto — contrapôs — que *você* não consegue tirar toda essa lama antes que eu...

— Antes que você o quê? — murmurei.

Jameson Winchester Hawthorne sorriu.

— Adivinhe.

Capítulo 23

— *Sua vez.*

Estou de volta ao parque, jogando xadrez com Harry. Toby. No momento em que penso no nome dele, o rosto muda. A barba some, seu rosto fica roxo e inchado.

— Quem fez isso com você? — pergunto, a voz ecoando até que eu mal escute meus pensamentos. — Toby, você precisa me contar.

Se eu conseguisse fazê-lo me contar, eu saberia.

— Sua vez.

Toby bate o cavalo preto em uma nova posição no tabuleiro.

Olho para baixo, mas não consigo mais ver nenhuma das peças. Há apenas sombras e neblina onde elas deveriam estar.

— Sua vez, Avery Kylie Grambs.

Giro a cabeça, porque não é a voz de Toby que está falando. Tobias Hawthorne me encara do outro lado da mesa.

— A questão da estratégia — diz ele — é que você sempre tem que pensar sete movimentos à frente.

Ele se debruça na mesa.

No momento seguinte, me agarra pelo pescoço.

— Algumas pessoas matam dois coelhos com uma cajadada só — diz, me estrangulando. — Eu mato doze.

Acordei congelada, paralisada no meu próprio corpo, com o coração na garganta, incapaz de respirar. *Foi só um sonho.* Consegui inspirar oxigênio e saí da cama rolando, aterrissando agachada. *Respire. Respire. Respire.* Eu não sabia que horas eram, mas ainda estava escuro lá fora. Olhei para a cama.

Jameson não estava lá. Isso acontecia às vezes quando o cérebro dele não queria parar. A única pergunta naquela noite era: *parar o quê?*

Tentando afastar os últimos vestígios do sonho, prendi a faca na bainha e fui procurá-lo, indo até o escritório de Tobias Hawthorne.

O cômodo estava vazio. Nada de Jameson. Eu me peguei olhando a parede de troféus que os netos Hawthorne tinham ganhado — e não apenas troféus. Livros que tinham publicado, patentes que tinham registrado. Prova de que Tobias Hawthorne havia tornado seus netos extraordinários.

Ele os tinha feito à sua imagem e semelhança.

O bilionário morto *tinha* sempre pensado sete movimentos à frente, matado doze coelhos com uma cajadada só. Quantas vezes os meninos tinham me dito aquilo? Ainda assim, eu não conseguia deixar de sentir que meu subconsciente tinha me dado um aviso — e não era a respeito de Tobias Hawthorne.

Alguém mais estava por aí, montando estratégias, pensando sete passos à frente. Um narrador contando uma história e fazendo suas jogadas.

A APOSTA FINAL   117

Eu sempre venço no final.

Com a frustração crescendo dentro de mim, abri a porta da varanda. Deixei que o ar da noite acertasse meu rosto, o inspirei. Lá embaixo, Grayson estava na piscina, nadando na calada da noite, a água iluminada o suficiente para eu ver sua silhueta. No momento em que o vi, a memória tomou conta de mim.

Um copo de cristal na mesa em frente a ele. Suas mãos nas laterais do copo, os músculos tensos, como se pudesse explodir a qualquer momento. Não me deixei afundar na memória, mas outro fragmento dela me acertou de toda forma enquanto eu via Grayson nadar lá embaixo.

— *Você salvou aquela menininha* — digo.

— *Irrelevante* — respondeu, o olhar prateado e assombrado encontrando o meu. — *Ela foi fácil de salvar.*

Outra luz externa se acendeu lá embaixo. *O sensor de movimento da piscina.* Levei a mão à faca e estava prestes a chamar a segurança quando vi a pessoa que tinha disparado o sensor.

Eve estava de camisola, uma camisola minha, que eu não me lembrava de ter emprestado. Ia até o meio da coxa. Uma brisa soprou o tecido no segundo antes de Grayson vê--la. Dali, eu não enxergava a expressão deles. Eu não ouvia o que diziam.

Mas vi Grayson sair da piscina.

— Avery.

Eu me virei.

— Jameson. Eu acordei e você tinha saído.

— É a insônia dos Hawthorne. Eu estava com a cabeça cheia.

Jameson passou por mim e olhou para baixo. Interpretei o gesto como permissão para também olhar de novo. Para ver

Grayson passar um braço em volta de Eve. *Ele está molhado. Ela não se importa.*

— Quanto tempo você teria ficado aqui olhando para eles se eu não tivesse chegado? — perguntou Jameson, um tom estranho na voz.

— Eu já te disse, estou preocupada com Grayson.

Minha boca estava seca.

— Herdeira — disse Jameson, virando-se para mim. — Não foi isso que eu quis dizer.

Um nó subiu pela minha garganta.

— Você vai ter que ser mais específico.

Lenta e deliberadamente, Jameson me empurrou contra a parede. Ele esperou, como sempre fazia, que eu assentisse, e então acabou com o espaço entre nós. Esmagou a minha boca contra a dele. Enrosquei as pernas em seus quadris enquanto ele me prendia na parede

Jameson Winchester Hawthorne.

— Isso foi bem... específico — falei, tentando recuperar o fôlego.

Ele ainda estava me segurando, e eu não podia fingir que não sabia por que ele precisava me beijar assim.

— Eu estou com você, Jameson — insisti. — Quero estar com *você.*

Então por que você se importa com como Grayson olha para ela? A pergunta estava viva no ar entre nós, mas Jameson não a fez.

— Sempre seria Grayson — disse ele, me soltando.

— Não — insisti.

Estendi o braço e o puxei de volta.

— Para Emily — concluiu Jameson. — Sempre seria Grayson. Ela e eu... nós éramos parecidos demais.

— Você não é *nada* parecido com Emily — falei, feroz.

Emily tinha manipulado eles dois. Tinha colocado um contra o outro.

— Você não a conheceu — disse Jameson. — Você não me conheceu naquela época.

— Eu te conheço agora.

Ele olhou para mim com uma expressão que doeu.

— Eu sei da adega, Herdeira.

Meu coração parou, minha garganta se fechando na expiração que não conseguia soltar. Imaginei Grayson de joelhos na minha frente.

— O que você acha que sabe?

— Gray estava mal — disse Jameson, e seu tom combinava perfeitamente com a expressão no rosto dele, cavernosa e cheia de *alguma coisa*. — Você foi ver como ele estava. E...

— E o que, Jameson?

Eu o encarei, tentando me ancorar no momento, mas incapaz de afastar completamente a memória que eu não tinha direito de guardar.

— E no dia seguinte Grayson não conseguia olhar para você. Nem para mim. Ele foi para Harvard três dias antes do previsto.

Então eu entendi.

— Não — insisti. — O que quer que você esteja pensando, Jameson... eu *nunca* faria isso com você.

— Eu sei disso, Herdeira.

— Sabe mesmo? — perguntei, porque a voz dele tinha ficado embargada.

Ele não estava agindo como se soubesse.

— Não é em *você* que eu não confio.

— Grayson não...

— Também não é no meu irmão — disse Jameson, e me olhou de um jeito sombrio e perturbado, cheio de desejo. — Lealdade nunca foi *meu* forte, Herdeira.

Parecia algo que Jameson teria dito quando acabamos de nos conhecer.

— Não diga isso — falei. — Não fale de você mesmo assim.

— Gray sempre foi tão perfeito — disse Jameson. — É absurdo o quanto ele era bom em praticamente tudo. Se estivéssemos competindo, em qualquer coisa, sinceramente, e eu quisesse ganhar, eu não conseguiria se fosse o melhor. Eu precisava ser *pior*. Eu precisava passar de limites que ele não passaria, arriscar... quanto maior e mais impensável para ele, melhor.

Eu pensei em Skye, na vez em que me contara que Jameson Winchester Hawthorne era *faminto*.

— Eu nunca aprendi a ser bom ou honrado, Herdeira — disse Jameson, e levou as mãos ao meu rosto, enfiou os dedos no meu cabelo. — Eu aprendi a ser ruim das formas mais estratégicas possíveis. Mas agora? Com você? — falou, e sacudiu a cabeça. — Eu quero ser melhor do que isso. *Eu quero*. Eu nunca quero que você... que nós, que *isso,* se torne um jogo.

Ele passou o polegar pelo meu maxilar, os dedos roçando de leve minhas maçãs do rosto.

— Então se você decidir que não tem certeza disso, Herdeira, de mim... — continuou.

— Eu *tenho* certeza — falei, pegando suas mãos.

Pressionei os nós dos dedos dele na minha boca e percebi que estavam inchados.

— Tenho mesmo, Jameson.

— Você precisa ter. — Havia urgência nas palavras de Jameson, uma *necessidade*. — Porque eu sou terrível em sofrer, Herdeira. E se o que temos agora, se *tudo* que temos agora, começar a parecer outra competição entre Grayson e eu, outro jogo... Eu não confio que não vá jogar.

Capítulo 24

Na manhã seguinte, acordei com a cama vazia e alguém batendo à minha porta.

— Eu vou entrar — gritou Alisa.

Ela tentou abrir a porta, mas Oren a impediu do corredor.

— Eu podia estar pelada — resmunguei alto, rapidamente me enfiando em calças de moletom de grife antes de dizer a Oren para deixá-la entrar.

— E poderia contar com a minha discrição se estivesse — respondeu Alisa, seca. — Confidencialidade entre cliente e advogado.

— Isso foi uma piada? — perguntei.

Em resposta, Alisa colocou uma mala de couro na minha cômoda.

— Se isso for mais papelada — falei —, eu não quero.

Eu já tinha preocupações o suficiente sem pensar na papelada do fundo... nem no diário que Grayson tinha me dado, cujas páginas ainda estavam em branco.

— Não é papelada.

Alisa não esclareceu o que a mala *era*. Em vez disso, fez o que eu chamava de Cara de Alisa.

— Você deveria ter me ligado — falou. — Assim que alguém apareceu dizendo ser filha de Toby Hawthorne, você deveria ter me ligado.

Olhei para Oren, me perguntando se ele tinha mudado de ideia e contado a ela sobre Eve.

— Por quê? — perguntei a Alisa. — O testamento foi aprovado. Eve não é uma ameaça jurídica.

— Não é só por causa do testamento. O bilhete ameaçador que você recebeu...

Bilhetes, no plural. Olhei para Oren e ele sacudiu a cabeça de leve; não tinha sido ele quem tinha contado nada daquilo a ela.

Alisa revirou os olhos para nós dois.

— Essa é a parte em que você me diz, equivocadamente, que está tudo sob controle.

— Eu a aconselhei a não chamar você — disse Oren, sem rodeios. — Era uma questão de segurança, não uma questão jurídica.

— Jura, Oren?

Por um segundo, Alisa pareceu magoada, mas logo converteu a emoção em irritação profissional extrema.

— Vamos falar do elefante na sala, que tal? — disse ela. — Sim, eu corri um risco quando Avery estava em coma, mas se eu não a tivesse trazido de volta para a Casa Hawthorne naquele momento, ela não *teria* uma equipe de segurança. Os termos do testamento eram inescapáveis. Você entende, Oren? Se eu não tivesse feito o que fiz, Avery não poderia viver na Casa Hawthorne com toda essa segurança sofisticada. Você não poderia pagar sua equipe — continuou Alisa, e o encarou com dureza. — Ela estaria na rua sem *nada*. Então, sim, eu assumi um risco calculado, e graças a Deus.

Ela se virou para mim.

— Já que eu sou a *única* nesse quarto que pode dizer que toma decisões inteligentes e adequadas sob pressão... — continuou. — Quando as coisas começarem a pegar fogo, *é bom você pegar o telefone.*

Eu fiz uma careta.

— Do jeito que as coisas foram — resmungou Alisa —, eu precisei ficar sabendo disso por Nash.

Levei um susto tão grande que respondi:

— Nash te ligou?

— Ele nem aguenta estar no mesmo cômodo que eu — disse Alisa suavemente —, mas ligou. Porque *ele* sabe que eu sou boa no meu trabalho.

Ela andou até mim, os sapatos de salto estalando no chão de madeira.

— Eu não posso te ajudar se você não deixar, Avery, nem com isso, nem com tudo que você está prestes a ter que enfrentar.

O dinheiro. Ela estava falando da minha herança... e do fundo.

— O que aconteceu, Alisa? — perguntou Oren, de braços cruzados.

— O que te faz achar que aconteceu alguma coisa? — perguntou Alisa, fria.

— Instinto — respondeu meu chefe de segurança. — E o fato de que alguém vem tentando esburacar a equipe de segurança de Avery.

Quase dava para ver Alisa arquivar aquela informação.

— Eu fiquei sabendo de uma campanha de difamação — disse ela, pagando Oren na mesma moeda. — Sites de fofoca, no geral. Nada com que você precise se preocupar, Avery, mas um dos meus contatos na imprensa me disse que o preço para fotos suas com qualquer um dos Hawthorne inexplicavelmente triplicou. Enquanto isso, pelo menos três empresas nas quais Tobias Hawthorne possuía ações consideráveis estão enfrentando... turbulências.

Oren estreitou os olhos.

— Que tipo de turbulência?

— Mudança de CEO, escândalo repentino, investigação da vigilância sanitária...

Vingança. Revanche. Vendeta. Vingador. Eu sempre venço no final.

— Na parte dos negócios, o que estamos procurando? — perguntou Oren a Alisa.

— Riqueza. Poder. Contatos — respondeu Alisa, travando o maxilar. — Eu estou cuidando disso.

Ela estava cuidando disso. Oren estava cuidando disso. Mas não estávamos nem um pouco mais perto de uma resposta, nem de recuperar Toby, e não havia nada que eu pudesse fazer. *Uma charada incompleta. Uma história... e nós estamos à mercê do narrador.*

— Eu aviso assim que souber de alguma coisa — disse Alisa. — Enquanto isso, precisamos manter Eve feliz, longe da imprensa e sob vigilância, até que a firma possa examinar o melhor rumo. Eu desconfio que seja o caso de uma combinação modesta, em troca de um acordo de confidencialidade.

Em pleno modo de advogada, Alisa nem fez uma pausa antes de seguir para o outro tópico na lista:

— Se, em algum momento, um resgate precisar ser arranjado, a firma pode cuidar disso também.

Era para aí que estávamos indo? O final da história, quando a charada estivesse completa? O sequestrador de Toby estava só me posicionando onde queria para fazer exigências?

— Eu vou mandar minha equipe mantê-la informada — disse Oren, seco, a Alisa.

Minha advogada assentiu como se não esperasse nada menos, mas eu senti que Oren confiar nela de novo era importante.

— Eu suponho que a única questão que resta seja *aquilo* — disse Alisa, e apontou com a cabeça para a bolsa de couro que tinha deixado na cômoda. — Quando eu atualizei os sócios sobre a situação atual, me deram essa bolsa e seu conteúdo para te entregar, Avery.

— O que é isso? — perguntei, me aproximando da cômoda.

— Eu não sei — disse Alisa, a expressão perturbada. — As instruções do sr. Hawthorne foram que a bolsa deveria ser mantida segura e fechada, a menos que certas condições se dessem, e nesse caso ela deveria ser imediatamente entregue a você.

Eu encarei a bolsa. Tobias Hawthorne tinha me deixado sua fortuna, mas a única mensagem que eu já tinha recebido dele era um total de duas palavras: *sinto muito*. Eu estendi a mão para tocar a bolsa de couro.

— Que condições?

Alisa pigarreou.

— Nós deveríamos te entregar isso caso um dia você conhecesse Evelyn Shane.

Eu me lembrava vagamente que Eve era apelido de Evelyn — mas então outra coisa me bateu. *O velho sabia de*

Eve. A revelação me acertou como farpas nos pulmões. Eu tinha suposto que o bilionário morto não sabia da filha *verdadeira* de Toby. Em certo ponto, eu tinha começado a acreditar que, no fundo, que só tinha sido escolhida para herdar porque Tobias Hawthorne não tinha notado que havia alguém por aí que cabia em seus propósitos melhor do que eu.

Uma cajadada que matava a mesma quantidade de coelhos. Uma bailarina de vidro mais elegante. Uma faca mais afiada.

Mas ele sempre soubera de Eve.

Capítulo 25

Alisa foi embora. Oren assumiu sua posição no corredor e tudo que eu conseguia fazer foi encarar a bolsa. Mesmo sem abri-la, eu sabia com certeza o que encontraria lá dentro. *Um jogo.*

O velho tinha me deixado um jogo.

Eu queria chamar Jameson, mas tudo que ele tinha dito à noite ainda estava ali, como um fantasma na minha mente. Eu não sabia quanto tempo passara encarando o último presente de Tobias Hawthorne antes de Libby enfiar a cabeça para dentro do meu quarto.

— Panqueca de bolinho?

Minha irmã estendeu um prato com uma pilha alta de sua última invenção, então seguiu a direção do meu olhar.

— Nova bolsa de computador? — chutou.

— Não — respondi.

Peguei as panquecas de Libby e contei a ela sobre a bolsa de couro.

— Você vai... abri-la? — perguntou minha irmã, inocentemente.

Eu queria ver o que estava na bolsa. Eu queria *muito* jogar um jogo que efetivamente *fosse* para algum lugar. Mas abrir a bolsa sem Jameson parecia admitir que havia algo errado.

Libby me passou um garfo e eu notei a pele do seu pulso esquerdo. Alguns meses antes, ela tinha feito uma tatuagem, uma única palavra que ia de um osso a outro, logo abaixo da mão. SOBREVIVENTE.

— Ainda está pensando no que quer no outro pulso? — perguntei.

Libby olhou para o braço.

— Talvez minha próxima tatuagem possa ser... *abra a bolsa, Avery!*

O entusiasmo na voz dela me lembrou do momento em que descobrimos que eu tinha sido citada no testamento de Tobias Hawthorne.

— Que tal *amor*? — sugeri.

Libby estreitou os olhos.

— Se for por causa de mim e Nash...

— Não é — eu disse. — É só por sua causa, Lib. Você é a pessoa mais amorosa que eu conheço.

Ela já tinha sido magoada por tanta gente que amava que, depois disso, parecia ver seu coração enorme como uma fraqueza, mas não era.

— Você me acolheu — eu a lembrei — quando eu não tinha ninguém.

Libby encarou os dois pulsos.

— Abra logo a droga da bolsa.

Eu hesitei de novo, então me irritei. Era *meu* jogo. Pela primeira vez, eu não era parte do quebra-cabeça, uma ferramenta, e sim uma jogadora.

Então, jogue.

Eu peguei a bolsa. O couro era macio. Explorei as alças com os dedos. Teria sido a cara do velho deixar uma mensagem gravada no couro. Quando não encontrei nada, abri o fecho e levantei a parte da frente.

No bolso principal, encontrei quatro coisas: um vaporizador portátil, uma lanterna, uma toalha de praia e uma bolsa de tela cheia de letras magnéticas. À primeira vista, a coleção de objetos parecia aleatória, mas eu sabia que não era. Sempre havia um método por trás da loucura do velho. No início de cada um dos desafios que dava aos meninos nas manhãs de sábado, o bilionário espalhava uma série de objetos. *Um anzol, uma etiqueta, uma bailarina de vidro, uma faca.* No final do jogo, todos os objetos tinham servido a um propósito.

Sequencial. Os jogos do velho são sempre sequenciais. Eu só preciso descobrir por onde começar.

Procurei nos bolsos laterais e fui recompensada com mais dois objetos: um pen-drive e um círculo de vidro azul-esverdeado. Esse último tinha o tamanho de um prato de jantar e a grossura de duas moedas de 25 centavos empilhadas, e era translúcido o suficiente para eu enxergar através dele. Quando ergui o vidro e olhei por ele, pensei no pedaço de acetato vermelho que Tobias Hawthorne tinha deixado dentro da capa de um livro.

— Isso pode servir para decodificar alguma coisa — disse a Libby. — Se conseguirmos achar algo escrito no mesmo tom azul-esverdeado do vidro...

Minha cabeça ficou a mil com as possibilidades. Era assim para os meninos Hawthorne depois de tantos anos jogando os jogos do velho? Cada pista os lembrava de outra que já tinham resolvido antes?

Libby correu para a escrivaninha e pegou meu notebook.

— Aqui. Testa o pen-drive.

Eu o enfiei, me sentindo no limite de alguma coisa. Um único arquivo surgiu: **AVERYKYLIEGRAMBS.MP3**. Olhei para o meu nome e rearranjei mentalmente as letras. *A very risky gamble. Uma aposta muito arriscada.* Cliquei no arquivo. Depois de uma breve espera, fui atingida por uma onda de som indecifrável, quase ruído branco.

Controlei o impulso de cobrir as orelhas.

— Melhor abaixar? — perguntou Libby.

— Não.

Eu pausei, e puxei o áudio de volta para o início. Depois de me preparar, *aumentei* o volume. Quando dei play, não ouvi apenas ruído, mas também uma voz, só que de jeito nenhum conseguiria distinguir as palavras. Era como se o arquivo tivesse sido corrompido. Eu sentia que estava ouvindo alguém que não conseguia emitir um som completo.

Toquei a faixa seis, sete, oito vezes, mas repetir não ajudava. Tocar em velocidades diferentes não ajudava. Baixei um aplicativo que me permitia tocá-la ao contrário. Nada.

Eu não tinha o necessário para que o arquivo fizesse sentido. *Ainda.*

— Tem que ter alguma coisa aqui — eu disse para minha irmã. — Uma pista que dispare as coisas. Podemos não entender o arquivo agora, mas, se seguirmos a trilha que o velho deixou, o jogo pode nos contar como restaurar o áudio.

Libby arregalou os olhos.

— Você está falando exatamente que nem eles. O jeito que você disse *o velho,* parece que o conhecia.

De certa forma, eu sentia que o conhecia mesmo. Pelo menos, eu sabia como os Hawthorne pensavam, então, dessa vez, não só passei os dedos pelo couro da bolsa. Inspecionei detalhadamente a bolsa inteira, procurando qualquer coisa que pudesse ter deixado passar, e então examinei os objetos um a um.

Comecei com o vaporizador, que liguei na tomada. Abri o compartimento que teria água. Depois de verificar que estava vazio, acrescentei água, com certa esperança de que algum tipo de mensagem aparecesse nas laterais.

Nada.

Encaixei o compartimento e esperei até que a luz acendesse. Afastando o vaporizador do meu corpo, eu o experimentei.

— Funciona — falei.

— Devemos testar ele nessa bolsa, que provavelmente custa dez mil dólares e com certeza não deveria ser passada com vaporizador? — perguntou Libby.

Nós tentamos, sem resultado. Pelo menos nada que se relacionasse com o quebra-cabeça. Voltei a atenção para a lanterna, ligando-a e desligando-a, e examinei o compartimento de pilha para garantir que não continha nada além de pilhas. Desdobrei a toalha de praia e me levantei para ver o desenho de cima.

Listras pretas e brancas, sem falhas inesperadas na estampa.

— Então só resta isso — falei, abrindo a bolsa de tela e jogando as dezenas de letras magnéticas no chão. — Talvez escreva a primeira pista?

Comecei a separar as letras: consoantes em uma pilha, vogais na outra. Achei um 7 e comecei uma terceira pilha para números.

— Quarenta e cinco peças no total — falei ao terminar. — Doze números, cinco vogais e vinte e oito consoantes.

Enquanto falava, puxei as cinco vogais: uma de cada, A, E, I, O e U. Não me pareceu coincidência, então comecei a puxar as consoantes também — uma de cada letra, até eu ter todo o alfabeto representado, com sete letras deixadas para trás.

— Essas são as que sobraram — eu disse a Libby. — Um B, três Ps e três Qs.

Fiz a mesma coisa com os números, puxando cada dígito de um a nove e voltando a atenção para as sobras.

— Três quatros — falei, e encarei o que eu tinha. — B, P, P, P, Q, Q, Q, 4, 4, 4.

Repeti aquilo algumas vezes. Uma frase me veio à mente: *antes de P e B*. Pensei nela por um momento, então deixei para lá. O que eu não estava vendo?

— Não que eu seja exatamente um gênio — se meteu Libby —, mas não acho que você vá tirar palavras dessas letras.

Nenhuma vogal. Considerei começar de novo, jogando com as letras de uma maneira diferente, mas não consegui.

— São três de cada — eu disse —, exceto pelo B.

Peguei o B e passei o polegar por sua superfície. O que eu não estava vendo? *P, P, P, Q, Q, Q, 4, 4, 4, mas só um B.* Fechei os olhos. Tobias Hawthorne tinha montado o quebra--cabeça para mim. Ele deveria ter motivos para acreditar não apenas que a solução era possível, mas também que *eu* podia resolvê-lo. Pensei no arquivo que o bilionário tinha mantido a meu respeito. Imagens de mim mesma fazendo todo tipo de coisa, de trabalhar em uma lanchonete a jogar xadrez.

Pensei no meu sonho.

Então eu vi — primeiro na minha mente e, quando abri os olhos, bem na minha frente. P, Q, 4. Puxei as três peças para baixo e repeti o processo. P, Q, 4. Quando vi o que tinha restado, meu coração saltou para a garganta, martelando como se eu estivesse na beira de uma cachoeira.

— P, Q, B, quatro — falei, ofegante.

— Cobertura de cream cheese e corpetes de veludo preto! — respondeu Libby. — Estamos dizendo combinações aleatórias de coisas, né?

Eu sacudi a cabeça.

— O código... não são palavras — expliquei. — São notações de xadrez... descritivas, não algébricas.

Depois da morte da minha mãe, muito antes de eu sequer ouvir o nome Hawthorne, eu tinha jogado xadrez no parque com um homem que conhecia como Harry. *Toby Hawthorne*. O pai dele sabia disso — sabia que eu jogava, sabia com quem eu jogava.

— É uma forma de controlar seus movimentos e os do seu oponente — falei, sentindo uma onda de energia correr pelas veias. — Esse aqui, P-Q4, é a abreviação de peão para casa quatro da rainha, *queen*. É um movimento comum de abertura, que frequentemente é respondido com o preto fazendo o mesmo movimento, peão para casa quatro da rainha. Então o peão branco vai para a casa quatro do bispo da rainha.

P-QB4.

— Então — disse Libby com um tom sábio —, xadrez.

— Xadrez — repeti. — O movimento... é chamado de gambito da rainha. Quem está jogando com as brancas coloca o segundo peão em posição de ser sacrificado, por isso é considerado um gambito.

— Por que você sacrificaria uma peça? — perguntou Libby.

Pensei no bilionário Tobias Hawthorne, em Toby, em Jameson, Grayson, Xander e Nash.

— Para controlar o tabuleiro — respondi.

Era tentador ler um significado maior naquilo, mas eu não podia me demorar. Já tinha a primeira pista. Ela ia me levar a outra. Comecei a andar.

— Aonde você vai? — gritou Libby atrás de mim. — E quer que eu mande Jameson nos encontrar? Ou Max?

— Ao salão de jogos — falei, e cheguei à porta antes de responder a segunda parte da pergunta, sentindo o estômago se retorcer. — E chame a Max.

Capítulo 26

Estantes embutidas cobriam as paredes, todas transbordando de jogos.

— Você acha que os Hawthorne já jogaram tudo isso? — perguntou Max a Libby e eu.

Havia centenas de caixas naquelas estantes, talvez até mil.

— Tudo, sim — falei.

Não havia nada mais Hawthorne do que ganhar.

Se o que nós temos agora, se tudo que temos agora, começar a parecer outra competição entre Grayson e eu, outro jogo... Eu não confio que não vá jogar.

Fechei aquela porta na minha mente.

— Estamos procurando tabuleiros de xadrez — falei, me concentrando. — Deve haver mais de um. E enquanto estamos procurando... — acrescentei, com um olhar significativo para minha melhor amiga. — Max pode nos atualizar da situação com Xander.

Melhor o drama romântico dela que o meu.

— Tudo que envolve Xander é uma situação — disse Max, se esquivando. — Ele é especialista em situações!

Olhei para as caixas na estante mais próxima, em busca de jogos de xadrez.

— Verdade — concordei e esperei, sabendo que ela cederia.

— É... *novo* — disse Max, se abaixando para olhar as prateleiras. — Tipo, muito novo. E você sabe que eu odeio rótulos.

— Você ama rótulos — falei, passando os dedos por jogo atrás de jogo. — Você literalmente tem mais de um rotulador.

Tabuleiro de xadrez! Vitoriosa, puxei a caixa da estante e continuei procurando.

— A situação... Xander, eu. É... *divertida*. Relacionamentos deveriam ser divertidos?

Eu pensei em balões de ar quente, helicópteros e dançar descalços na praia.

— Quer dizer, eu nunca cheguei a ser amiga de um cara antes de virar outra coisa — continuou Max. — Tipo, mesmo na ficção, amigos que viram casal... nunca foi a minha praia. Eu sou mais de tragédia condenada, almas gêmeas supernaturais, inimigos que viram casal. Épico, sabe?

— Não dá para ser mais épico que os Hawthorne — disse Libby, e então, como se tivesse sido pega no flagra, se corrigiu, voltando a atenção para a estante e puxando o segundo tabuleiro de xadrez.

— Sabe o que Xander fez quando eu tive minha primeira prova na faculdade? — disse Max, tagarelando. — Antes das coisas ficarem românticas? Ele me mandou um buquê de livros.

— O que é um buquê de livros? — perguntou Libby.

— *Exatamente!* — disse Max. — *Exatamente, forra.*

— Você gosta dele — traduzi. — Muito.

— Vamos só dizer que eu estou definitivamente reconsiderando meus clichês favoritos.

Max se levantou de um salto com uma caixa de madeira na mão.

— Número três — declarou.

No final, eram seis. Eu examinei as caixas, procurando por alguma coisa escrita no papelão, gravada no metal ou entalhada na madeira. *Nada.* Verifiquei se não faltava nenhuma peça, então enfiei a mão na bolsa de couro e puxei a lanterna. Até onde eu sabia, era só uma lanterna normal, mas eu estava metida com os Hawthorne havia tempo suficiente para saber que existiam dezenas de tipos de tinta invisível. Pensando nisso, joguei a luz em cada um dos seis tabuleiros de xadrez. Depois, inspecionei cada peça. *Nada.*

Frustrada, ergui o olhar — e vi Grayson na porta, na contraluz. Na memória, eu ainda o via abraçar Eve. *Ele está molhado. Ela não se importa.*

Eu me levantei.

— Xander está procurando você — disse Grayson a Max, seco. — Eu sugeri que ele mandasse uma mensagem, mas ele diz que seria trapacear.

Max se virou para mim.

— Xander vai me levar ao aeroporto.

Eu detestava aquilo.

— Tem certeza de que precisa ir? — perguntei, tristeza pesando na boca do meu estômago.

— Você quer que eu jubile na faculdade e acabe com as chances de fazer pós-graduação ou virar médica ou advogada?

Bufei profundamente.

— Oren está mandando alguém com você?

— Me garantiram que meu novo guarda-costas é excepcionalmente melancólico, com muitas camadas ocultas — disse Max, e me abraçou. — Me ligue. Constantemente. E você! — disse quando se virou e passou por Grayson. — Cuidado com onde mira essas maçãs do rosto, cara.

E, simples assim, minha melhor amiga desapareceu.

Grayson ficou parado na porta, como se uma linha invisível passasse no batente.

— O que é tudo isso? — perguntou, olhando para a bagunça espalhada na minha frente.

Seu avô me deixou um jogo. Eu não disse isso a Grayson. Não podia. Precisava encontrar Jameson e contar a *ele* primeiro.

Libby interpretou meu silêncio como sinal para sair e se espremeu entre Grayson e a porta.

— Eu conversei com Eve ontem — disse Grayson, que devia ter decidido não insistir com os tabuleiros de xadrez. — As coisas estão difíceis para ela.

Para mim também. Para Jameson também. Para *ele* também.

— Eu achei que ajudaria — disse Grayson — se ela visse a antiga ala de Toby.

Eu me lembrei do comentário de Eve a respeito dos segredos dos Hawthorne. Se havia um lugar da Casa Hawthorne repleto de segredos, era a ala abandonada que Tobias Hawthorne tinha mantido fechada por anos.

— Eu sei que Toby é importante para você, Avery — disse Grayson, e deu um passo na minha direção, cruzando a linha invisível e entrando na sala. — Imagino que deixar que Eve veja a ala dele possa parecer uma invasão de algo que era só seu até pouco tempo atrás.

Desviei os olhos e me sentei entre as peças de xadrez.

— Tudo bem.

Grayson avançou de novo e se agachou ao meu lado, apoiando os braços nos joelhos e deixando o paletó se abrir.

— Eu te conheço, Avery. E sei como é uma desconhecida aparecer na Casa Hawthorne e ameaçar o chão sob os seus pés.

Eu tinha sido essa desconhecida para ele.

Lutando contra o que parecia ser uma vida inteira de memória, me concentrei no Grayson presente ali.

— Vou fazer um acordo com você — eu disse.

Jameson era apostas; Grayson era acordos.

— Eu mostro a ala de Toby para Eve se você me contar como você está — propus. — Como está *de verdade*.

Eu esperava que ele desviasse os olhos, mas não foi o que fez. O olhar prateado se manteve fixo no meu, sem piscar, sem hesitar.

— Tudo dói.

Apenas Grayson Hawthorne poderia dizer isso e ainda soar completamente inabalável.

— Dói o tempo todo, Avery, mas eu sei o homem que fui criado para ser — falou.

Capítulo 27

Eu disse a Grayson que ele podia levar Eve à ala de Toby e ele me informou que não era aquele o acordo. Eu tinha dito que *eu* mostraria a Eve a ala de Toby. Eu tinha uma boa suspeita de que ele estava indo para a piscina.

Pegando a bolsa e levando-a comigo, cumpri minha parte da barganha.

Eve diminuiu o passo quando a ala de Toby surgiu. Ainda havia destroços visíveis da parede de tijolos que o velho tinha erguido décadas antes.

— Tobias Hawthorne fechou essa ala no verão que Toby desapareceu — eu disse a Eve. — Quando descobrimos que Toby ainda estava vivo, viemos aqui atrás de pistas.

— O que vocês descobriram? — perguntou Eve, o tom um pouco espantado enquanto passávamos pelo resto dos tijolos e entrávamos no hall de Toby.

— Muitas coisas.

Eu não culpava Eve por querer saber.

— Para começar, isso — falei.

Eu me ajoelhei para soltar um dos blocos de mármore do chão. Embaixo dele havia um compartimento vazio, a não ser por um poema gravado no metal.

— "Uma árvore de veneno" — falei. — Um poema do século dezoito escrito por um poeta chamado William Blake.

Eve se ajoelhou e passou a mão pelo texto, lendo-o em silêncio sem inspirar ou expirar uma única vez.

— Em suma — eu disse —, Toby, quando adolescente, parecia se identificar com o sentimento de raiva... e o que custava para escondê-lo.

Eve não respondeu. Ela só ficou lá, com os dedos sobre o poema, sem piscar. Era como se eu tivesse deixado de existir, como se o mundo todo tivesse.

Levou pelo menos um minuto antes dela erguer o olhar.

— Desculpa — disse, sua voz falhando. — É só que... o que você acabou de dizer sobre Toby se identificar com esse poema... poderia estar me descrevendo. Eu nem sabia que ele gostava de poesia.

Ela se levantou e girou, observando o resto da ala.

— O que mais? — perguntou.

— O título do poema nos levou a um texto jurídico na estante de Toby — contei, o ar pesado de memória. — Em uma seção a respeito da doutrina do fruto da árvore envenenada encontramos uma mensagem codificada que Toby deixou antes de fugir... outro poema, um que ele mesmo escreveu.

— O que dizia? — perguntou Eve, seu tom quase urgente. — O poema de Toby?

Eu tinha relido as palavras tantas vezes que as sabia de cor.

— *Mentiras, segredos, têm meu desprezo. Veneno é a árvore, percebeu? Envenenou S e Z e eu. O tesouro conseguido está no buraco mais escondido. A luz revelará tudo. Eu escrevi no...*

Deixei no ar, como o poema fazia. Esperava que Eve o terminasse para mim, completasse a palavra que Jameson e eu sabíamos que cabia no final. *Muro.*

Mas ela não fez isso.

— O que ele quis dizer com isso de tesouro conseguido? — perguntou Eve, sua voz ecoando pela suíte vazia de Toby. — Revelará o quê?

— A adoção dele, imagino. Ele mantinha um diário nas paredes, escrito com tinta invisível. Ainda tem algumas lâmpadas de luz negra nesse quarto, de quando lemos. Vou ligá-las e apagar as outras luzes.

Eve fez um gesto para me impedir.

— Eu posso fazer isso sozinha?

Eu não estava esperando aquilo, e minha reação instintiva foi recusar.

— Eu sei que você tem tanto direito de estar aqui quanto eu, Avery... ou mais. É sua casa, né? Mas eu só…

Eve sacudiu a cabeça, então baixou o olhar.

— Eu não pareço com a minha mãe — disse, e tocou as pontas do cabelo. — Quando eu era criança, ela mantinha meu cabelo curto... uns cortes tigela feios e tortos que ela mesma fazia. Ela disse que era porque não queria ter que cuidar dele, mas, quando cresci, quando eu comecei a cuidar do meu cabelo e deixá-lo crescer, ela soltou que o tinha mantido curto porque mais ninguém na nossa família tinha cabelo que nem o meu.

Eve inspirou.

— Ninguém tinha olhos que nem os meus. Nem um dos meus traços sequer. Ninguém pensava do mesmo jeito que eu, nem gostava das coisas que eu gostava, nem sentia as coisas da mesma forma.

Ela engoliu em seco.

— Eu saí de casa no dia em que fiz dezoito anos. Eles provavelmente teriam me expulsado, de qualquer jeito. Alguns meses depois, eu me convenci de que talvez tivesse família em algum lugar. Fiz um daqueles testes de DNA. Mas... nada.

Ninguém remotamente ligado aos Hawthorne teria mandado o DNA para um desses bancos de dados.

— Toby te encontrou — lembrei Eve suavemente.

Ela assentiu.

— Ele também não se parece muito comigo. E é uma pessoa difícil de conhecer. Mas *aquele poema...*

Não a fiz dizer mais nada.

— Eu entendo — falei. — Tudo bem.

Enquanto eu saía, pensei na minha mãe e em todas as nossas semelhanças. Ela tinha me dado minha resiliência. Meu sorriso. A cor do meu cabelo. A tendência a proteger meu coração... e a capacidade, uma vez que eu baixasse a guarda, de amar com ferocidade, profundidade, incondicionalmente.

Sem medo.

Capítulo 28

Encontrei Jameson na parede de escalada. Ele estava lá no alto, onde os ângulos se tornavam traiçoeiros, o corpo grudado na parede por pura força de vontade.

— Seu avô me deixou um jogo.

Minha voz não era alta, mas chegou lá.

Sem hesitar um momento, Jameson soltou a parede.

Ele estava alto demais. Consegui imaginá-lo caindo da forma errada. Praticamente *ouvi* os ossos quebrando. Mas, como da primeira vez em que eu o vi, ele aterrissou agachado.

Quando se levantou, não dava sinal de ter um arranhão.

— Eu odeio quando você faz isso — falei.

Jameson abriu um sorriso de desdém.

— É possível que eu tenha sido privado de atenção materna na infância, exceto quando estava sangrando.

— Skye notava se você estava sangrando? — perguntei.

Jameson deu de ombros.

— Às vezes.

Ele hesitou, só por uma fração de segundo, então deu um passo à frente.

— Me desculpa pela noite passada, Herdeira. Você nem pediu *Taiti*.

— Você não precisa pedir desculpas — eu disse a ele. — Só me pergunte do jogo que seu avô projetou para ser entregue para mim se, e quando, Eve e eu nos conhecêssemos.

— Ele sabia dela? — perguntou Jameson, tentando entender. — Complicado. Até onde você chegou no jogo?

— Resolvi a primeira pista. Agora estou procurando um tabuleiro de xadrez.

— Tem seis na sala de jogos — respondeu Jameson automaticamente. — É quantos precisamos pra jogar xadrez Hawthorne.

Xadrez Hawthorne. Por que eu não estava surpresa?

— Eu encontrei os seis. Você sabe se tem um sétimo em algum lugar?

— Eu não *sei* se tem — disse Jameson, com aquele olhar que era parte encrenca, parte desafio. — Mas você ainda tem aquele fichário que a Alisa montou, com os detalhes da sua herança?

Eu encontrei um item no índice do fichário: *tabuleiro de xadrez, real.* Fui até a página indicada e li, passando pela descrição o mais rápido que conseguia. O jogo era avaliado em cerca de meio milhão de dólares. As peças eram feitas de ouro branco cravejadas de quase dez mil diamantes pretos e brancos. As fotos eram de tirar o fôlego.

Só havia um lugar em que *aquele* tabuleiro de xadrez poderia estar.

— Oren — gritei em direção ao corredor, sabendo que ele estaria por ali. — Preciso que você nos leve até o cofre.

Da última vez em que eu estivera no cofre Hawthorne, tinha perguntado brincando se ele continha joias da coroa, e Oren respondera muito seriamente: *De qual país?*

— Se o que vocês estão procurando não estiver aqui — disse Oren, enquanto eu e Jameson examinávamos as gavetas de aço enfileiradas nas paredes —, algumas peças ficam em um lugar ainda mais seguro, fora da propriedade.

Jameson e eu começamos o trabalho com cuidado, abrindo gaveta atrás de gaveta. Eu consegui não me deter em nada até chegar em um cetro feito de ouro brilhante entremeado com algum outro metal mais leve. *Ouro branco? Platina?* Eu não fazia ideia, mas não era o material que chamara minha atenção. Era o desenho do cetro. O trabalho do metal era impossivelmente detalhado. O efeito era delicado, mas perigoso. *Beleza e poder.*

— Vida longa à Rainha — murmurou Jameson.

— O gambito da rainha — falei, a mente a mil.

Talvez não estivéssemos procurando um jogo de xadrez. Antes que eu pudesse seguir com esse raciocínio, contudo, Jameson abriu outra gaveta e falou de novo:

— Herdeira.

Havia algo diferente em seu tom.

Olhei para a gaveta que ele tinha aberto. *Então é essa a aparência de dez mil diamantes.* Cada peça do jogo era magnífica, e o tabuleiro parecia uma mesa cravejada de joias. Segundo o fichário, quarenta artesãos tinham passado mais de cinco mil horas criando aquele jogo de xadrez; dava para notar.

— Quer fazer as honras, Herdeira?

Era meu jogo. Tomada por um sentimento elétrico conhecido, examinei cada peça, começando com os peões brancos e seguindo até o rei. Então fiz a mesma coisa com as peças pretas, que brilhavam com diamantes negros.

A parte de baixo da rainha preta tinha uma emenda. Se eu não estivesse procurando, não a teria notado.

— Preciso de uma lente de aumento.

— Que tal uma lupa de joalheiro? — sugeriu Jameson. — Deve ter alguma por aqui.

Acabamos encontrando: uma lente pequena e sem cabo, apenas um cilindro. Pela lupa, notei que o que eu tinha visto como uma emenda na rainha preta era, na verdade, uma fenda, como se alguém tivesse cortado uma linha finíssima na base da peça. Ao espiar pela fenda, eu vi alguma coisa.

— Tinha mais alguma ferramenta de joalheria junto da lupa? — perguntei a Jameson.

Nem a lixa mais fina que ele me trouxe cabia na fenda, mas consegui enfiar a ponta, que encontrou alguma coisa.

— Pinça? — ofereceu Jameson, seu ombro roçando o meu.

Lixa. Pinça. Lupa.

Lixa. Pinça. Lupa.

Suor pingava das minhas têmporas quando finalmente consegui prender a pinça na ponta de alguma coisa. *Um pedaço de papel preto.*

— Eu não quero rasgar — falei.

Os olhos verdes de Jameson encontraram os meus.

— Você não vai rasgar.

Devagar, com cuidado, puxei o pedaço de papel. Não era maior do que o papelzinho enfiado em um biscoito da sorte. Tinta dourada marcava a superfície, em uma letra que eu reconhecia bem até demais.

A única mensagem que Tobias Hawthorne já tinha me deixado era dizendo que ele sentia muito. Finalmente, eu podia acrescentar mais duas palavras.

Eu me virei para Jameson e li em voz alta:

— Não respire.

Capítulo 29

Uma pessoa parava de respirar quando estava impressionada ou aterrorizada. Quando estava se escondendo e qualquer som poderia denunciá-la. Quando o mundo estava pegando fogo, o ar cheio de fumaça.

Jameson e eu examinamos todos os detectores de fumaça da Casa Hawthorne.

— Você está sorrindo — falei, frustrada quando o último não deu em nada.

— Eu gosto de desafios — disse Jameson, e me lançou um olhar que me lembrava que *eu* tinha sido um desafio para ele. — E talvez esteja com saudade das manhãs de sábado. Pode dizer o que quiser da minha infância, mas chata não foi.

Eu pensei na varanda.

— Você não se importava de ser posto contra os seus irmãos? — perguntei. *Contra Grayson?* — Ser obrigado a competir?

— Os sábados eram diferentes — disse Jameson. — Os quebra-cabeças, a tensão, a atenção do velho. A gente *vivia*

A APOSTA FINAL   151

para esses jogos. Nash talvez não, mas Xander, Grayson e eu, sim. Gray às vezes até relaxava, porque os jogos não recompensavam perfeição. Eu e ele fazíamos aliança contra Nash, pelo menos até perto do fim. Tudo mais que nosso avô fez... tudo que nos deu, tudo que esperava de nós, era para moldar a próxima geração dos Hawthorne como extraordinária. Mas as manhãs de sábado, aqueles jogos... eram para nos mostrar que já *éramos* extraordinários.

Extraordinários. Eu pensei. *E parte de alguma coisa.* Era aquele o canto da sereia dos jogos de Tobias Hawthorne.

— Você acha que é por isso que seu avô me deixou esse jogo? — perguntei.

O bilionário tinha planejado meu jogo apenas para o caso de eu conhecer Eve. Será que ele sabia que eu ia começar a questionar sua decisão todo-poderosa de me escolher no momento em que ela aparecesse? Que ele queria me mostrar do que eu era capaz?

Que eu era extraordinária?

— Eu acho — murmurou Jameson, aproveitando as palavras — que meu avô deixou três jogos quando morreu, Herdeira. E os primeiros dois nos contaram algo de por que ele escolheu você.

Não respire. Nós não resolvemos a pista naquela noite. O dia seguinte era segunda-feira. Oren me liberou para ir à escola, desde que ele ficasse ao meu lado. Eu podia ter dito que estava doente e ficado em casa, mas não fiz isso. O jogo tinha se mostrado uma distração eficiente, mas Toby ainda estava em perigo e nada conseguia afastar minha cabeça daquilo por muito tempo.

Eu fui à escola porque queria que os *paparazzi* que meu oponente tinha gentilmente jogado em cima de mim como cachorros tirassem uma foto minha de cabeça erguida.

Queria que a pessoa que sequestrou Toby notasse que eu não tinha caído.

Queria que fizesse seu próximo movimento.

Passei os tempos livres no Arquivo — como chamavam a biblioteca na escola particular. Eu estava quase terminando a tarefa de cálculo que tinha ignorado durante o feriado quando Rebecca entrou. Oren deixou que ela passasse.

— Você contou para Thea.

Rebecca andou na minha direção.

— Isso é tão ruim assim? — perguntei... a uma distância segura.

— Ela é *incansável* — resmungou Rebecca.

Provando o argumento, Thea apareceu na porta atrás dela.

— Achei que você *gostasse* de incansável.

Só Thea conseguia fazer aquilo parecer um flerte naquelas circunstâncias. Rebecca olhou de má vontade para a namorada.

— Até que gosto.

— Então você vai *amar* essa parte — disse Thea. — Porque é a parte em que você para de resistir, para de brigar comigo, para de fugir dessa conversa e relaxa.

— Eu estou bem, Thea.

— Não está — disse Thea, insistente. — E não precisa estar, Bex. Não é mais seu trabalho estar *bem*.

A respiração de Rebecca falhou.

Eu sabia quando minha presença não era necessária.

— Eu vou embora — falei, e nenhuma delas nem pareceu me ouvir.

No corredor, fui informada por um funcionário que estavam procurando por mim na sala do diretor.

A sala do diretor? Não é o diretor em si?

No caminho, puxei conversa com Oren.

— Você acha que alguém informou a escola sobre a minha faca?

Eu me perguntava quão a sério escolas particulares levavam suas políticas de armas quando se tratava de alunos prestes a herdar bilhões. Contudo, quando Oren e eu chegamos na sala, a secretária me cumprimentou com um sorriso alegre.

— Avery.

Ela estendeu um pacote. Não era um envelope, mas uma caixa. Meu nome estava escrito na superfície, em uma letra familiar e elegante.

— Isso foi entregue para você.

Capítulo 30

Oren se apossou do pacote. Foram horas até eu consegui-lo de volta. Quando consegui, já estava escondida na segurança dos muros da Casa Hawthorne, e Eve, Libby e todos os irmãos Hawthorne me encontraram na biblioteca circular.

— Sem bilhete dessa vez — relatou Oren. — Só isso.

Olhei o que parecia ser uma caixinha de joias: quadrada, um pouco maior que a minha mão, possivelmente uma antiguidade. A madeira era de um tom de cereja-escuro. Uma linha dourada fina contornava as bordas. Fui abrir a tampa, então percebi que a caixa estava trancada.

— Trava com segredo — explicou Oren, e apontou com a cabeça para a frente da caixa, onde havia seis rodas agrupadas em pares. — Foi acrescentada recentemente, me parece. Eu fiquei tentado a forçar a abertura, mas, dadas as circunstâncias, preservar a integridade da caixa pareceu uma prioridade.

Depois de dois envelopes, o fato de que o sequestrador de Toby tinha enviado um pacote parecia uma evolução.

Eu não queria pensar no que poderia encontrar dentro da caixa. O primeiro envelope continha o disco, e o segundo, uma foto de Toby espancado. Em questão de provas, de lembrete do que estava em jogo e de quem detinha o poder...

Quanto tempo até o sequestrador começar a mandar pedaços?

— O segredo pode ser só uma senha — disse Jameson, que encarava a caixa como se enxergasse através dela, dentro dela. — Mas também existe a possiblidade de que os números em si sejam uma pista.

— O pacote foi enviado para a escola? — perguntou Grayson, o olhar afiado. — E chegou até a sala do diretor? Quem quer que tenha enviado sabe contornar os protocolos de segurança da Country Day.

Isso por si só parecia uma mensagem: a pessoa que tinha enviado aquilo queria que eu soubesse que podiam me alcançar.

— Seria melhor — afirmou Oren calmamente — você planejar faltar a escola alguns dias, Avery.

— Você também, Xan — acrescentou Nash.

— E deixar alguém nos fazer fugir e nos esconder? — perguntei, e olhei de Oren para Nash, furiosa. — Não. Eu não vou fazer isso.

— Vamos fazer o seguinte, menina — disse Nash, inclinando a cabeça para o lado. — Vamos disputar no braço. Eu e você. Quem ganhar faz as regras e quem perder não reclama.

— Nash — disse Libby, e olhou para ele com um olhar de censura.

— Se não gostou disso, Lib, não vai querer saber o que eu penso da *sua* segurança.

— Oren e Nash estão certos, Herdeira — disse Jameson, pegando a minha mão. — Não vale o risco.

Eu tinha uma boa certeza de que Jameson Hawthorne nunca tinha dito aquelas palavras na vida.

— Podemos parar de discutir? — pediu Eve, sua voz aguda e tensa. — Nós precisamos abrir a caixa. Agora. Precisamos abrir essa caixa o mais rápido possível e...

— Evie — murmurou Grayson. — Precisamos tomar cuidado.

Evie?

— Pela primeira vez — declarou Jameson —, eu concordo com Gray. Cuidado não é a pior ideia aqui.

Isso também não era a cara de Jameson.

Xander se virou para Oren.

— Quanta certeza nós temos de que essa caixa não vai explodir no segundo em que a abrirmos?

— Muita — respondeu Oren.

Eu me forcei a fazer a próxima pergunta, *a* pergunta, mesmo que não quisesse.

— Alguma ideia do que está aí dentro?

— Pela cara do raio-X — respondeu Oren —, um celular.

Só um celular. O alívio tomou conta de mim aos poucos, que nem a sensação voltando para uma perna dormente.

— Um celular — repeti.

Isso significava que o sequestrador de Toby planejava ligar? *O que acontece se eu não atender?*

Não me permiti me demorar na pergunta. Em vez disso, voltei a atenção para os meninos.

— Vocês são Hawthorne. Quem sabe abrir uma trava de segredo?

A resposta era: todos eles. Em dez minutos, tinham descoberto o segredo: *quinze, onze, trinta e dois.* Quando a tranca abriu, Oren pegou a caixa, inspecionou o conteúdo e me devolveu.

A parte de dentro da caixa estava forrada com veludo vermelho-escuro. Um celular estava aninhado no tecido. Peguei o aparelho e o virei, procurando qualquer coisa fora do normal, antes de voltar a atenção para a tela. Tentei a mesma sequência do segredo como senha. *Quinze. Onze. Trinta e dois.*

— Entrei.

Cliquei nos ícones do celular um por um. O álbum de fotos estava vazio. O aplicativo do tempo mostrava o clima local. Não havia notas, nem mensagens, nem lugares salvos no mapa. No relógio, encontrei um cronômetro em contagem regressiva.

12 HORAS, 45 MINUTOS, 11 SEGUNDOS...

Olhei para o grupo, sentindo cada tique do cronômetro no fundo do estômago. Eve disse o que eu estava pensando.

— O que acontece quando chegar no zero?

Sentindo o estômago apertado, pensei em Toby, no que eu *não* tinha encontrado na caixa. Jameson entrou na minha frente, o olhar verde firme em mim.

— Esqueça o cronômetro por enquanto, Herdeira. Volte para a tela principal.

Eu fiz isso e, conforme a fúria aumentava, conferi o restante do celular. Não havia nenhuma música. A página inicial do navegador de internet era um mecanismo de busca, sem nada de especial. Cliquei no calendário. Havia um evento marcado para começar na terça-feira, às seis da manhã. *Quando o cronômetro chegar no zero,* notei.

Tudo que o evento do calendário dizia era Nvi. Virei o celular para que os outros pudessem ler.

— Nvi? — disse Xander, franzindo a testa. — Uma sigla, talvez? Ou as duas últimas letras sejam um numeral romano.

— N-seis — disse Grayson, pegando o próprio celular e fazendo uma busca. — As duas primeiras coisas que aparecem quando eu busco a letra com o numeral são um formulário federal e uma droga chamada desipramina, um antidepressivo.

Revirei aquilo na cabeça, mas não consegui encontrar sentido.

— Que tipo de formulário federal?

— Financeiro — respondeu Eve, lendo por cima do ombro de Grayson. — Comissão de Valores Mobiliários. Parece ter algo a ver com empresas de investimento?

Investimento. Poderia haver algo aí.

— Mais alguma coisa? — cuspiu Nash. — *Sempre* tem mais alguma coisa.

Aquele não era exatamente um jogo Hawthorne, mas os truques eram os mesmos. Cliquei no ícone do e-mail, que só levou a uma janela com instruções para configurar essa função. Finalmente, naveguei até o histórico de chamadas do celular. *Vazio.* Cliquei na caixa postal. *Nada.* Mais um clique me levou aos contatos do celular.

Havia exatamente um número gravado no celular. Salvo com o nome de ME LIGUE.

Inspirei fundo.

— Deixa que eu ligo — disse Jameson. — Eu não posso te proteger de tudo, Herdeira, mas posso te proteger disso.

Jameson não era o Hawthorne que eu normalmente associava a proteção.

— Não — falei.

O pacote tinha sido enviado para *mim*. Eu não podia deixar mais ninguém fazer aquilo por mim, nem mesmo ele. Liguei antes que alguém pudesse me impedir e coloquei no viva-voz. Meus pulmões se recusaram a respirar até o segundo em que alguém atendeu.

— Avery Kylie Grambs.

A voz que atendeu era masculina, grave e suave, com uma entonação que soava quase aristocrática.

— Quem é? — perguntei, tensa.

— Pode me chamar de Lucas.

Lucas. O nome reverberou na minha mente. A pessoa do outro lado da linha não soava particularmente jovem, mas era impossível lhe dar uma idade. Tudo que eu sabia era que nunca tinha falado com ele antes. Se tivesse, eu teria reconhecido aquela voz.

— Cadê o Toby? — exigi.

Em resposta, recebi só uma risadinha.

— O que você quer?

Nenhuma resposta.

— Pelo menos me diga que ainda está com ele.

Que ele ainda está bem.

— Eu estou com muitas coisas — disse a voz, finalmente.

Segurando o celular com tanta força que minha mão começou a latejar, eu me agarrei aos últimos vestígios de controle. *Seja esperta, Avery. Faça-o falar.*

— O que você quer? — perguntei de novo, com mais calma.

— Curiosa, é?

Lucas brincava com palavras como um gato brincando com um rato.

— Boa palavra, *curiosa* — continuou, sua voz como veludo. — Pode significar que você está ansiosa para aprender ou saber de alguma coisa, mas também que é estranha, ou incomum. É, acho que essa descrição se aplica muito bem a você.

160 JENNIFER LYNN BARNES

— Então a questão sou eu? — perguntei, rangendo os dentes. — Você quer que eu fique curiosa?

— Eu sou só um velho — veio a resposta — com um gosto por charadas.

Velho. Quão velho? Não tive tempo de examinar a questão, ou o fato de que ele tinha falado de si mesmo do mesmo jeito que os netos de Tobias Hawthorne falavam do falecido bilionário.

— Eu não sei que tipo de jogo doente é esse — falei com aspereza.

— Ou talvez você saiba exatamente que tipo de jogo doente é esse.

Quase dava para ouvir ele curvar a boca em um sorriso afiado como faca.

— Você tem a caixa — disse ele. — Tem o celular. Você vai descobrir a próxima parte.

— Que próxima parte?

— Tique-taque — respondeu o velho. — O cronômetro está contando o tempo para nossa próxima ligação. Você não vai gostar do que acontecerá com seu Toby se não tiver minha resposta até lá.

Capítulo 31

O que descobrimos? Tentei me concentrar nisso, e não na ameaça, no cronômetro diminuindo.

O sequestrador de Toby tinha se referido a si mesmo como velho.

Ele tinha me chamado pelo meu nome completo.

Ele brincava com palavras... e com pessoas.

— Ele gosta de charadas — eu disse em voz alta. — E de jogos.

Eu conhecia alguém que cabia naquela descrição, mas o bilionário Tobias Hawthorne estava morto. Ele estava morto havia um ano.

— O que exatamente deveríamos descobrir? — perguntou Grayson, seco.

Eu olhei para Jameson por reflexo.

— Deve ter alguma coisa para encontrar ou decodificar — eu disse —, que nem nos pacotes anteriores.

— A próxima parte da mesma charada — murmurou Jameson, sincronizado comigo.

Eve olhou para nós dois.

— Que charada?

— A charada — disse Jameson. — Quem é ele? Por que está fazendo isso? As duas primeiras pistas foram relativamente fáceis de decifrar. Ele dificultou dessa vez.

— A gente deve ter deixado alguma coisa passar — eu disse. — Algum detalhe na caixa, no pacote, ou...

— Eu gravei a ligação — disse Xander, erguendo o celular. — Caso tenha alguma pista no que ele disse. Além disso...

— Temos o segredo — completou Jameson. — E a entrada no calendário.

— Nvi — falei em voz alta.

Por instinto, verifiquei a caixa em busca de compartimentos secretos. Não havia nenhum. Não havia mais nada no celular, nem nada que chamasse a atenção quando escutamos a conversa com o sequestrador de Toby pela segunda vez. Nem pela terceira.

— Você consegue rastrear a ligação? — perguntei a Oren, tentando pensar à frente, olhar o problema por todos os lados. — Nós temos o número.

— Eu posso tentar — respondeu Oren, calmo —, mas, a menos que nosso oponente seja muito menos inteligente do que parece, o número não vai estar registrado, e a ligação foi roteada pela internet, não por uma torre telefônica, com o sinal dividido por milhares de endereços de IP que cobrem o mundo todo.

Senti a garganta apertar.

— A polícia poderia ajudar?

— Não podemos chamar a polícia — sussurrou Eve. — Ele pode *matar* Toby.

— Perguntas discretas poderiam ser feitas a um contato confiável na polícia sem que se dê detalhes — disse Oren.

— Infelizmente meus contatos de mais confiança foram recentemente transferidos.

Não tinha jeito de ser coincidência. Ataques aos meus interesses comerciais. Tentativas de esburacar minha equipe de segurança. *Paparazzi* na minha cola. Contatos na polícia transferidos. Eu pensei no que Alisa dissera que estávamos procurando. *Riqueza. Poder. Conexões.*

— Toque a gravação de novo — eu disse a Xander.

Meu BFFH fez o que pedi e, dessa vez, quando a conversa terminou, Jameson olhou para Grayson.

— Ele disse que Avery poderia *chamá-lo* de Lucas. Não que seu nome *era* Lucas.

— Isso é importante? — perguntei.

Grayson sustentou o olhar de Jameson.

— Pode ser.

Eve começou a dizer alguma coisa, mas o som de um celular tocando a calou. Não era o descartável. Era o meu. Olhei de relance para a tela. *Thea.*

Eu atendi.

— Estou meio ocupada, Thea.

— Nesse caso, você quer primeiro a notícia ruim ou a notícia pior?

— Está tudo bem com a Rebecca?

— Alguém tirou uma foto de Eve em frente ao portão da Casa Hawthorne. Acabou de ser publicada.

Eu fiz uma careta.

— Essa é a notícia ruim, ou...

— Foi publicada — continuou Thea — no maior site de fofoca da internet, junto de uma foto de Emily e uma matéria sobre os rumores de que Emily Laughlin foi morta por Grayson e Jameson Hawthorne.

Capítulo 32

Primeiro mandei mensagem para Alisa. Lidar com escândalos como aquele era parte do trabalho dela. Contar para os meninos e para Eve foi mais difícil. Forçar minha boca a dizer as palavras era que nem quebrar meu calcanhar. *Um momento de deslize. Um ruído doente. O choque.* Então o choque passou.

— Que coisa escrota — cuspiu Nash.

Ele respirou fundo, e então voltou o olhar atento para os irmãos.

— Jamie? Gray?

— Estou bem — disse Grayson, com o rosto rígido como pedra.

— E, mantendo minha superioridade geral em nossa relação fraternal — acrescentou Jameson com um sorriso sardônico um pouco afiado demais —, eu estou mais do que bem.

Aquilo era coisa do Lucas. Tinha que ser.

Eve abriu o site de fofoca no celular e o encarou. Sua própria foto. A de Emily.

A APOSTA FINAL 165

Eu voltei para o momento na ala de Toby em que ela tinha me dito que não se parecia com ninguém da família.

— Por que estão dizendo que vocês a mataram? — perguntou Eve, com a voz trêmula.

Ela não ergueu os olhos do celular, mas eu sabia para quem estava fazendo a pergunta.

— Porque — respondeu Grayson, a voz afiada — é verdade.

— Nem fodendo que é — xingou Nash.

Ele olhou em volta, para o resto de nós.

— Qual é a regra do jogo sujo? — perguntou.

Ninguém respondeu.

— Gray? Jamie? — insistiu, e voltou seu olhar para mim.

— Não existe jogo sujo — eu disse, baixo — se você ganhar.

Eu queria ganhar. Queria recuperar Toby. Queria *acabar* com o babaca que o tinha sequestrado, que tinha feito aquilo com Jameson, Grayson e Eve.

— Jogo sujo? — perguntou Eve, finalmente desviando o olhar do site. — É assim que vocês chamam isso? Meu rosto vai estar por toda parte.

Era exatamente o que Toby *não* queria.

— Canhão de glitter — disse Xander.

Eu olhei feio para ele. Não era a hora para brincadeiras nem purpurina.

— Isso aqui é um canhão de glitter — insistiu Xander. — Se explodir no meio de um jogo, faz uma bagunça enorme. Vai se espalhar por todo lado, grudar em todo canto.

A expressão de Grayson endureceu.

— E o relógio corre enquanto a gente limpa.

— Enquanto *tenta* limpar — disse Libby suavemente.

Ela tinha ficado quieta durante tudo aquilo, mas minha irmã tinha empatia de sobra, e não precisava conhecer Grayson, Jameson, nem mesmo Eve, tão bem quanto eu para entender o golpe que eles tinham levado.

— Algumas coisas são difíceis de limpar — concordou Nash em um tom lento e constante, seu olhar encontrando Libby como se fosse a coisa mais natural do mundo. — Você acha que finalmente limpou tudo. Está tudo bem. E aí cinco anos depois...

— Ainda tem glitter no banheiro de Grayson — completou Xander.

Tive a impressão de que não era uma metáfora.

— Lucas fez isso — eu disse. — Ele armou isso. Ele detonou a bomba. Ele nos quer distraídos.

Ele quer o relógio correndo. Ele quer que a gente perca.

Tique-taque.

Eve desligou o celular e o jogou com força na mesa.

— Dane-se o glitter — disse ela. — Eu não quero descobrir o que vai acontecer com Toby se o cronômetro chegar no zero.

Nenhum de nós queria.

Xander tocou a conversa com Lucas de novo e nós colocamos as mãos à obra.

Capítulo 33

Seis horas, dezessete minutos, nove segundos...

Estava chegando ao ponto em que eu nem precisava mais olhar as horas. Eu só sabia. Não estávamos chegando a lugar nenhum. Tentei desanuviar, mas ar fresco não ajudou. Dar dinheiro anonimamente para pessoas que precisavam não ajudou.

Eu voltei para dentro, e cheguei na biblioteca circular bem a tempo de ouvir o celular de Xander tocar. Ele era a única pessoa que eu conhecia que usava os doze primeiro dígitos de pi como toque. Depois de uma conversa estranhamente sóbria, ele trouxe o celular para mim.

— Max — murmurou.

Eu peguei o celular.

— Deixe-me adivinhar — eu disse, levando o aparelho à orelha. — Você viu as notícias?

— O que te faz pensar isso? — respondeu Max. — Eu só liguei para falar do meu guarda-costas. Piotr se recusa terminantemente a escolher uma música tema, mas, fora isso, nossa relação de guarda-costas e costas-guardadas está indo muito bem.

Só Max mesmo faria piada com precisar de segurança. *Por minha causa*. Eu não conseguia deixar de me sentir responsável, assim como eu não conseguia deixar de sentir que Eve tinha sido exposta ao mundo só porque tinha tomado a péssima decisão de pedir a *minha* ajuda.

Era meu nome nos envelopes, meu nome na caixa. Era eu quem estava na mira de Lucas, mas qualquer pessoa perto de mim poderia ser pega no fogo cruzado.

— Eu sinto muito — disse a Max.

— Eu sei — respondeu minha melhor amiga. — Mas não se preocupe. Eu vou escolher uma música tema para ele.

Ela fez uma pausa.

— Xander mencionou um... canhão? — perguntou.

A história toda escapou, que nem água demolindo uma barragem quebrada: a entrega do pacote, a caixa, o celular, a ligação para "Lucas"... e seu ultimato.

— Você parece uma pessoa que precisa pensar em voz alta — opinou Max. — Prossiga.

Prossegui. Fui falando e falando, esperando que meu cérebro descobrisse algo diferente para dizer dessa vez. Cheguei ao evento no calendário e disse:

— Achamos que Nvi pudesse ser uma referência para um formulário da comissão de valores imobiliários, N-seis. Passamos horas tentando rastrear os formulários de Tobias Hawthorne. Acho que Nvi também pode ser uma sigla, ou iniciais, mas...

— Nvi — repetiu Max. — N-V-I?

— Isso.

— N-V-I — repetiu ela. — Tipo Nova Versão Internacional?

Eu inclinei a cabeça.

— Nova versão internacional de quê?

— Da B-Í-B-L-I-A... e agora eu vou passar a noite com músicas da escola dominical na cabeça.

— A Bíblia — repeti, e de repente fez sentido. — Lucas.

— Meu segundo evangelho favorito — notou Max. — No fundo, João sempre será o mais querido.

Eu mal a escutei. Meu cérebro estava indo rápido demais, imagens surgindo na minha mente, fragmentos de memória se empilhando.

— Os números.

O segredo pode ser só uma senha, Jameson tinha dito, *mas também existe a possibilidade de que os números em si sejam uma pista.*

— Que números? — perguntou Max.

Meu coração batia forte contra as costelas.

— Quinze, onze, trinta e dois.

— Você está me zoando, forra? — perguntou Max, maravilhada. — Eu vou resolver uma charada Hawthorne?

— Max!

— O evangelho de Lucas — disse ela —, capítulo quinze, versículos onze até trinta e dois. É uma parábola.

— Qual? — perguntei.

— A parábola do filho pródigo.

Capítulo 34

Nenhum de nós dormiu mais do que três horas naquela noite. Lemos todas as versões de Lucas 15:11-32 que encontramos, todas as interpretações da parábola, toda referência a ela.

Nove segundos no cronômetro. Oito. Eu observava a contagem diminuir. Eve estava ao meu lado, sentada sobre os pés. Libby estava do meu outro lado. Os meninos estavam em pé. Xander tinha o gravador a postos.

Três. Dois. Um...

O celular tocou. Eu atendi e coloquei no viva-voz para todo mundo poder ouvir.

— Alô.

— Bem, Avery Kylie Grambs?

O uso do meu nome completo não passou desapercebido.

— Lucas, capítulo quinze, versículos onze a trinta e dois — falei, mantendo a voz calma e estável.

— O que tem Lucas, capítulo quinze, versículos onze a trinta e dois?

Eu não queria dançar para ele.

— Eu resolvi o quebra-cabeça. Me deixe falar com Toby.

— Muito bem.

Houve um silêncio e então eu ouvi a voz de Toby.

— Avery. Não...

O resto da frase foi cortado. Meu estômago afundou. Senti a fúria serpentear pelo meu corpo.

— O que você fez com ele?

— Me fale sobre Lucas, capítulo quinze, versículos onze a trinta e dois.

Ele está com Toby. Eu preciso jogar do jeito dele. Tudo que eu podia fazer era torcer para que meu adversário alguma hora mostrasse a mão.

— O filho pródigo exigiu a herança mais cedo — eu disse, tentando não deixar nenhuma das emoções que eu sentia transparecer na minha voz. — Ele abandonou a família e gastou a fortuna que tinha recebido. Mas, apesar de tudo isso, o pai o recebeu quando ele voltou.

— Um jovem perdulário — disse o homem — vagando pelo mundo... ingrato. Um pai benevolente, pronto para recebê-lo em casa. Mas, se a minha memória não falha, há três personagens nessa história, e você só mencionou dois.

— O irmão — falou Eve, se levantando, antes que eu tivesse a chance. — Ele ficou e trabalhou com o pai durante anos sem ser recompensado.

Houve um silêncio do outro lado da linha. E então o golpe de uma faca verbal.

— Eu só falo com a herdeira. A que Tobias Hawthorne *escolheu*.

Eve se encolheu, como se tivesse sido acertada, com os olhos úmidos e a expressão fria. Do outro lado da linha, ouvi apenas silêncio.

Ele tinha desligado?

Em pânico, agarrei o celular com mais força.

— Estou aqui!

— Avery Kylie Grambs, há três personagens na parábola do filho pródigo, não é mesmo?

O ar deixou meus pulmões.

— O filho que foi embora — eu disse, soando mais calma do que me sentia. — O filho que ficou. E o pai.

— Por que não refletimos sobre isso?

Houve uma outra longa pausa e então:

— Eu entrarei em contato.

Capítulo 35

Refletir **foi assim: Libby** foi fazer café, porque, quando a coisa ficava feia, ela cuidava das outras pessoas. Grayson ajeitou o paletó e deu as costas para o resto de nós. Jameson começou a andar de um lado a outro, que nem uma pantera pronta para dar o bote. Nash tirou o chapéu de caubói e ficou olhando para ele com uma expressão sombria. Xander saiu correndo da sala e Eve baixou a cabeça entre as mãos.

— Eu não devia ter dito nada — disse ela, rouca. — Mas depois que ele cortou Toby...

— Eu entendo — eu disse a ela. — E não teria feito diferença você ficar em silêncio. Teríamos acabado exatamente no mesmo lugar.

— Não *exatamente* — disse Jameson, parando bem na minha frente. — Pense no que ele disse depois que Eve interrompeu... e a forma como ele falou de você.

— Como *a herdeira* — respondi e então me lembrei do resto. — A que Tobias Hawthorne escolheu.

Eu engoli em seco.

— A história do filho pródigo trata de herança e perdão — falei.

— Todo mundo que acha que Toby foi sequestrado como parte de um enorme complô de *perdão* — disse Nash, cujo sotaque não suavizou em nada as palavras — levante a mão.

Todas as nossas mãos seguiram abaixadas.

— Nós já sabemos que é questão de vingança — falei, dura. — Que é questão de vitória. Essa é só mais uma peça da mesma maldita charada que não é para a gente resolver.

Agora era eu quem não conseguia mais ficar parada. A raiva não estava só fervilhando; estava queimando.

— Ele quer que a gente fique doido, revirando isso sem parar — eu disse, andando até a escrivaninha de tronco de árvore e me apoiando nela, com força. — Ele quer que a gente *reflita*. E qual é o propósito? — perguntei, muito perto de socar a madeira. — Ele ainda não terminou, e não vai nos dar o necessário para resolver isso até querer que seja resolvido.

Eu entrarei em contato. Nosso adversário era como um gato que tinha pegado um rato pelo rabo. Ele estava me prendendo e soltando para criar a ilusão de que, talvez, se eu fosse esperta, eu poderia escapar, sendo que ele não tinha o menor medo de que eu realmente fizesse isso.

— Precisamos tentar — disse Eve, com leve desespero.

— Eve está certa — disse Grayson, e se virou para nós... para ela. — Isso não vai além das nossas capacidades só porque nosso oponente *acha* que vai.

Jameson apoiou as mãos ao lado das minhas na mesa.

— As outras duas pistas foram vagas. Essa é menos. Às vezes dá para resolver até charadas parciais.

Por mais fútil que parecesse, por mais raiva que eu sentisse, eles estavam certos. Nós precisávamos tentar. Por Toby.

— Estou de volta! — exclamou Xander, surgindo na sala.
— E trouxe acessórios!

Ele estendeu a mão, mostrando três peças de xadrez: um rei, um cavalo e um bispo.

Jameson foi pegar as peças, mas Xander deu um tapa na mão dele.

— O pai — disse Xander, balançando o rei, que colocou na mesa. — O filho pródigo — descreveu, e baixou o cavalo. — E o filho que ficou.

— O bispo como o filho fiel — comentei quando Xander colocou a última peça na mesa. — Belo toque.

Olhei as três peças. *Um jovem perdulário, vagando pelo mundo... ingrato.* A lembrança daquela voz tinha grudado em mim como óleo. *Um pai benevolente, pronto para recebê-lo em casa.*

Eu peguei o cavalo.

— *Pródigo* significa esbanjador. Nós todos sabemos como era Toby quando adolescente. Ele atravessou o país bebendo e transando com todo mundo, foi responsável pelo incêndio que matou três pessoas e permitiu que a família achasse que ele estava morto por décadas.

— E, durante tudo isso — refletiu Jameson, pegando o rei —, nosso avô não queria nada além de receber em casa seu filho pródigo.

Toby, o pródigo. Tobias, o pai.

— Então só resta o outro filho — disse Grayson, andando até a mesa.

Nash também se aproximou, deixando apenas a silenciosa Eve no canto.

— O que trabalhou com lealdade — continuou Grayson — e não recebeu nada.

Ele conseguiu dizer aquilo como se não tivesse significado para ele, mas aquela parte da história era conhecida dele... de todos eles.

— Nós já falamos com Skye — eu disse, pegando o bispo, o filho leal. — Mas Skye não é a única irmã de Toby.

Eu odiava sequer dizer aquilo, porque fazia meses que eu não via a filha mais velha de Tobias Hawthorne como inimiga.

— Não é Zara — disse Jameson com o tipo de intensidade que eu associava a ele e apenas a ele. — Ela é Hawthorne o suficiente para fazer isso, se quisesse, mas, a menos que acreditemos que o homem na ligação era um ator, uma fachada, nós *sabemos* quem é o terceiro personagem da história.

Vingança. Revanche. Vendeta. Vingador.

Eu sempre venço no final.

Os três personagens na história do filho pródigo.

Cada peça da charada tinha nos contado algo a respeito do nosso oponente.

— Se Toby deve ser o filho pródigo que não merece o que tem — falei, sentindo o corpo todo tenso —, e Tobias Hawthorne é o pai que o perdoou, o único papel que sobra para o sequestrador de Toby é o do outro filho.

Outro filho. Fiquei completamente imóvel enquanto absorvia essa possiblidade.

Xander levantou a mão.

— Alguém mais está se perguntando se temos um tio secreto por aí e ninguém ficou sabendo? Porque, a essa altura, *tio secreto* parece caber bem na cartela de bingo dos Hawthorne.

— Eu não acredito — disse Nash, firme, certo, sem pressa. — O velho não era exatamente escrupuloso, mas ele *era* fiel... e bem possessivo com qualquer um ou qualquer coisa que considerasse dele. Além do mais, nós não precisamos ir atrás de tios *secretos*.

Eu entendi o que ele quisera dizer exatamente no mesmo momento que Jameson.

— Não era Constantine no telefone — disse ele —, mas...

— Constantine Calligaris não foi o primeiro marido de Zara — completei.

Tobias Hawthorne pode ter tido só um filho, mas ele tinha mais de um genro.

— Ninguém nunca fala do primeiro cara — mencionou Xander. — Nunca.

Um filho, afastado da família, ignorado, esquecido. Olhei para Oren.

— Cadê Zara?

A pergunta era pesada, dado o histórico dos dois, mas meu chefe de segurança respondeu como o profissional que era.

— Ela acorda cedo para cuidar das rosas.

— Eu vou — disse Grayson.

Ele não estava pedindo permissão nem se oferecendo.

Eve finalmente se juntou ao restante de nós na escrivaninha. Ela ergueu os olhos para Grayson, marcas de lágrimas no rosto.

— Eu vou com você, Gray.

Ele ia aceitar. Eu sabia só de olhar para ele, mas não discuti. Não me permiti dizer uma única palavra.

Mas Jameson me surpreendeu.

— Não. Vá você com Grayson, Herdeira.

Eu não tinha ideia do que fazer com aquilo — se ele ainda não confiava em Eve, se não confiava em Grayson com Eve, ou se estava apenas tentando combater seus demônios, deixar de lado a rivalidade de uma vida inteira, e confiar em mim.

Capítulo 36

Grayson e eu encontramos Zara na estufa. Ela estava usando luvas brancas de jardinagem que cobriam as mãos como uma segunda pele e segurava uma tesoura de poda tão afiada que provavelmente cortaria osso.

— A que devo essa honra?

Zara virou a cabeça para nós, a expressão em seus olhos anunciando friamente o fato de que ela era uma Hawthorne e, por definição, não deixava passar nada.

— Desembuchem — insistiu. — Vocês querem alguma coisa.

— Nós só queremos conversar — disse Grayson, simplesmente.

Zara passou o dedo de leve por um espinho.

— Os Hawthorne nunca querem só conversar.

Grayson não discordou.

— Seu irmão Toby foi sequestrado — disse ele, com aquela habilidade impressionante de dizer coisas *importantes* como se fossem simples fatos. — Não houve nenhum pedido de resgate, mas recebemos várias comunicações vindas de seu sequestrador.

— Toby está bem? — perguntou Zara, dando um passo na direção de Oren. — John... meu irmão está bem?

Ele olhou nos olhos dela com gentileza e lhe deu o que podia.

— Ele está vivo.

— E você ainda não o encontrou? — exigiu Zara.

O tom dela era puro gelo. Eu vi o exato momento em que ela lembrou com quem estava falando e percebeu que, se *Oren* não conseguia encontrar Toby, havia uma boa chance de que ele não pudesse ser encontrado.

— Nós achamos que pode haver alguma conexão familiar entre Toby e a pessoa que o sequestrou — eu disse.

A expressão de Zara oscilou, como ondas correndo pela água.

— Se vocês vieram aqui fazer acusações, sugiro que parem de enrolar e me acusem logo.

— Não estamos aqui para te acusar de nada — disse Grayson, com uma calma absoluta e inabalável. — Precisamos te perguntar sobre seu primeiro marido.

— Christopher? — perguntou Zara, e arqueou uma sobrancelha. — Eu garanto que não precisam.

— O sequestrador de Toby vem mandando pistas — eu disse, apressada. — A mais recente envolve a história bíblica do filho pródigo.

— Nós estamos procurando — afirmou Grayson — alguém que via Tobias Hawthorne como um pai e sentiu que não ganhou o que merecia. Nos conte de Christopher.

— Ele era tudo que se esperava de mim.

Zara ergueu a tesouras para cortar uma rosa branca. *Cortem-lhe a cabeça.*

— Família rica, conexões políticas, charmoso — continuou.

Riqueza, Alisa tinha dito. *Poder. Conexões.*

Zara deitou a rosa branca em uma cesta preta e cortou mais três.

— Quando eu pedi o divórcio, Chris foi até meu pai e agiu como o filho dedicado, esperando totalmente que o velho colocasse bom senso na minha cabeça.

Foi a vez de Grayson arquear uma sobrancelha.

— O quanto ele foi destruído?

Zara sorriu.

— Eu te garanto que o divórcio foi civilizado.

Em outras palavras: *completamente.*

— Mas não importa — acrescentou ela. — Christopher morreu em um acidente de barco logo depois que tudo foi finalizado.

Não, eu pensei, em uma reação visceral e impulsiva. *Mais um beco sem saída, não.*

— E a família dele? — perguntei, sem querer desistir.

— Ele era filho único, e os pais também já faleceram.

Eu me senti que nem o rato que tinha imaginado, como se tivessem me feito pensar que eu tinha uma chance quando, na verdade, nunca tivera. Mas eu não podia desistir.

— É possível que seu pai tenha tido outro filho? — perguntei, voltando àquela ideia. — Além de Toby?

— Um herdeiro preterido que *não* saiu de baixo de uma pedra depois que o testamento foi lido? — respondeu Zara, altiva. — Com bilhões em jogo? Pouco provável.

— Então o que estamos deixando passar? — perguntei, com mais desespero na voz do que eu queria admitir.

Zara considerou a pergunta.

— Meu pai gostava de dizer que nossas mentes têm o hábito de nos fazer escolher entre duas opções, quando, na verdade, existem sete. O dom dos Hawthorne sempre foi ver todas as sete.

— Identificar as premissas implícitas na nossa própria lógica — disse Grayson, citando claramente um ditado que lhe tinha sido ensinado —, e então invalidá-las.

Eu pensei naquilo. Quais premissas tínhamos? *Que Toby é o filho pródigo, Tobias o pai.* Era a interpretação óbvia, dada a história de Toby, mas era aquele o problema das charadas. A resposta *não era* óbvia.

E, no primeiro telefonema, o sequestrador de Toby tinha se referido a si mesmo como um *velho*.

— O que acontece se tirarmos Toby da história? — perguntei a Grayson. — Se seu avô *não for* o pai da parábola?

Meu coração martelava.

— E se ele for um dos filhos? — continuei.

Grayson olhou para a tia.

— O velho chegou a falar com você da família dele? Dos pais?

— Meu pai gostava de dizer que não tinha família, que viera do nada.

— Era o que ele *gostava* de dizer — confirmou Grayson.

Na minha cabeça, tudo que eu via eram as três peças de xadrez. Se Tobias Hawthorne era o bispo ou o cavalo... quem poderia ser o rei?

Capítulo 37

— **Precisamos encontrar Nan** — disse Jameson imediatamente, quando Grayson e eu voltamos. — Ela é provavelmente a única pessoa viva que pode nos contar se o velho tem alguma família da qual Zara não sabe.

— Encontrar Nan — explicou Xander a Eve, no que pareceu ser uma tentativa de animá-la — é tipo brincar de *Onde está Wally?*, só que nesse caso o Wally gosta de bater nas pessoas com a bengala.

— Ela tem lugares favoritos na Casa — eu disse.

A sala do piano. O salão de cartas.

— É terça de manhã — comentou Nash, seco.

A capela — disse Jameson, olhando para cada um dos seus irmãos. — Eu vou — sugeriu, e se virou para mim. — Quer dar uma caminhada?

A capela Hawthorne, localizada depois do labirinto e diretamente ao oeste das quadras de tênis, não era grande,

mas era de tirar o fôlego. Os arcos de pedra, bancos esculpidos à mão e vitrais elaborados pareciam obra de dezenas
de artesãos.

Nós encontramos Nan sentada em um banco.

— Não deixe o vento entrar — gritou ela, sem sequer se
virar para ver com quem estava gritando.

Jameson fechou a porta da capela, e nos juntamos a ela
no banco. Nan estava de cabeça baixa e olhos fechados, mas
de algum modo parecia saber exatamente quem tinha se jun-
tado a ela.

— Menino sem vergonha — brigou com Jameson. — E
você, garota! Esqueceu do nosso pôquer semanal ontem, foi?

Eu fiz uma careta.

— Desculpa. Andei distraída.

Distraída era pouco.

Nan abriu os olhos apenas para estreitá-los para mim.

— Mas agora que você *quer* conversar, não importa se
estou ocupada?

— Podemos esperar a senhora terminar a oração — falei,
devidamente envergonhada, ou pelo menos tentando fingir.

— Oração? — resmungou Nan. — Eu estou é dando
opinião ao Criador.

— Meu avô construiu essa capela para Nan ter algum
lugar para gritar com Deus — informou Jameson.

Nan pigarreou.

— Aquele velho gagá ameaçou me construir um mausoléu no lugar. Tobias nunca achou que eu viveria mais que ele.

Isso provavelmente era a coisa mais perto de uma abertura que teríamos.

— Seu genro tinha alguma família de origem? — perguntei. — Pais?

— Acha o quê, menina? Que ele surgiu adulto da cabeça de Zeus? — desdenhou Nan. — Tobias sempre achou que fosse um deus.

— Você o amava — disse Jameson, suavemente.

Nan deu uma engasgada.

— Como se fosse meu filho.

Ela fechou os olhos por um ou dois segundos, então os abriu e continuou:

— Ele tinha pais, eu imagino. Pelo que lembro, Tobias dizia que eles o tinham tido mais velhos e não sabiam muito o que fazer com um menino como ele.

Nan olhou para Jameson.

— As crianças Hawthorne podem ser difíceis — comentou.

— Então ele foi um filho temporão — resumi. — Eles tinham outros filhos?

— Depois de Tobias, duvido que ousassem.

— E quanto a irmãos mais velhos? — perguntou Jameson.

Um pai, dois filhos...

— Nada disso também. Quando Tobias conheceu minha Alice, estava verdadeiramente sozinho. O pai tinha morrido de um ataque do coração quando Tobias era adolescente. A mãe durou só um ano mais que o pai.

— E quanto a mentores? — perguntou Jameson, e eu quase o enxergava montando dezenas de cenários diferentes. — Figuras paternas? Amigos?

— O negócio de Tobias nunca foi fazer amigos. O negócio dele era fazer dinheiro. Ele era um canalha determinado, persistente e brutal — disse Nan, com a voz trêmula. — Mas ele foi bom com a minha Alice. Comigo.

— Família primeiro — disse Jameson em voz baixa ao meu lado.

— Nenhum homem construiu impérios sem fazer uma ou duas coisas das quais não se orgulhasse, mas Tobias não deixava isso ir para casa com ele. Suas mãos nem sempre estavam limpas, mas ele não as levantou uma única vez... não para Alice, para os filhos, nem para vocês, meninos.

— Você o teria matado se ele tivesse feito isso — disse Jameson, afetuosamente.

— Olha essa sua boca — ralhou Nan.

Suas mãos nem sempre estavam limpas. A simples frase me vez voltar à primeira mensagem que tínhamos recebido do sequestrador de Toby. Naquele momento, tinha parecido que o alvo da vingança era Toby ou eu. Mas e se fosse o próprio Tobias Hawthorne?

E se aquilo, tudo aquilo, fosse desde sempre a respeito do velho? *E se eu for só a escolhida* dele? *E se Toby for só o filho perdido* dele? A possibilidade ocupou minha mente e a agarrou como unhas cravando a carne.

— O que seu genro fez? — perguntei. — Por que as mãos dele não estavam limpas?

Nan não deu nenhuma resposta.

Jameson pegou a mão dela.

— Se eu te contasse que alguém quer se vingar da família Hawthorne...

Nan deu um tapinha afetuoso no rosto dele.

— Eu diria a essa pessoa para entrar na fila.

Capítulo 38

Identificar as premissas. Questioná-las. *Invalidá-las.* Ao sair da capela, eu sentia que uma concha em volta do meu cérebro tinha sido aberta, e possibilidades vinham de todos os lados.

O que eu teria feito se presumisse desde o início que Toby fora sequestrado como vingança por algo que seu pai fizera? Pensei em Eve falando de segredos dos Hawthorne — *segredos sombrios, talvez até perigosos* — e em Nan e sua conversa sobre impérios e mãos sujas.

O que Tobias Hawthorne tinha feito no caminho para o topo? Depois de juntar tanto dinheiro e poder, o que tinha feito com aquilo? *E com quem?*

Considerando possíveis passos em velocidade máxima, eu me virei para Oren.

— Você rastreava as ameaças contra Tobias Hawthorne, quando era chefe de segurança dele. Ele tinha uma Lista, que nem a minha.

Lista, L maiúsculo. Pessoas que precisam ser vigiadas.

— O sr. Hawthorne tinha uma Lista, sim — confirmou Oren. — Mas era um pouco diferente da sua.

Minha Lista era cheia de desconhecidos. Desde o momento em que eu tinha sido nomeada como herdeira de Tobias Hawthorne, tinha sido jogada em uma espécie de palco mundial que automaticamente vinha com ameaças de morte na internet e potenciais perseguidores, pessoas que queriam ser eu e pessoas que queriam me machucar.

Era sempre pior depois que alguma notícia saía na mídia. *Tipo agora.*

— A Lista do meu avô por acaso seria uma lista de pessoas com quem ele ferrou? — perguntou Jameson a Oren.

Ele via o mesmo que eu: se o sequestrador de Toby estava contando uma história de inveja, vingança e triunfo sobre um velho inimigo, a Lista de Tobias Hawthorne era um belo lugar para começar.

Jameson e eu atualizamos os outros e Oren mandou entregarem a Lista a nós no solário. A sala tinha paredes e tetos de vidro, então dava para sentir o sol na pele de qualquer lugar. Depois de ter virado quase a noite toda, nós sete precisávamos de toda ajuda possível para ficarmos acordados.

Especialmente porque aquilo ia levar um tempo.

Tobias Hawthorne não tinha apenas uma lista de nomes. Ele tinha pastas e arquivos como o que tinha montado sobre mim, mas para centenas de pessoas. Centenas de *ameaças.*

— Você monitorava toda essa gente? — perguntei a Oren, encarando a pilha de arquivos.

— Não era exatamente um monitoramento ativo. O importante era saber a aparência e os nomes dessas pessoas, e ficar de olho — disse Oren, com sua habitual expressão calma, impenetrável e *profissional*. — Os arquivos foram coisa do sr. Hawthorne, não minha. Eu só podia vê-los se a pessoa começasse a aparecer.

Naquele momento, nós não tínhamos rosto nem nome algum, então me concentrei no que de fato tínhamos.

— Estamos procurando um homem mais velho — falei, em voz baixa. — Alguém que foi ultrapassado e traído por Tobias Hawthorne.

Eu queria que tivéssemos mais algum ponto de partida.

— Pode haver uma conexão familiar, ou semelhante, ou talvez só uma história em torno de três pessoas — continuei.

— Três *homens* — disse Eve, parecendo ter recuperado a voz, a garra e o controle. — Na parábola, são todos *homens*. E esse cara sequestrou Toby, não Zara, nem Skye. Ele levou o *filho*.

Ela claramente tinha pensado naquilo. Eu dei uma olhada em Grayson e a expressão dele me fez pensar que não tinha *pensado* sozinha.

— Bem — disse Xander, tentando nos animar. — Não é pouca coisa!

Voltei a atenção para as pastas, pilhas e pilhas de arquivos que me deixaram com uma sensação pesada no estômago.

— Quem quer que esse homem seja — eu disse —, qualquer que seja sua história com Tobias Hawthorne, o que quer que ele tenha perdido... ele agora é rico, poderoso e tem conexões.

Capítulo 39

Quando cada um de nós já tinha examinado uns três ou quatro arquivos, nem a luz do sol entrando por todos os lados podia afastar a sombra que tinha se instalado na sala.

Isso era o que eu sabia antes de ler os documentos: Tobias Hawthorne tinha registrado suas primeiras patentes no final dos anos sessenta, início dos setenta. Pelo menos uma tinha se mostrado valiosa, e ele tinha usado o lucro para financiar a compra de terras que o tornaram um nome importante no mercado de petróleo do Texas. Ele finalmente tinha vendido a petroleira por mais de cem milhões de dólares, e depois disso a tinha diversificado com um toque de Midas que havia transformado milhões em bilhões.

Tudo isso era informação pública. A informação dos arquivos contava as partes da história que o mito de Tobias Hawthorne havia escondido. *Aquisições hostis. Concorrentes levados à falência. Processos abertos com o único propósito de falir a outra parte.* O bilionário implacável tinha o hábito de encontrar uma oportunidade de mercado e entrar sem piedade naquele espaço, comprando patentes e empresas menores, contratando os melhores e os usando para destruir a concorrência, antes de simplesmente mudar para outra indústria, outro desafio.

Ele pagava bem aos funcionários, mas, quando o vento mudava ou os lucros secavam, os mandava embora sem pensar duas vezes.

O negócio de Tobias Hawthorne nunca foi fazer amigos. Eu tinha perguntado a Nan exatamente o que o genro havia feito que não lhe dava orgulho. A resposta estava ao redor de nós, e era impossível ignorar os detalhes em qualquer um dos arquivos só porque não correspondiam ao que estávamos procurando.

Olhei a pasta na minha mão: *Seaton, Tyler.* Parecia que o sr. Seaton, um engenheiro biomédico genial, tinha sido pego por uma das mudanças de direção de Tobias Hawthorne depois de sete anos de serviço leal e lucrativo. Seaton fora demitido. Como todos os funcionários dos Hawthorne, tinha recebido um generoso plano de demissão, que incluía uma extensão do seguro de saúde. Contudo, a extensão chegara ao fim, e uma cláusula de não concorrência nas letrinhas miúdas do contrato tinha tornado quase impossível para ele encontrar outro emprego.

E outro seguro de saúde.

Engolindo em seco, eu me forcei a encarar as imagens no arquivo. Fotos de uma garotinha. *Marian Seaton.* Ela tinha sido diagnosticada com câncer aos nove anos de idade, logo antes do pai perder o emprego.

Ela tinha morrido aos doze.

Enjoada, eu me forcei a continuar examinando o arquivo. A folha final continha informações financeiras a respeito de uma transação, uma doação generosa que a Fundação Hawthorne tinha feito para o Hospital Pediátrico St. Jude.

Aquele era Tobias Hawthorne, bilionário, equilibrando a balança. *Não é equilíbrio.*

— Você sabia disso? — disse Grayson, em voz baixa, com os olhos prateados concentrados em Nash.

— Qual "disso" estamos falando, irmãozinho?

— Que tal comprar patentes de uma viúva por um centésimo do que valiam? — perguntou Grayson, atirando o arquivo no chão, antes de pegar outro. — Ou se fazer de investidor anjo quando o que realmente queria era aos poucos comprar o suficiente da empresa para fechá-la e abrir caminho para *outro* de seus investimentos?

— Eu voto nos contratos que dão a ele controle de toda a propriedade intelectual dos funcionários — disse Jameson, e parou. — Mesmo que propriedade intelectual não tenha sido desenvolvida em horário de trabalho.

Do outro lado da sala, Xander engoliu em seco.

— Vocês não querem mesmo saber o que ele fez na indústria farmacêutica.

— Você sabia? — perguntou Grayson a Nash de novo. — É por isso que você sempre viveu com um pé pra fora? Por isso que não aguentava estar sob o teto do velho?

— Por isso que você salva pessoas — disse Libby, baixo.

Ela não estava olhando para Nash. Estava olhando para os próprios pulsos.

— Eu sabia quem ele era.

Nash não disse mais do que isso, mas dava para ver a tensão no maxilar sob a barba por fazer. Ele baixou a cabeça e a aba do chapéu de caubói escondeu seu rosto.

— Vocês se lembram do saco de vidro? — perguntou Jameson aos irmãos de repente, com dor na voz. — Era o quebra-cabeça com a faca. A gente tinha que quebrar a bailarina de vidro para encontrar três diamantes dentro dela. A pista era *me conte o que é real*, e Nash ganhou porque o resto de nós se concentrou nos diamantes...

— E eu dei ao velho uma bolsa com vidro quebrado de verdade — completou Nash.

Algo na voz dele fez Libby parar de olhar para os próprios pulsos e ir colocar a mão silenciosa no braço dele.

— O vidro quebrado — disse Grayson, uma onda de tensão correndo pelo seu corpo. — O sermão que ele passou, dizendo que, para fazer o que ele tinha feito, sacrifícios eram necessários. Coisas eram quebradas. E se você não limpasse os cacos...

Xander completou a frase, o pomo-de-adão subindo e descendo:

— As pessoas se machucavam.

Capítulo 40

Trinta e seis horas se passaram — nenhuma notícia do sequestrador de Toby, uma horda crescente de *paparazzi* no portão e tempo demais passado no solário com os arquivos do Tobias Hawthorne sobre seus inimigos. Seus muitos inimigos.

Eu terminei os arquivos na minha pilha. Os quatro irmãos Hawthorne também. Libby também. Eve também. Nada correspondia. Nada cabia. Eu não queria admitir que tínhamos quebrado a cara de novo. Eu não queria me sentir encurralada ou vencida, como se todas as pessoas a minha volta tivessem levado vários socos no estômago para *nada*.

Então eu continuei voltando ao solário, relendo arquivos que os outros já tinham lido, mesmo sabendo que os Hawthorne não tinham deixado nada passar. Que os arquivos estavam marcados neles a fogo.

Assim que Jameson terminara de ler a própria pilha, tinha desaparecido para trás das paredes. O único motivo para eu saber que ele não tinha partido para algum lugar desconhecido do outro lado do mundo era que o outro lado da cama estava quente quando eu acordei. Grayson tinha ido para a piscina, se levando além do ponto da resistência humana várias vezes seguidas, e Nash, ao terminar, tinha desviado da imprensa na porta, se esgueirado para um bar e voltado às duas da manhã com a boca arrebentada e um cachorrinho trêmulo enfiado dentro da camisa. Xander mal comia. Eve parecia pensar que não precisava dormir e que, se conseguisse decorar cada detalhe de cada arquivo, uma resposta apareceria.

Eu entendia. Nós duas não falávamos de Toby, do silêncio de seu sequestrador, mas era o que nos movia.

Eu entrarei em contato.

Peguei outra pasta, uma dos poucas que ainda não tinha examinado, e a abri. *Vazia.*

— Você leu esse? — perguntei a Eve, meu coração socando as costelas com uma força súbita e chocante. — Não tem nada aqui.

Eve ergueu o olhar do arquivo que vinha examinando havia vinte minutos. A esperança desesperada nos olhos *dela* reluziu e morreu quando viu o arquivo ao qual eu me referia.

— Isaiah Alexander? Tinha uma página aí antes. Só uma. Arquivo curto. Outro funcionário rejeitado, demitido de algum laboratório Hawthorne. *Doutorado, estrela promissora...* e agora o cara não tem nada.

Nem riqueza. Nem poder. Nem conexões. *Nada do que a gente está procurando.*

— Então cadê a página? — perguntei, a questão me roendo.

— Importa? — Eve disse, seu tom desinteressado, irritação manchando seus traços impressionantes. — Talvez tenha ido parar em outro arquivo.

— Talvez — eu disse. Fechei o arquivo e meu olhar foi parar na etiqueta. *Alexander, Isaiah*. Eve tinha dito o nome, mas eu não tinha processado... Não até agora.

O nome do pai de Grayson era Sheffield *Grayson*. O pai de Nash se chamava Jake *Nash*. E o nome de Xander era apelido de *Alexander*.

Encontrei meu BFFH no laboratório. Era um quarto escondido cheio da coleção mais aleatória de objetos que se poderia imaginar. Alguns artistas transformavam objetos cotidianos em comentário artístico. Xander fazia isso, mas na versão engenheiro. Em se tratando de mecanismos de conforto emocional dos irmão Hawthorne, o dele provavelmente era o mais saudável da Casa.

— Eu preciso falar com você.

— Pode ser sobre usos alternativos de armas medievais? — pediu Xander. — Porque tenho umas ideias.

Aquilo era preocupante em muitos níveis, e tão a cara de Xander que eu quis chorar, abraçá-lo ou fazer qualquer coisa além de mostrar aquele arquivo e obrigá-lo a falar comigo a respeito de uma coisa que ele tinha deixado bem claro durante o Escadas e Serpentes que não queria mencionar.

— Esse é seu pai? — perguntei suavemente. — Isaiah Alexander?

Xander se virou para mim. Então, como se tomasse uma decisão muito séria, ergueu a mão e cutucou a ponta do meu nariz.

— Bop.

— Você não vai me distrair — falei, a exasperação que eu normalmente teria sentido substituída por uma emoção mais carinhosa e dolorosa. — Vamos lá, Xan. Eu sou sua BFFHH. Fale comigo.

— Bop duplo — disse Xander, apertando novamente meu nariz. — Pra que o H a mais?

— Honorária. Vocês me tornaram uma Hawthorne honorária, então eu sou sua BFF Hawthorne Honorária. *Fale.*

— Bop tri... — começou Xander, mas desviei antes que ele encostasse no meu nariz.

Eu me endireitei, peguei a mão dele suavemente na minha e a apertei. Era *Xander*, então não havia uma gota de acusação quando fiz a pergunta seguinte.

— Você pegou a página que estava nessa pasta?

Xander sacudiu a cabeça enfaticamente.

— Eu nem sabia que Isaiah estava na Lista. Mas eu provavelmente posso te contar o que estava no arquivo dele. Eu passei vários meses meio que criando o meu próprio.

Não reprimi o impulso de abraçá-lo. Com força.

— Eve disse que ele era um doutor que foi demitido de um laboratório Hawthorne — falei quando me afastei.

— É por aí — respondeu Xander, seu tom alegre uma cópia da cópia da verdade. — Mas ainda tem a época. É possível que Isaiah tenha sido demitido mais ou menos quando eu fui concebido. Talvez porque eu fui concebido? Quer dizer, talvez não! Mas talvez?

Coitado do Xander. Eu pensei no que ele tinha dito em Escadas e Serpentes.

— É por isso que você não entrou em contato com ele?

— Eu não posso simplesmente telefonar pra ele — disse Xander, com um olhar de queixa. — E se ele me odiar?

— É impossível te odiar, Xander — eu disse a ele, com um aperto no peito.

— Avery, eu fui odiado a vida inteira.

Algo no tom dele me fez pensar que pouca gente entendia como era ser Xander Hawthorne.

— Não por quem te conhece — insisti com ferocidade.

Xander sorriu e algo nisso me fez querer chorar.

— Você acha que tem problema — disse ele, soando mais jovem do que eu jamais o vira — eu ter amado aqueles jogos de sábado de manhã? Ter amado crescer aqui? Ter amado o grande e terrível Tobias Hawthorne?

Eu não podia responder aquilo por ele, por nenhum deles. Eu não podia fazer os últimos dias doerem menos. Mas uma coisa eu podia dizer.

— Você não amava o grande e terrível Tobias Hawthorne. Você amava o velho.

— Eu era o único que sabia que ele estava morrendo — disse Xander, e se virou para pegar o que parecia um diapasão, mas não fez nenhum movimento para acrescentá-lo ao que quer que estivesse inventando. — Ele manteve segredo de todo o resto por semanas. Ele queria minha companhia no final, e sabe o que ele me disse? A última coisa?

— O que foi? — perguntei baixo.

— *Quando isso acabar, você vai saber que tipo de homem eu fui, e que tipo de homem você quer ser.*

Capítulo 41

Eu voltei para o solário de mãos abanando, tendo esbarrado em mais um beco sem saída. *Eu entrarei em contato.* A promessa sinistra ecoava na minha cabeça quando virei uma esquina e vi o guarda de Eve. Eu o cumprimentei com a cabeça, olhei brevemente para Oren e então abri a porta do solário.

Lá dentro, Eve estava sentada na frente de um arquivo espalhado no chão, com um celular nas mãos. *Tirando fotos.*

— O que você está fazendo? — perguntei, assustada.

Eve ergueu os olhos.

— O que você acha que estou fazendo? — perguntou ela, com a voz falhando. — Eu preciso dormir. Eu sei que preciso dormir, mas não consigo parar. E não posso tirar os arquivos dessa sala, então eu pensei...

Ela sacudiu a cabeça, lacrimejando, com o cabelo cor de âmbar caído na frente do rosto.

— Esqueça — falou. — É idiota.

— Não é idiota. E você precisa mesmo dormir.

Todos nós precisávamos.

Fui conferir a ala de Jameson antes de voltar para a minha. Ele não estava lá também. Eu me lembrei de como tinha sido quando eu havia descoberto que minha mãe não era quem eu pensava que ela era. Senti que estava novamente de luto pela morte dela, e a única coisa que tinha ajudado fora Libby me lembrar do tipo de pessoa que minha mãe tinha sido, me provar que eu a conhecia, *sim*, de todas as maneiras importantes.

Mas o que eu podia dizer para Jameson, ou Xander, ou qualquer um deles, a respeito de Tobias Hawthorne? Que ele realmente *era* genial? Estratégico? Que tinha alguns farrapos de consciência? Que se importava com a própria família, mesmo tendo deserdado todos eles em favor de uma desconhecida?

Eu pensei nas últimas palavras que o bilionário dissera a Xander: *Quando isso acabar, você vai saber que tipo de homem eu fui, e que tipo de homem você quer ser.* Quando o quê acabasse? Quando Xander tivesse encontrado seu pai? Quando todos os jogos que Tobias Hawthorne tinha planejado antes de morrer tivessem sido jogados?

A ideia atraiu meu olhar para a bolsa de couro na cômoda. Eu tinha passado dois dias consumida pela charada doentia do sequestrador de Toby e pela esperança, por menor que fosse, de que estávamos chegando mais perto de resolvê-la. Mas a verdade era que toda a *reflexão* não tinha nos levado a lugar nenhum. Provavelmente tinha sido *proposta* para não nos levar a lugar nenhum... até que a charada fosse finalizada.

Eu entrarei em contato.

Eu detestava aquilo. Eu precisava de alguma vitória. De uma distração. *Quando isso acabar, você vai saber que tipo de homem eu fui.* Lentamente, caminhei até a cômoda, pensando em Tobias Hawthorne e naqueles arquivos, e peguei a bolsa.

Com movimentos metódicos, espalhei os objetos que ainda não tinha usado. *O vaporizador. A lanterna. A toalha de praia. O círculo de vidro.* Falei em voz alta a última pista que Jameson e eu havíamos desvendado:

— Não respire.

Eu esvaziei a mente. Depois de um momento, meu olhar se fixou na toalha, e então no círculo azul-esverdeado. *Essa cor. Uma toalha. Não respire.*

Com uma clareza súbita e visceral, compreendi o que tinha que fazer.

As pessoas paravam de respirar quando estavam aterrorizadas, surpresas, chocadas, tentando ficar quietas, cercadas por fumaça... ou embaixo d'água.

Capítulo 42

Uma luz com sensor de movimento acendeu quando entrei no pátio. Na minha cabeça, por um breve momento, eu vi a piscina como ela era de dia, com a luz refletindo na água e os azulejos do fundo a tornando de um azul-esverdeado tão impressionante quanto o Mediterrâneo.

O mesmo tom do pedaço de vidro que eu levava na mão direita. Eu estava com a toalha de praia na esquerda. Claramente, eu precisaria me molhar.

De noite, a água era mais escura, sombria. Eu escutei Grayson nadando antes de vê-lo, e senti o momento exato em que ele notou minha presença.

A mão de Grayson Davenport Hawthorne bateu na borda da piscina. Ele se levantou.

— Avery.

A voz dele era baixa, mas, na quietude da noite, chegava longe.

— Você não deveria estar aqui — falou.

Comigo estava implícito.

— Você deveria estar dormindo — insistiu.

Grayson, sempre cheio de *deveria* e *precisaria. Os Hawthorne não deveriam quebrar,* falou a voz dele no fundo da minha memória. *Especialmente eu.*

Afastei a lembrança o máximo que pude.

— Tem alguma luz aqui fora? — perguntei.

Eu não queria ter que lidar com a escuridão toda vez que eu ficasse parada, e não conseguia me forçar a olhar para Grayson, para seus olhos claros e penetrantes, como eu tinha feito naquela noite.

— Tem um painel de controle embaixo do pórtico.

Consegui encontrá-lo e acendi as luzes da piscina, mas acabei ligando também uma fonte sem querer. Água espirrou para cima em um arco magnífico enquanto a luz da piscina passava por várias cores: rosa, roxo, azul, verde, violeta. Parecia que eu estava vendo fogos de artifício. Parecia mágica.

Mas eu não tinha descido para ver mágica. Um toque desligou a fonte. Outro interrompeu o ciclo de cores na luz.

— O que você está fazendo? — perguntou Grayson, e eu sabia que ele estava perguntando por que eu estava *ali,* com ele.

— Jameson te contou da bolsa que seu avô deixou para mim? — perguntei.

Grayson se afastou da parede, ondulando a água enquanto ponderava sobre sua resposta.

— Jamie não me conta tudo.

Os silêncios nas frases de Grayson sempre diziam muito.

— Sendo justo, tem muita coisa que eu não conto pra ele — acrescentou.

Foi o mais perto que ele já tinha chegado de mencionar aquela noite na adega, as coisas que tinha confessado para mim.

Ergui o círculo de vidro.

— Esse foi um dos vários itens em uma bolsa que seu avô instruiu que deveria ser entregue para mim se Eve e eu nos conhecêssemos. Tinha também...

— O que você disse?

Sem aviso, Grayson saiu da água. Era outubro e estava fresco o suficiente para ele estar congelando, mas ele fazia uma boa imitação de alguém totalmente incapaz de sentir frio.

— Quando eu conheci Eve, um dos jogos do seu avô começou.

— O velho sabia?

Grayson estava tão imóvel que, se a luz da piscina não estivesse acesa, teria desaparecido na escuridão.

— Meu avô sabia de Eve? — perguntou. — Ele sabia que Toby tinha uma filha?

Eu engoli em seco.

— Sabia.

Todos os músculos no corpo de Grayson ficaram tensos.

— Ele sabia — repetiu com ferocidade —, e deixou ela lá? Ele sabia e não disse uma palavra para nenhum de nós?

Grayson andou na minha direção, passando por mim. Ele se apoiou na parede do pórtico, as mãos espalmadas, os músculos das costas tão tensos que parecia que as escápulas iam arrebentar a pele.

— Grayson?

Eu não disse mais do que isso. Não sabia o que mais dizer.

— Eu dizia a mim mesmo que o velho amava a gente — afirmou Grayson, com a precisão de um cirurgião que cortava a carne saudável para chegar à doente. — Que, se cobrava de nós padrões impossíveis, era pelo motivo nobre de forjar seus herdeiros como precisavam ser. E se o grande Tobias

Hawthorne era mais duro comigo do que com meus irmãos, eu dizia que era porque eu precisava ser mais. Eu acreditava que ele tinha me ensinado honra e dever porque *ele* era honrado, porque sentia o peso do *seu* dever e queria me preparar para isso.

Grayson bateu a mão na parede com força suficiente para a superfície áspera arranhar a pele.

— Mas as coisas que ele fez? Os segredinhos sujos naqueles arquivos? Saber de Eve e deixá-la ser criada por pessoas que a tratavam como inferior? Fingir que essa família não devia nada à filha de Toby? Não há nada de *honrado* nisso — disse Grayson, tremendo. — *Em nada disso.*

Eu pensei em Grayson, que nunca se permitia quebrar porque sabia o homem que tinha sido criado para ser. Pensei em Jameson, dizendo que Grayson tinha sempre sido tão *perfeito.*

— Nós não sabemos há quanto tempo seu avô sabia de Eve — falei. — Se foi uma descoberta recente, se ele sabia que ela era parecida com Emily, talvez tenha achado que seria dolorido demais...

— Talvez ele achasse que eu era fraco demais — disse Grayson, e se virou para me olhar. — É isso que você está dizendo, Avery, por mais que tente fazer parecer outra coisa.

Dei um passo na direção dele.

— O luto não te torna fraco, Grayson.

— O amor, sim — disse Grayson, e sua voz ficou brutalmente grave. — Eu deveria estar acima de tudo isso. Emoção. Vulnerabilidade.

— Por que você? — perguntei. — Por que não Nash? Ele é o mais velho. Por que não Jameson, ou Xan...

— *Porque deveria ter sido eu.*

Grayson inspirou, ofegante. Quase dava para vê-lo brigar com a porta da jaula onde guardava suas emoções, querendo trancá-la mais uma vez.

— Durante minha vida toda, Avery, deveria ser eu — continuou. — Era por isso que eu precisava ser melhor, por isso que eu precisava me sacrificar, ser honrado e colocar a família em primeiro lugar, por isso que eu *nunca* podia perder o controle... porque o velho não ia durar pra sempre, e era *eu* quem deveria assumir as rédeas quando ele se fosse.

Deveria ter sido Grayson, pensei. *Não eu.* Um ano depois, e parte de Grayson ainda não conseguia aceitar aquilo, mesmo sabendo que o velho nunca tivera realmente a intenção de deixar sua fortuna para ele.

— E eu entendi, Avery, *eu entendi* por que o velho teria olhado para essa família, olhado para *mim*, e decidido que não éramos dignos do legado *dele*. — A voz de Grayson falhou. — Eu entendi por que ele pensaria que eu não era bom o suficiente... e você era. Mas se o grande Tobias Hawthorne *não era* honrado? Se qualquer limite podia ser ultrapassado para seu ganho pessoal? Se "família em primeiro lugar" era só uma mentira de merda que ele me contou? Então por quê?

Grayson ergueu o olhar para mim.

— Qual foi o propósito, Avery, de tudo isso?

— Eu não sei.

Minha voz soava tão áspera quanto a dele. Hesitando, levantei novamente o círculo de vidro.

— Mas talvez tenha algo a mais nisso, um pedaço do quebra-cabeça que nós não sabemos...

— Mais jogos — disse Grayson, e bateu novamente na parede. — O velho babaca está morto há um ano, e ainda controla tudo.

Minha mão direita estava segurando o vidro azul-esverdeado. Eu soltei a toalha com a esquerda e a estendi na direção dele.

— Não — suspirou Grayson, virando-se para passar por mim. — Eu já te disse antes, Avery. Eu estou quebrado. Eu não vou quebrar você também. Volte para a cama. Esqueça esse pedaço de vidro ou o que mais estava naquela bolsa. Pare de jogar os jogos do velho.

— Grayson...

— *Só pare.*

Aquilo soou definitivo de uma forma que nada mais entre nós nunca fora. Eu não disse nada. Não fui atrás dele. E, quando a forma como ele tinha me dito para parar ecoou na minha mente, eu pensei em Jameson, que nunca parava.

Na pessoa que eu era com Jameson.

Eu andei até a água. Tirei a calça e a camiseta, deixei o vidro na borda da piscina e mergulhei.

Capítulo 43

Deslizei pela água com os olhos abertos. O mosaico azul-esverdeado no fundo da piscina me atraía, iluminado pelas luzes que eu tinha acendido. Nadei até mais perto, então passei a mão pelos azulejos, notando tudo: *aquela* cor, a suavidade, a variação em corte e tamanho dos pequenos azulejos, a forma como tinham sido instalados, quase em espiral.

Eu me impulsionei para longe do fundo e, quando passei pela superfície, nadei até a lateral. Com o círculo de vidro em uma das mãos, me empurrei pela borda do lado raso com a outra. Em pé, submergi o vidro e afundei. *Não respire.*

Filtrados pelo vidro, os azulejos azul-esverdeados desapareciam. Por baixo deles, vi um desenho mais simples: quadrados, alguns claros, alguns escuros. *Um tabuleiro de xadrez.*

Sempre havia um momento naqueles jogos em que eu era atingida por uma percepção quase física de que nada que Tobias Hawthorne já tinha feito na vida era sem camadas de propósito. Todas aquelas adições à Casa Hawthorne

— quantas delas continham um de seus truques, só esperando pelo jogo certo?

Armadilhas atrás de armadilhas, Jameson tinha me dito uma vez, *charada atrás de charadas*.

Eu subi para tomar ar, a imagem do tabuleiro de xadrez marcada na mente. Eu pensei em Grayson me dizendo para não jogar, em Jameson, que deveria estar jogando ao meu lado. E então esvaziei tudo aquilo. Pensei nas pistas que tinham vindo antes daquela: o gambito da rainha, levando ao jogo de xadrez real, que levava a *não respire*. Mergulhei de novo, levantei o vidro e ocupei mentalmente os quadrados com peças.

Eu joguei o gambito da rainha na minha mente. *P-Q4. P-Q4. P-QB4.*

Sem piscar, decorei a localização dos quadrados envolvidos nos movimentos, então subi para tomar ar. Deixei o vidro na borda da piscina e saí da água, e o ar da noite foi um choque brutal.

P-Q4, pensei. Concentrada, mergulhei até o fundo. Por mais que empurrasse ou cutucasse o mosaico de azulejos que formava o primeiro quadrado, nada acontecia. Nadei até o segundo, mas ainda nada, então subi para respirar de novo, nadei novamente para a lateral, saí mais uma vez, com frio, tremendo, *pronta*.

Puxei ar e mergulhei de novo. *P-QB4*. A localização do último movimento no gambito da rainha. Dessa vez, quando pressionei os azulejos, um girou, batendo no seguinte e no seguinte, como um mecanismo mágico.

Observei a reação em cadeia, peça a peça, com medo até de piscar, morta de medo daquilo, o que quer que fosse, só durar um momento. Um último azulejo girou e toda a seção — o quadrado que eu tinha visto através do vidro — se abriu.

Com os pulmões começando a queimar, enfiei os dedos por baixo. Esbarrei em alguma coisa.

Quase. Quase.

Meu corpo estava me dizendo para voltar à superfície — *gritando* para que eu fosse para a superfície —, mas enfiei os dedos embaixo do azulejo de novo. Dessa vez, consegui puxar um pacote fino, um instante antes de o compartimento começar a fechar.

Dei impulso, chutei e irrompi na superfície da água. Ofeguei e continuei ofegando, puxando o ar da noite sem parar. Nadei até a lateral da piscina. Quando busquei a borda, outra mão agarrou a minha.

Jameson me puxou para fora da água.

— Não respire — murmurou.

Eu não perguntei onde ele tinha estado, nem mesmo se estava bem. Eu só ergui o pacote que tinha tirado do fundo da piscina.

Jameson se inclinou para pegar a toalha de praia e a enrolou em volta de mim.

— Muito bem, Herdeira.

Seus lábios tocaram os meus e o mundo ficou eletrizado, cheio de antecipação e da emoção da caçada. Era assim que eu e ele deveríamos ser: sem fugir, sem nos esconder, sem recriminações, sem arrependimentos.

Só *nós dois,* perguntas e respostas e o que podíamos fazer quando estávamos juntos.

Fui abrir o pacote e descobri que estava selado a vácuo. Jameson me estendeu uma faca. Eu a reconheci. *A* faca, do jogo dos vidros quebrados.

Pegando-a dele, cortei o pacote. Lá dentro havia uma bolsa à prova de fogo. Eu a abri e encontrei uma fotografia desbotada. Três pessoas, três mulheres, em frente a uma enorme igreja de pedra.

— Você as reconhece? — perguntei a Jameson.

Ele sacudiu a cabeça e eu virei a foto. Na parte de trás, na letra familiar de Tobias Hawthorne, estava um lugar e uma data. *Margaux, França, 19 de dezembro de 1973.*

Eu vinha jogando os jogos do bilionário havia tempo suficiente para o meu cérebro se grudar imediatamente à data. 19/12/1973. E então à localização.

— Margaux? — perguntei, alto. — Se pronuncia tipo Margô?

Podia significar que estávamos procurando por uma pessoa com aquele nome... mas, em um jogo dos Hawthorne, também podia significar muitas outras coisas.

Capítulo 44

Jameson me fez entrar no banho quente, e minha mente ficou acelerada. Decodificar a pista exigia separar significado de distração. Havia quatro elementos: a fotografia; o nome *Margaux*; a localização na França e a data, que podia ser uma data de verdade ou um número que precisava ser decodificado.

Muito provavelmente, alguma combinação dos quatro elementos era importante, e o resto era só distração, mas qual era qual?

— Três mulheres — disse Jameson, e pendurou uma toalha aquecida na porta do box. — Uma igreja no fundo. Se escanearmos a foto, podemos tentar uma busca por imagem...

— O que só ajudaria — completei, a água fervendo na pele gelada — se existir uma cópia dessa mesma foto on-line.

Ainda assim, valia tentar.

— Devíamos tentar localizar a igreja, descobrir o nome — murmurei, o vapor ficando mais espesso no ar. — E podemos falar com Zara e Nan. Ver se elas reconhecem alguma das mulheres.

— Ou o nome Margaux — acrescentou Jameson.

Através do vapor no box, ele era um borrão de cores: comprido, magro, familiar de um jeito que chegava a doer.

Desliguei a ducha, me enrolei na toalha e pisei no tapete do banheiro. Jameson me olhou nos olhos, o rosto iluminado pelo luar da janela, o cabelo, uma bagunça que meus dedos queriam tocar.

— Temos também que considerar a data — murmurou.

— E o restante dos objetos na bolsa.

— Um vaporizador, uma lanterna, um pen-drive — listei.

— Podemos usar o vaporizador e a lanterna na foto... e na bolsa onde ela estava.

— Restam três objetos — disse Jameson, com um leve sorriso. — E três já foram usados. Isso nos coloca na metade, e meu avô diria que é um bom ponto para dar um passo pra trás. Voltar ao começo. Considerar o contexto e o objetivo.

Senti minha boca se abrir, os cantos se erguendo.

— Nenhuma instrução foi dada. Nenhuma pergunta, nenhuma partida.

— Nenhuma pergunta, nenhuma partida — repetiu Jameson, em voz baixa e suave. — Mas a gente sabe o gatilho. Você conheceu Eve.

Jameson remoeu isso por um momento, então se virou. Seus olhos verdes pareciam focados em algo que ninguém além dele conseguia ver, como se um milhão de possibilidades se mostrasse de repente diante dele em constelações no céu.

— O jogo começou quando você conheceu Eve, o que quer dizer que ele pode nos dizer algo sobre você ou algo sobre Eve, algo sobre o porquê de meu avô ter escolhido você em vez de Eve, ou...

Jameson se virou de novo, preso na teia dos próprios pensamentos. Era como se tudo mais tivesse deixado de existir, até mesmo eu.

— *Ou* — repetiu, como se fosse a resposta. — Eu não notei no início — disse, a voz baixa e carregada de energia elétrica. —, mas agora que parece que o velho pode estar no centro do ataque...

O olhar de Jameson voltou para o mundo real.

— E se... — falou.

Jameson e eu vivíamos para aquelas duas palavras: *E se?* Eu as *senti.*

— Você acha que pode existir uma conexão — falei — entre o jogo que seu avô me deixou e todo o resto?

O sequestro de Toby. O velho com um gosto por charadas. Alguém me atacando por todos os lados.

Minha pergunta firmou Jameson, e seu olhar saltou para o meu.

— Eu acho que esse jogo foi entregue a você porque Eve apareceu aqui. E o *único* motivo para Eve aparecer aqui foi porque houve um problema. Sem problema, sem Eve. Se Toby não tivesse sido sequestrado, ela não estaria aqui. Meu avô sempre pensou sete passos à frente. Ele via dezenas de variações do que poderia acontecer, se planejava para toda eventualidade, fazia uma estratégia para cada futuro possível.

Às vezes, quando os meninos falavam do velho, eles o faziam parecer mais do que mortal. Mas havia limites ao que uma pessoa podia prever, limites para as estratégias vindas até das mentes mais brilhantes.

Jameson pegou meu queixo na mão e inclinou minha cabeça suavemente para trás, para cima, para ele.

— Pense nisso, Herdeira. E se a informação necessária para descobrir quem sequestrou Toby estiver *nesse* jogo?

Minha garganta apertou, o corpo todo sentindo a onda de esperança com força física.

— Você acha mesmo que pode estar? — perguntei, minha voz falhando.

Sombras passaram pelos olhos de Jameson.

— Talvez não. Talvez eu esteja indo longe demais. Talvez eu só esteja vendo o que quero ver, vendo-o da forma que quero vê-lo.

Eu pensei nos arquivos, em Jameson desaparecendo pelas paredes da Casa Hawthorne.

— Eu estou aqui — eu disse a ele suavemente. — Eu estou bem aqui, com você, Jameson Hawthorne.

Pare de fugir.

Ele estremeceu.

— Diga *Taiti*, Herdeira.

Eu levei a mão ao pescoço dele.

— *Taiti.*

— Quer saber a pior parte? Porque a pior parte não é saber o que meu avô faria, e fez, para ganhar. É saber, nas minhas entranhas e nos meus ossos, com cada fibra do meu ser, o *porquê*. É saber que tudo que ele já fez para vencer eu teria feito também.

Jameson Winchester Hawthorne é faminto. Fora aquilo que Skye me dissera nas minhas primeiras semanas na Casa Hawthorne. Grayson era dedicado e Xander, brilhante, mas Jameson fora o favorito do velho porque Tobias Hawthorne também tinha nascido *faminto*.

Doía vê-los como semelhantes.

— Não diga isso, Jameson.

— Para ele, era tudo estratégia — disse Jameson. — Ele via conexões que outras pessoas deixavam passar. Todas as outras pessoas jogavam xadrez em duas dimensões, mas Tobias Hawthorne via a terceira e, quando reconhecia a jogada da vitória, ele agia.

Nada é mais Hawthorne que vencer.

— Não é só porque *poderia* fazer — eu disse a Jameson com ferocidade — que você teria feito.

— Antes de você, Herdeira? Eu teria, sim, *sem dúvida* — disse ele, a voz intensa. — Eu nem consigo odiá-lo agora. Ele é parte de mim. Ele está em mim.

Jameson tocou de leve meu cabelo, então enroscou os dedos nele.

— Mas mais que tudo, Avery Kylie Grambs — continuou —, eu não consigo odiá-lo porque ele me levou até você.

Ele precisava que eu o beijasse, e eu precisava também. Quando Jameson finalmente se afastou — *só um centímetro, então dois* —, meus lábios doeram de saudade dos dele. Ele levou a boca a minha orelha.

— Agora, de volta ao jogo.

Capítulo 45

Nós trabalhamos até quase de manhã, dormimos um pouco, acordamos entrelaçados. Falamos com Nan e Zara, brincamos com os números, identificamos a igreja, que nem ficava na França, muito menos em Margaux. Voltamos aos objetos na bolsa: um vaporizador, uma lanterna, o pen-drive.

No meio da manhã, já estávamos andando em círculos.

Como se tivesse adivinhado a necessidade de nos tirar disso, Xander mandou uma mensagem para Jameson. Jameson me mostrou o celular. *SOS.*

— Uma emergência? — perguntei.

— Mais uma convocatória — explicou Jameson. — Vamos.

Chegamos ao corredor e demos de cara com Nash, que estava saindo do quarto de Libby com as roupas do dia anterior, segurando uma pequena, agitada e peluda bolinha marrom de caos.

— Espero mesmo que você não tenha tentado dar esse cachorrinho incrivelmente fofo pra minha irmã — falei.

— Não tentou — disse Libby, entrando no corredor vestindo uma camiseta estampada com EU COMO QUEM ACORDA CEDO e calça preta de pijama. — Ele é mais esperto que isso. Esse cachorro é um Hawthorne.

Libby estendeu a mão para fazer carinho na orelha do filhote.

— Nash a encontrou em um beco. Uns bêbados babacas a estavam cutucando com uma vara — explicou.

Conhecendo Nash, eu duvidava que a história tivesse acabado bem pros bêbados babacas.

— Ele a salvou — continuou Libby, abaixando a mão. — É o que ele faz.

— Eu não sei, querida — disse Nash, dando uma coçadinha no cachorro, de olho na minha irmã. — Eu estava bem mal. Talvez ela tenha me salvado.

Eu pensei no pequeno Nash vendo Skye com seus irmãozinhos, vendo-a abandoná-los. E então pensei em Libby me acolhendo.

— Recebeu o sos de Xander? — perguntou Jameson ao irmão.

— Recebi — respondeu Nash.

— sos? — disse Libby, franzindo o cenho. — Xander está bem?

— Ele precisa de nós — disse Nash a minha irmã, deixando o cachorro lamber seu queixo. — Nós temos direito a um sos por ano. Se chega uma mensagem dessas, não importa onde você está ou o que está fazendo. Você larga tudo e vai.

— Xander só não disse ainda aonde ir — acrescentou Jameson.

Bem na hora, o celular de Jameson vibrou. O de Nash também. Uma série de mensagens chegaram rapidamente. Jameson inclinou o celular para que eu pudesse ver.

Xander tinha mandado quatro fotos, cada uma com um pequeno desenho. A primeira era um coração com VEM CÁ escrito no meio. Desci até a segunda foto e franzi o cenho.

— Isso é um macaco andando de bicicleta?

Libby foi até Nash e pegou o celular do bolso dele. Havia algo de íntimo no gesto, nele a deixar fazer aquilo, nela saber que ele deixaria.

— O macaco parece estar rindo, tipo RÁAA! — comentou Libby.

Nash olhou para a foto.

— Pode ser um lêmure — opinou.

Eu sacudi a cabeça e olhei para a terceira foto: Xander tinha desenhado uma árvore com um buraco no meio. A quarta imagem era um elefante em um pula-pula dizendo ÊEEEEEE!

Eu olhei para Jameson.

— Você tem alguma ideia do que isso significa?

— Como estabelecido previamente, SOS significa que Xander está nos chamando — disse Jameson. — Pelas regras dos Hawthorne, essa convocação não pode ser ignorada. Quanto às imagens... resolva sozinha, Herdeira.

Eu olhei para as imagens de novo. O coração. Os animais rindo e gritando.

— A árvore é oca, se isso ajudar — disse Nash.

O cachorrinho latiu.

Vem cá. Rá. Oca. Ê. Eu pensei... e finalmente juntei tudo.

— Você deve estar brincando — falei para Jameson.

— O que foi? — perguntou Libby.

Jameson abriu um sorriso.

— Os Hawthorne nunca brincam com karaokê.

A APOSTA FINAL 219

Capítulo 46

Cinco minutos depois, estávamos no teatro Hawthorne — que não deve ser confundido com o *cinema* Hawthorne. O teatro tinha palco, cortina de veludo vermelho, plateia e camarotes, a coisa toda.

Xander estava no palco, segurando um microfone. Uma tela tinha sido instalada atrás dele e devia haver um projetor em algum lugar, porque "sos!" dançava na tela.

— Eu preciso disso — disse Xander no microfone. — Vocês precisam disso. Todo mundo precisa disso. Nash, eu já deixei a Taylor Swift pra você. Jameson, prepare a coreografia, porque o palco está te chamando, e todos nós sabemos que seu quadril é completamente incapaz de falsidades. Quanto a Grayson...

Xander parou.

— *Cadê* o Gray? — perguntou.

— Grayson Hawthorne perdendo o karaokê? — disse Libby. — Eu estou chocada, devo dizer. *Chocada.*

— Gray tem uma voz tão grave e suave que você vai acabar literalmente em prantos quando ele cantar alguma coisa tão antiquada que até vai dar para acreditar que ele passou os anos cinquenta de ternos chiquérrimos ao lado de seu melhor amigo, Frank Sinatra — jurou Xander, voltando o olhar para seus irmãos. — Mas Gray não está aqui.

Jameson olhou para mim.

— Não se ignora uma mensagem de sos — me disse ele. — Não importa o que aconteça.

— *Cadê* o Grayson? — insistiu Nash.

Foi então que eu ouvi: um som entre estilhaços e madeira lascada.

Jameson saiu correndo do teatro. Outro barulho de algo quebrado.

— Sala de música — disse ele.

Xander saltou do palco.

— Meu dueto vai ter que esperar!

— Com quem você ia fazer um dueto? — perguntou Libby.

— Comigo mesmo! — gritou Xander enquanto corria para a porta, mas Nash o pegou.

— Calma aí, Xan. Deixe o Jamie ir — disse Nash, e olhou para mim. — Vá você também, menina.

Eu não tinha certeza do que Nash achava que estava acontecendo ali, ou por que tinha tanta certeza de que Jameson e eu éramos de quem Grayson precisava.

— Enquanto isso — disse Nash a Xander —, me passa o microfone.

Enquanto Jameson e eu descíamos o corredor, uma música lindamente dolorida começou a tocar ao violino. A porta da sala de música estava aberta, e, quando entrei, vi Grayson parado em frente às janelas abertas, de terno sem paletó e camisa desabotoada, com um violino pressionado contra o queixo. Sua postura era perfeita, cada movimento, suave.

O chão na frente dele estava coberto de lascas de madeira.

Eu não lembrava quantos violinos ultracaros Tobias Hawthorne tinha comprado para *cultivar* a habilidade musical do neto, mas parecia que Grayson tinha destruído pelo menos um.

A canção chegou à nota final, tão aguda e doce que era quase insuportável. Então houve silêncio e Grayson baixou o violino, se afastou das janelas e ergueu o instrumento de novo, acima da cabeça.

Jameson pegou o braço do irmão.

— Não.

Por um momento, os dois se debateram, dor e fúria aparentes.

— *Gray.* Você não está machucando ninguém além de si mesmo.

Isso não fez efeito, então Jameson partiu para a jugular.

— Você está assustando a Avery. E ignorou o sos do Xander.

Eu não estava assustada. Eu nunca sentiria medo de Grayson... mas podia sentir dor por ele.

Grayson baixou lentamente o violino.

— Peço desculpas — me disse, a voz quase calma demais. — É sua propriedade que estou destruindo.

Eu não me importava com a minha *propriedade*.

— Você toca lindamente — eu disse a Grayson, controlando a vontade de chorar.

— Beleza era esperado — respondeu Grayson. — Técnica sem arte não vale nada.

Ele olhou para os restos do violino que tinha destruído.

— A beleza é uma mentira — declarou.

— Me lembre de te zoar por dizer isso mais tarde — disse Jameson a ele.

— Me deixem — ordenou Grayson, nos dando as costas.

— Se soubesse que era uma festa — cantarolou Jameson —, eu teria pedido comida.

— Uma festa? — perguntei.

— Festa de lamentação — disse Jameson, com um sorriso irônico. — Vi que você se vestiu para a ocasião, Gray.

— Você está certo — disse Grayson, andando na direção da porta. — É autoindulgente. Eu estou acima disso.

Jameson estendeu a perna para fazê-lo tropeçar, e então começou. Eu entendi por que Nash tinha mandado Jameson. Às vezes Grayson Davenport Hawthorne precisava de uma briga... e Jameson ficava feliz em ajudar.

— Solte tudo — disse Jameson, batendo a cabeça na barriga de Grayson. — Coitadinho.

Tobias Hawthorne não tinha esperado apenas *beleza*. Os quatro netos Hawthorne eram também quase letais.

Grayson virou Jameson de costas, e atacou para matar. Eu conhecia Jameson bem o suficiente para saber que ele só tinha se *deixado* dominar.

Todos os músculos no corpo de Grayson estavam tensos.

— Eu achei que *nós* tínhamos decepcionado *ele* — disse, sua voz baixa. — Achei que não éramos suficiente. Que *eu* não era suficiente, que não era digno. Mas me diga, Jamie: devíamos ser dignos do *quê*?

— Ele jogava para ganhar — grunhiu Jameson sob o irmão. — Sempre. Você não pode dizer que é uma surpresa.

— Você está certo — disse Grayson, sem soltá-lo. — Ele era implacável. Ele nos criou para sermos iguais. Especialmente eu.

Jameson olhou nos olhos do irmão.

— Dane-se o que ele queria. O que você quer, Gray? Porque nós dois sabemos que você não se permite querer nada há muito tempo.

Os dois estavam presos em um jogo de quem conseguia ficar sério por mais tempo: olhos cinza-prateados e olhos verdes profundos, um par apertado e o outro arregalado.

Grayson desviou o olhar primeiro, mas não soltou o braço do pescoço de Jameson.

— Eu quero recuperar Toby. Por Eve.

Houve uma pausa e então Grayson virou a cabeça para mim, a luz refletida no cabelo loiro quase como uma auréola.

— Por você, Avery.

Fechei os olhos, só por um momento.

— Jameson acha... nós dois achamos... que pode haver uma conexão entre o sequestro de Toby e o jogo que seu avô me deixou. Que pode nos dizer alguma coisa.

Grayson voltou a olhar o irmão, então o soltou e se levantou abruptamente.

Eu continuei:

— Eu sei que você não queria jogar...

— Eu vou — disse Grayson, as palavras cortando o ar.

Então estendeu a mão para Jameson e o levantou, o que deixou os dois a meros centímetros de distância um do outro.

— Eu vou jogar e vou vencer — disse Grayson com a força de uma lei absoluta —, porque nós somos quem somos.

— Nós sempre seremos — disse Jameson.

Por mais que me aproximasse dos irmãos Hawthorne, sempre haveria coisas compartilhadas entre eles que eu mal conseguiria imaginar.

— Aqui, Herdeira — disse Jameson, afastando o olhar do irmão, e tirou do bolso a foto, que passou para mim. — Foi você quem encontrou essa pista. Você quem deveria explicar.

Parecia importante: Jameson me aproximando de Grayson em vez de me afastando.

Estendi a foto e os dedos de Grayson tocaram nos meus quando ele a pegou.

— Não sabemos quem são essas mulheres — falei. — Tem uma data atrás. E uma legenda. Nós podemos explicar o que já fizemos.

— Não precisa — disse Grayson, com o olhar afiado. — O que mais estava na bolsa que meu avô te deixou?

Eu fui buscá-la e, quando voltei, Grayson e Jameson estavam mais afastados. Os dois estavam ofegantes, e a expressão deles me fez pensar no que tinha acontecido enquanto eu não estava.

— Aqui — falei, ignorando a tensão na sala.

Espalhei os três objetos restantes no jogo e os identifiquei:

— Um vaporizador, uma lanterna, um pen-drive.

Grayson deixou a fotografia ao lado dos objetos. Depois do que pareceu uma pequena eternidade, ele virou a foto para ler a legenda mais uma vez.

— A data nos dá números — disse Jameson. — Um código ou...

— Não é um código — murmurou Grayson, pegando o vaporizador. — É uma safra.

Lento e inexorável, seu olhar gravitou até o meu.

— Precisamos descer na adega — declarou.

Capítulo 47

Quando abri a porta da adega, muito daquela noite me voltou: o coquetel, a forma como Grayson tinha habilmente desviado todas as pessoas que queriam *só um minutinho* para me falar de uma *oportunidade financeira única,* a menininha na piscina. Grayson mergulhando para salvá-la.

Eu me lembrava dele saindo da água, do terno Armani encharcado. Grayson nem sequer pedira uma toalha. Ele nem agira como se estivesse molhado. Eu me lembrei das pessoas falando com ele, da menininha voltando para os pais. De um breve lampejo que tivera do rosto dele — dos *olhos* dele — logo antes de desaparecer por essa escada.

Eu sabia que ele não estava bem, mas não fazia ideia do motivo.

Foco no jogo. Tentei me manter no momento, presente, ali, com os dois. Jameson desceu primeiro pelos degraus de pedra em espiral. Eu ia logo atrás, pisando onde ele pisava, sem ousar olhar para Grayson, na retaguarda.

Encontre a próxima pista. Eu deixei que aquilo fosse minha luz, meu foco, mas, assim que chegamos ao fim da escada de pedra, o ambiente apareceu: uma sala de degustação com uma mesa antiga da cerejeira mais escura possível. Havia cadeiras dos dois lados da mesa, os braços esculpidos com leões na extremidade: um par atento, outro rugindo.

E assim eu fui levada de volta.

As linhas do corpo de Grayson são arquitetônicas: os ombros simétricos, o pescoço reto, apesar da cabeça e dos olhos baixos. Uma taça de cristal está na mesa diante dele. Suas mãos estão espalmadas, uma de cada lado da taça, os músculos tensos, como se ele fosse se levantar a qualquer momento.

— Você não devia estar aqui.

Grayson não desvia os olhos da taça, nem do líquido âmbar que está bebendo.

— E é seu trabalho me dizer o que eu devo ou não devo fazer? — retruco.

A pergunta parece perigosa. Só estar aqui já parece, por motivos que nem consigo começar a explicar.

— Alguém te disse alguma coisa? — pergunto. — Na festa... alguém te chateou?

— Eu não me chateio fácil — diz Grayson, as palavras afiadas.

Ele ainda não desviou os olhos da taça e eu não consigo deixar de achar que eu não deveria estar vendo isso.

Que ninguém deveria ver Grayson Hawthorne assim.

— O avô da criança.

O tom de Grayson é controlado, mas eu vejo a tensão no pescoço dele, como se as palavras quisessem sair rugindo, rasgando a garganta.

— Você sabe o que ele me disse?

Grayson ergue a taça e engole o que resta nela, até a última gota.

— Ele disse que o velho teria ficado orgulhoso de mim.

E aí está, a coisa que faz Grayson estar aqui embaixo, bebendo sozinho. Eu atravesso o cômodo para me sentar na cadeira em frente à dele.

— Você salvou aquela menininha.

— Irrelevante.

Olhos prateados assombrados encaram os meus.

— Ela foi fácil de salvar.

Ele pega a garrafa, serve exatamente dois dedos na taça, aqueles olhos gelados atentos. Há tensão em seus dedos, nos pulsos, no pescoço, no maxilar.

— A verdadeira medida de um homem é quantas coisas impossíveis ele conquista antes do café da manhã.

De repente eu entendo que Grayson está arrasado porque não acredita que Tobias Hawthorne tinha ou teria orgulho dele, não por salvar aquela menina nem por nenhuma outra coisa.

— Ser digno — continua — requer ser ousado.

Ele ergue a taça até a boca de novo e bebe.

— Você é digno, Grayson — digo, tomando a mão dele na minha.

Grayson não se afasta. Fecha os dedos em punho por baixo das minhas mãos.

— Eu salvei aquela menina. Eu não salvei Emily.

Isso é um fato, uma verdade entalhada na alma dele.

— Eu não te salvei.

Ele ergue os olhos para mim.

— Uma bomba explodiu, você acabou deitada no chão, e eu só fiquei ali parado.

A voz dele vibra de intensidade. Por baixo do meu toque, eu o sinto vibrar também.

— Tudo bem. Eu estou bem — *digo, mas fica claro que ele não ouve, não quer ouvir.* — Olhe para mim, Grayson. Eu estou bem aqui. Eu estou bem. Nós estamos bem.

— Os Hawthorne não deveriam quebrar.

O peito dele sobe e desce.

— Especialmente eu.

Eu me levanto e vou até o lado dele da mesa, sem soltar a mão dele em nenhum momento.

— Você não está quebrado.

— Estou — *diz, ágil e brutal.* — Sempre estarei.

— Olhe para mim — *digo, mas ele não olha, e eu me abaixo.* — Olhe para mim, Grayson. Você não está quebrado.

Os olhos dele encontram os meus. Nossos peitos sobem e descem em uníssono.

— Emily estava na minha cabeça — *diz, e percebo algo ofegante e mal contido em sua voz.* — Eu a escutei depois que a bomba explodiu, como se ela estivesse bem ali. Como se fosse verdade.

Isso é uma confissão. Eu estou em pé e ele está sentado, as costas retas, a cabeça abaixada.

— Eu passei semanas alucinando com a voz dela. Ela passou semanas sussurrando para mim.

Grayson ergue o olhar até a minha direção.

— Me diga de novo que eu não estou quebrado.

Eu não penso. Eu só pego a cabeça dele entre as minhas mãos.

— Você a amava, e a perdeu — *começo a dizer.*

— Eu falhei com ela e ela vai me assombrar até a minha morte.

Grayson fecha os olhos.

— Eu deveria ser mais forte do que isso. Eu queria ser mais forte do que isso. Por você.

Essas duas últimas palavras quase me destroem.

— Você não precisa ser nada por mim, Grayson.

Espero até que ele abra os olhos, até que esteja olhando para mim.

— Isso — digo. — Você. É suficiente.

Ele cai da cadeira de joelhos, fechando os olhos de novo, a imensidão do momento a nossa volta. Eu me ajoelho, o abraço.

— Você é suficiente — digo de novo.

— Nunca vai ser suficiente.

A memória estava por toda a parte. Eu sentia Grayson se encolher em si mesmo, em mim. Eu o sentia estremecer. E então ele me dissera para ir embora e eu fugira porque, no fundo, sabia o que estava implícito quando dissera que nunca seria suficiente. Ele falava de *nós*. Do que éramos... e não éramos. Do que tinha se quebrado naquelas semanas quando Emily sussurrara no ouvido dele.

O que poderia ter acontecido.

O que *teria* acontecido.

O que não poderia mais acontecer.

No dia seguinte, Grayson tinha ido embora para Harvard sem se despedir. Ele estava de volta, bem ali atrás de mim, e estávamos fazendo aquilo.

Grayson, Jameson e eu.

— Por aqui.

Grayson apontou com a cabeça para uma porta de vidro à direita. Quando a abriu, uma lufada de ar frio acertou meu rosto. Passando pela porta, soltei uma expiração longa e lenta, quase esperando enxergá-la, nebulosa e branca no ar gelado.

— Esse lugar é enorme.

Eu me mantive no presente por pura força de vontade. *Sem mais flashbacks. Sem mais "e se"*. Eu me concentrei no jogo. Era o necessário. O que eu precisava e o que eles dois precisavam de mim.

— Tecnicamente são *cinco* adegas, todas conectadas — explicou Jameson. — Essa é para vinho branco. Por ali é tinto. Se continuar seguindo, você chega em uísque escocês, bourbon e outros uísques.

Ali embaixo havia uma fortuna só em álcool. *Pense nisso. Em nada além disso.*

— Estamos procurando um vinho tinto — a voz de Grayson cortou meus pensamentos. — Um bordeaux.

Jameson pegou minha mão. Eu aceitei e ele deu um passo pra longe, deixando os dedos escorregarem pelos meus, um convite para segui-lo enquanto ele passava para a sala seguinte. Eu fui.

Grayson passou por mim e por Jameson, serpenteando pelos corredores, examinando as prateleiras. Finalmente, ele parou.

— Chateau Margaux — disse, puxando uma garrafa da estante mais próxima. — 1973.

A legenda da fotografia. Margaux. 1973.

— Quer adivinhar pra que serve o vaporizador? — me perguntou Jameson.

Uma garrafa de vinho. Um vaporizador. Eu peguei de Grayson o Chateau Margaux, o analisando. A resposta surgiu devagar.

— O rótulo — eu disse. — Se tentarmos arrancá-lo, pode rasgar. Mas vapor vai soltar o adesivo...

Grayson passou o vaporizador para mim.

— Faça as honras.

Capítulo 48

No verso do rótulo da única garrafa de Chateau Margaux 1973 na coleção de Tobias Hawthorne havia um desenho. Um rascunho a lápis de um cristal em forma de lágrima.

— Uma joia? — sugeriu Grayson, mas eu já tinha estado no cofre.

— Não — falei devagar, imaginando o cristal do desenho e lembrando.

Onde eu já vi isso antes?

— Acho que estamos procurando um lustre — declarei.

Havia oito lustres de cristal na Casa Hawthorne. Nós encontramos o que estávamos procurando no salão de chá.

— Vamos subir? — perguntei, esticando o pescoço para o pé-direito de seis metros. — Ou essa coisa vai descer?

Jameson passou por um painel na parede. Então apertou um botão e o lustre lentamente desceu ao nível dos olhos.

— Para limpar — explicou.

A mera ideia de limpar aquela monstruosidade me deu palpitações. Devia ter pelo menos mil cristais no lustre. Com um deslize, dava para quebrar todos.

— E agora? — Suspirei.

— Agora — me disse Jameson — nós vamos um por um.

Examinar os cristais individualmente demorou. De tempos em tempos, eu passava por Jameson ou Grayson, ou um deles passava por mim.

— Esse aqui — disse Grayson de repente. — Olhe as irregularidades.

Jameson o alcançou em um segundo.

— Gravura? — perguntou.

Em vez de responder ao irmão, Grayson se virou e passou o cristal para mim. Eu o encarei, mas, se havia uma mensagem ou pista contida no cristal, eu não enxergava a olho nu.

Podemos usar uma lupa, pensei. *Ou...*

— A lanterna — sussurrei.

Enfiei a mão na bolsa de couro. Ao pegar a lanterna, respirei rápido. Levantei o cristal e joguei a luz nele, e as irregularidades fizeram a luz refratar. De início, o resultado era incompreensível, mas então girei o cristal e tentei de novo.

Dessa vez, o feixe da lanterna refratado formou uma mensagem. Ao encarar a luz projetada no chão, não havia como não entender as palavras: um aviso.

NÃO CONFIE EM NINGUÉM.

Capítulo 49

Um calafrio subiu pelo meu pescoço, como a sensação de estar sendo observada por trás, ou de estar com grama até o joelhos e ouvir o sibilo de uma cobra. Apertei o cristal, sem desviar o olhar.

NÃO CONFIE EM NINGUÉM.

— O que isso significa? — perguntei, o estômago forrado de pavor, quando finalmente olhei de Jameson para Grayson em rápida sucessão. — É uma pista?

Nós ainda tínhamos um objeto na bolsa. Ainda não tinha acabado. Talvez as letras do aviso pudessem ser rearranjadas, ou a primeira letra de cada palavra formasse uma sigla ou...

— Posso ver o cristal? — pediu Jameson.

Eu o entreguei e ele lentamente o girou sob o feixe da lanterna até encontrar o que estava procurando.

— Ali, no alto — falou. — Três letras, pequenas e fracas demais para ver sem a luz.

— *Fin?* — disse Grayson, a pergunta carregada de tensão.

— *Fin* — confirmou Jameson, me devolvendo o cristal, e levou o olhar verde-escuro ao meu. — Tipo *fim*, Herdeira. Acabou. Isso não é uma pista. Isso é o *resultado.*

Meu jogo. Possivelmente a última herança de Tobias Hawthorne. E era isso? *Não confie em ninguém.*

— E o pen-drive? — falei.

O jogo não podia ter terminado. Isso não podia ser tudo que Tobias Hawthorne tinha deixado para nós.

— Distração? — sugeriu Jameson. — Ou talvez o velho tenha te deixado um jogo *e* um pen-drive. De qualquer forma, isso começou com a entrega da bolsa e termina aqui.

Cerrando a mandíbula, eu endireitei o cristal no feixe da lanterna e as palavras reapareceram no chão. NÃO CONFIE EM NINGUÉM.

Depois de tudo, era isso que o bilionário tinha para mim? *Meu avô sempre pensou sete passos à frente,* ouvi Jameson dizer. *Ele via dezenas de variações do que poderia acontecer, se planejava para toda eventualidade, fazia uma estratégia para cada futuro possível.*

Que tipo de estratégia era aquela? Eu deveria achar que o sequestrador de Toby estava mais perto do que parecia? Que as garras dele eram longas e qualquer um podia estar com ele? Eu deveria questionar *todo mundo* a minha volta?

Dê um passo para trás, pensei. *Volte ao começo. Considere o contexto e seu objetivo.* Eu parei. Respirei. E pensei. *Eve.* O jogo tinha começado quando nos conhecemos. Jameson tinha teorizado que seu avô previra algo a respeito do problema que trouxera Eve até lá, mas e se fosse mais simples do que isso?

Muito, muito mais simples.

— O jogo começou porque Eve e eu nos conhecemos — falei, cada palavra saindo da minha boca com a força de

um tiro, embora fossem pouco mais altas que um sussurro.
— Ela foi o gatilho.

Meus pensamentos voaram para a noite anterior. Para o solário, os arquivos e Eve no celular.

— E se "não confie em ninguém" — falei devagar — na verdade for "não confie nela"?

Até eu dizer aquilo, não tinha notado o quanto tinha baixado a guarda.

— Se o velho queria que você desconfiasse apenas de Eve, a mensagem não diria *não confie em ninguém*. Diria *não confie nela* — falou Grayson, como alguém que não poderia estar nada menos do que certo, muito menos *errado*.

Mas eu pensei em Eve pedindo para ser deixada sozinha na ala de Toby. A forma como ela tinha olhado as roupas no meu armário. Quão rapidamente tinha colocado Grayson do lado dela.

Se Eve não se parecesse tanto com Emily, ele a estaria defendendo assim?

— *Ninguém* inclui Eve por definição — apontei. — Necessariamente. Se ela for uma ameaça...

— *Ela. Não. É. Uma. Ameaça.*

As cordas vocais de Grayson pressionavam sua garganta. Na minha cabeça, eu ainda o via de joelhos na minha frente.

— Você não quer que ela seja — falei, tomando cuidado para não me permitir sentir demais.

— E *você* quer, Herdeira? — perguntou Jameson de repente, buscando o meu olhar. — Você quer que ela seja uma ameaça? Porque Gray está certo. A mensagem não foi "não confie nela".

Jameson era quem tinha desconfiado de Eve desde o início! *Eu não estou com ciúmes. Não é isso.*

— Ontem — eu disse, minha voz falhando —, eu peguei Eve tirando fotos dos arquivos no solário. Ela tinha uma desculpa. Pareceu plausível. Mas nós não a conhecemos.

Você não a conhece, Grayson.

— E seu avô nunca a trouxe aqui — continuei. — *Por quê?*

Voltei a olhar para Jameson, querendo que ele se prendesse à questão.

— O que ele sabia de Eve que nós não sabemos? — insisti.

— Avery.

Oren falando meu nome da porta foi o único aviso que eu tive.

Eve entrou no salão de chá, de cabelo molhado e usando o vestido branco do dia em que tinha chegado.

— Ele sabia de mim? — perguntou, e olhou de mim para Grayson, a imagem da devastação. — Tobias Hawthorne sabia de mim?

Eu jogava pôquer bem, em boa parte porque sabia notar um blefe, e aquilo — o queixo dela tremendo, a voz endurecendo, a expressão dolorida nos olhos, a tensão na boca, como se ela não fosse *deixar* que os lábios virassem para baixo — não parecia um blefe.

Mas uma voz no fundo da minha cabeça disse quatro palavras: *Não confie em ninguém.*

No segundo seguinte, Eve estava andando na minha direção. Oren entrou no meio e Eve ergueu o olhar, como se estivesse tirando um momento para se controlar. *Tentando não chorar.*

Ela estendeu o celular.

— Pegue — cuspiu Eve. — Senha 3845.

Eu não me mexi.

— Vá em frente — disse Eve, e sua voz soou mais profunda, mais áspera. — Veja as fotos. Veja o que quiser, Avery.

Senti uma pontada de culpa e olhei para Jameson. Ele estava me observando atentamente. Não me permiti reagir, nem por um instante, quando Grayson se colocou ao lado de Eve.

Baixando o olhar, me perguntando se tinha cometido um erro, digitei no celular a senha que Eve me dera. A tela desbloqueou e eu naveguei pelo álbum. Ela não tinha deletado a foto que eu a tinha visto tirar, e identifiquei o arquivo que tinha fotografado.

— Sheffield Grayson.

Eu me virei para Eve, mas ela sequer olhava para mim.

— Me desculpe — disse ela a Grayson, em voz baixa. — Mas ele é a pessoa mais rica em todos aqueles arquivos. Ele tem motivo. Ele tem recursos. Eu sei que você disse que não tinha sido ele, mas...

— *Evie* — disse Grayson, e a olhou, aquele olhar de Grayson Hawthorne que queimava na memória porque dizia tudo que ele mesmo não iria dizer. — Não é ele.

Sheffield Grayson estava morto, mas Eve não sabia disso. E ela estava certa: ele *tinha* ido atrás de Toby. *Só não agora.*

— Se não for Sheffield Grayson — disse Eve, a voz falhando —, não temos *nada*.

Eu conhecia aquele sentimento: o desespero, a fúria, a frustração, a perda súbita de esperanças. Mas eu ainda olhei de volta para o celular de Eve e desci pelas fotos. *Não confie em ninguém.* Havia mais três fotos do arquivo de Sheffield Grayson, algumas do quarto de Toby, e só. Se ela tivesse tirado fotos de qualquer outro arquivo ou de qualquer outra coisa, as tinha apagado. Eu voltei mais e encontrei uma foto de Eve e Toby. Ele parecia estar tentando afastar a câmera, mas estava sorrindo. E ela também.

Havia mais fotos dos dois, de meses antes. Exatamente como ela tinha dito.

Se o velho quisesse que você desconfiasse só de Eve, a mensagem não teria dito não confie em ninguém. *Teria dito* não confie nela.

Uma onda de dúvida passou por mim, mas abri as ligações. Havia várias ligações recebidas, mas ela não tinha atendido nenhuma. Também não tinha feito nenhuma. Fui para as mensagens e logo percebi por que ela estava recebendo tantas ligações. *A história. A imprensa.* Quando estivera em uma situação parecida, eu tinha precisado comprar um celular novo. Continuei passando pelas mensagens, pois precisava saber se havia mais, e finalmente cheguei em uma que simplesmente dizia: *Precisamos nos encontrar.*

Ergui os olhos.

— De quem é essa? — perguntei, virando o celular para ela.

— Mallory Laughlin — retrucou Eve. — Ela deixou recados também. Pode verificar o número.

Ela baixou o olhar.

— Eu acho que ela viu fotos minhas. Rebecca deve ter dado meu número para ela. Eu desliguei o celular quando a história vazou para me concentrar em Toby, mas não me serviu de nada — disse Eve, e inspirou com dificuldade. — Eu cansei dos joguinhos doentes desse babaca.

Ela ergueu o queixo, e seus olhos esmeralda ficaram rígidos como diamantes.

— E eu não vou ficar onde não me querem — declarou. — *Eu não posso.*

Eu sentia a situação sair do meu controle como areia escorrendo pelos meus dedos.

— Não vá — disse Grayson a Eve, as palavras suaves.

A APOSTA FINAL 239

E então ele se virou para mim e a suavidade sumiu.

— Diga a ela para não ir.

Era o tom que ele usava comigo logo que eu tinha herdado, o tom feito para avisos e ameaças.

— É sério, Avery.

Grayson olhou para mim. Eu esperava que seus olhos estivessem gelados ou em chamas, mas não estavam de um jeito nem de outro

— Eu nunca pedi nada a você.

Era palpável na voz dele: as muitas, muitas coisas que ele nunca tinha pedido.

Eu sentia Jameson me observar, e não fazia ideia do que ele queria ou esperava que eu fizesse. Tudo que eu sabia era que, se Eve fosse embora, se ela saísse da Casa Hawthorne e passasse pelos portões, para a linha de fogo, e algo acontecesse com ela, Grayson Hawthorne nunca me perdoaria.

— Não vá — eu disse a Eve. — Me desculpe.

Era sincero, mas também não era. Porque aquelas palavras não me deixavam em paz: *não confie em ninguém*.

— Eu quero conhecer Mallory — disse Eve, de queixo erguido. — Ela é minha avó. E pelo menos *ela* não sabia de mim.

— Eu vou te levar até ela — disse Grayson, baixo, mas Eve sacudiu a cabeça.

— Ou Avery me leva — disse ela, a voz igualmente cheia de desafio e ofensa —, ou eu vou embora.

Capítulo 50

Oren não gostou da ideia de eu sair da Casa Hawthorne, mas, quando ficou claro que eu não seria dissuadida, ele mandou equipes de segurança para as três suvs. Quando partimos, um trio de veículos idênticos passou pelo portão, deixando a horda de *paparazzi* sem saber em qual deles Eve e eu estávamos.

Xander era o único Hawthorne com a gente. Ele tinha vindo por Rebecca, não por Eve, e Eve tinha concordado. Deixamos Grayson e Jameson para trás.

— Como ela é? — perguntou Eve a Xander quando passamos pelos *paparazzi*. — Minha avó?

— A mãe de Rebecca sempre foi... intensa — respondeu Xander, desviando minha atenção da janela escura. — Ela era cirurgiã, mas quando Emily nasceu e descobriram o problema no coração dela, Mallory largou tudo para se dedicar a cuidar de Em.

— E então Emily morreu — disse Eve, baixo. — E...

— *Cabum* — disse Xander, fazendo um movimento de explosão com os dedos. — A mãe de Bex começou a beber. O pai dela vive em umas viagens de trabalho que duram meses.

— E agora eu estou aqui.

Eve olhou para as próprias mãos: os dedos finos, as unhas irregulares.

— Então isso vai dar supercerto — murmurou ela.

Provavelmente era uma subestimação. Eu tinha mandado mensagem para Thea para avisá-la. Sem resposta. Abri as redes sociais dela e me peguei encarando as últimas quatro fotos que ela tinha postado. Três delas eram autorretratos em preto e branco. Em um deles, Thea encarava diretamente a câmera, rímel pesado nos olhos, o rosto marcado de lágrimas. Na segunda, estava encolhida, com os punhos cerrados, quase nenhuma roupa visível no corpo. Na terceira, mostrava o dedo do meio das duas mãos.

Ao meu lado, Eve olhou meu celular.

— Eu acho que gosto dessas ainda mais que da poesia.

Parecia ser verdade. Tudo que ela dizia soava assim. Esse era o problema.

Eu me concentrei na quarta foto de Thea, a mais recente, a única colorida no conjunto. Havia duas pessoas na foto, as duas rindo, abraçadas: Thea Calligaris e Emily Laughlin. Era a única com uma legenda: *Ela era* MINHA *melhor amiga e* VOCÊ *não sabe do que está falando.*

Fiquei abismada com a enorme quantidade de comentários na foto, e olhei para Xander.

— Thea está fazendo controle de danos.

Eu não podia lutar contra os sites de fofoca, mas ela podia.

Xander inclinou o celular para mim.

— Ela postou um vídeo também.

Ele apertou play.

"Vocês podem ter ouvido certos... rumores." A voz de Thea era sedutora. "Sobre ela." A foto de Thea e Emily surgiu na tela. "E eles." Uma foto de todos os quatro irmãos Hawthorne. "E ela." Uma foto de Eve. "Isso. É. Uma. Bagunça." Thea movia o corpo a cada palavra, uma dança cativante que fazia tudo aquilo parecer menos calculado. "Mas são *minha* bagunça. E esses boatos sobre Grayson e Jameson Hawthorne e minha melhor amiga morta? Não são verdade." Thea se inclinou na direção da câmera até seu rosto ocupar a tela inteira. "E eu sei que não é verdade porque fui eu quem os inventou."

O vídeo terminou de repente, e Xander inclinou a cabeça para trás.

— Ela é de longe o indivíduo mais magnífico e aterrorizante que eu já fingi namorar.

Eve olhou para ele.

— Você finge namorar muita gente?

Ela parecia tão normal. Eu não tinha encontrado nada no celular dela. Mas eu precisava manter a guarda levantada.

Não precisava?

Capítulo 51

Rebecca abriu a porta antes mesmo de batermos.

— Minha mãe está bem ali — disse a Eve em voz baixa.

Respirando fundo, Eve passou por Rebecca.

— Em uma escala de um a pi — murmurou Xander —, quão grave está?

Rebecca puxou a mão e tocou três dedos na palma dele. A pele normalmente branca estava vermelha e ferida nas cutículas e nas articulações dos dedos.

Três, em uma escala de um a pi. Dado o valor de pi, definitivamente não era bom.

Rebecca levou Xander e eu por uma pequena entrada, até a sala onde Eve e a mãe dela estavam. A primeira coisa que eu notei foram os globos de neve na estante. Pareciam ter sido polidos até brilharem. Na verdade, tudo que eu via parecia ter sido limpo recentemente, como se tivesse sido esfregado várias vezes.

As mãos de Rebecca. Eu me perguntei se a limpeza tinha sido ideia dela... ou da mãe.

— Rebecca, era para ser um assunto de família.

Mallory Laughlin não desviou os olhos de Eve, mesmo quando Xander e eu aparecemos.

Rebecca baixou o olhar, o cabelo vermelho-rubi caindo no rosto. Ela sempre parecia o tipo de pessoa que um artista iria querer pintar. Mesmo parcialmente escondida, havia uma beleza de conto de fadas na dor estampada em seu rosto.

Eve pegou a mão da avó.

— Eu pedi para Avery vir comigo. Toby... ele a considera família também.

Ai. Mesmo que Eve não quisesse me fazer sentir culpada, foi ao mesmo tempo brutal e eficiente.

— Que ridículo.

Mallory se sentou e, quando Eve fez o mesmo, se inclinou na direção dela, absorvendo sua presença como um homem engolindo areia em uma miragem no deserto.

— Por que meu filho daria qualquer atenção a essa menina quando você está bem aqui? — continuou ela, levando a mão até o rosto de Eve. — Quando você é tão perfeita.

Ao meu lado, Rebecca inspirou por entre os dentes.

— Eu sei que pareço a sua filha — murmurou Eve. — Deve ser difícil.

— Você se parece comigo — disse a mãe de Rebecca, sorrindo. — Emily também. Eu me lembro de quando ela nasceu. Olhei para ela e só conseguia pensar que ela *era* eu. Emily era minha e ninguém ia tirá-la de mim, nunca. Eu disse a mim mesma que nunca faltaria nada para ela.

— Eu sinto muito — sussurrou Eve.

— Não sinta — respondeu Mallory, com a voz chorosa. — Você voltou para mim.

— Mãe — interrompeu Rebecca, sem desviar os olhos do chão. — Já falamos disso.

— E eu te disse que não preciso que você, nem ninguém, me infantilize — veio a resposta de Mallory, afiada suficiente para cortar vidro. — O mundo é assim, sabe — continuou, voltando a atenção para Eve e soando ainda mais maternal. — Você precisa aprender a tomar o que você quer... e nunca deixar que alguém tome o que você não quer dar.

Mallory colocou a mão no rosto de Eve.

— Você é forte — falou. — Como eu. Como Emily era.

Dessa vez, não houve resposta audível de Rebecca. Eu encostei o ombro de leve no dela, um gesto silencioso e proposital de *estou aqui*. Eu me perguntei se Xander se sentia tão inútil quanto eu parado ali, vendo as cicatrizes mais antigas dela se abrirem.

— Posso perguntar uma coisa? — disse Eve a Mallory.

Mallory sorriu.

— Qualquer coisa, querida.

— Você é minha avó. Seu marido está aqui? Ele é meu avô?

A resposta de Mallory foi controlada.

— Não precisamos falar disso.

— Tudo que eu sempre quis é saber de onde venho — disse Eve a ela. — Por favor?

Mallory a encarou por um longo tempo.

— Você pode me chamar de mãe? — perguntou suavemente.

Eu vi Rebecca sacudir a cabeça, não para a mãe ou para Eve, nem para ninguém. Ela só estava sacudindo porque aquela não era boa ideia.

— Me conte sobre o pai de Toby? — pediu Eve. — Por favor, mãe?

Mallory fechou os olhos, e eu me perguntei que lugares mortos dentro dela tinham ganhado vida quando Eve dissera aquela pequena palavra.

— Eve — falei, seca, mas a mãe de Rebecca falou por cima de mim.

— Ele era mais velho. Muito atraente. Muito misterioso. A gente se encontrava às escondidas pela propriedade, até mesmo na Casa. Eu podia andar livremente por lá na época, mas era proibida de trazer visitas. O sr. Hawthorne valorizava privacidade. Ele teria ficado doido se soubesse o que eu aprontava, o que fazíamos naqueles corredores vazios.

Mallory abriu os olhos.

— Meninas adolescentes e o proibido — falou.

— Qual era o nome dele? — perguntou Rebecca, dando um passo na direção da mãe.

— Isso realmente não é da sua conta, Rebecca — disparou Mallory.

— Qual *era* o nome dele? — Eve incorporou a pergunta de Rebecca.

Talvez ela quisesse fazer uma gentileza, mas foi cruel, porque *ela* conseguiu resposta.

— Liam — sussurrou Mallory. — O nome dele era Liam.

Eve se inclinou para a frente.

— O que aconteceu com ele? Seu Liam?

Mallory endureceu como uma marionete cujas cordas fosse puxadas de repente.

— Ele foi embora — disse ela, calma, calma até demais. — Liam foi embora.

Eve pegou as mãos de Mallory nas suas.

— Por que ele foi embora?

A APOSTA FINAL 247

— Ele só foi.

A campainha tocou e Oren andou a passos largos até a porta. Eu o acompanhei até o hall. Fechando a mão na maçaneta, ele deu uma ordem, sem dúvida para um dos seguranças do lado de fora.

— Fechem — disse Oren, e olhou para mim por cima do ombro. — Fique parada, Avery.

— Por que Avery vai ficar parada? — perguntou Xander, entrando no hall ao meu lado.

Rebecca deu um passo para segui-lo, então hesitou, congelada em seu purgatório particular, presa entre nós e as palavras sendo murmuradas entre Eve e sua mãe.

Meu cérebro respondeu à pergunta de Xander antes que Oren pudesse articulá-la.

— Essa é a primeira vez que eu saio da propriedade desde que o último pacote foi entregue — notei. — Você está esperando outra entrega.

Em resposta, meu chefe de segurança abriu a porta com a arma em punho.

— Oi pra você também — disse Thea, seca.

— Não ligue pra Oren — cumprimentou Xander. — Ele te confundiu com uma ameaça menos passivo-agressiva.

O som da voz de Thea quebrou o gelo que tinha grudado os pés de Rebecca no chão.

— Thea. Eu queria ter te ligado, mas minha mãe pegou meu celular.

— E alguém desligou o meu — disse Thea, olhando de Rebecca para mim. — Enquanto eu estava no banho, alguém entrou na minha casa, no meu quarto, desligou meu celular e deixou *isso* ao lado dele, com instruções manuscritas para trazer aqui.

Thea estendeu um envelope. Era de um dourado-escuro, brilhante e reluzente.

— Alguém invadiu sua casa? — perguntei, em um sussurro.

— Seu quarto? — perguntou Rebecca, colocando-se em um segundo ao lado de Thea.

Oren tomou posse do envelope. Ele tinha criado uma armadilha para o mensageiro *ali*, mas a mensagem tinha sido entregue em outro lugar. Para Thea.

Você viu as fotos dela? Aquele vídeo?, perguntei silenciosamente ao sequestrador de Toby. *É isso que ela ganha por me ajudar?*

— Eu tinha um guarda na sua casa — disse Oren a Thea. — Ele não relatou nada fora do comum.

Eu encarei o envelope na mão de Oren e meu nome completo escrito na frente. *Avery Kylie Grambs.* Algo em mim se soltou e eu agarrei o envelope e o virei, notando um selo de cera que o mantinha fechado.

O desenho do selo me deixou sem ar. *Anéis de círculos concêntricos.*

— É como o disco — falei, as palavras se prendendo na minha garganta.

— Não abra — disse Oren. — Eu preciso garantir...

O restante das palavras dele se perdeu no ruído da minha mente. Meus dedos rasgaram o envelope, como se meu corpo estivesse em piloto automático, a todo vapor. Quando rasguei o selo, o envelope se desdobrou, revelando uma mensagem escrita no interior em tinta prateada.

363-1982.

Era só isso. Só sete dígitos. Um número de celular? Não tinha código de área, mas...

— Avery! — gritou Rebecca, e notei que o papel em minhas mãos tinha pegado fogo.

As chamas devoraram a mensagem. Eu o derrubei e em segundos o envelope e os números não eram nada além de cinzas.

— Como... — comecei a dizer.

Xander veio para o meu lado.

— Eu sei fazer isso com um envelope — disse ele, e hesitou. — Honestamente? Eu *já fiz* isso com um envelope.

— Eu te disse para esperar, Avery.

Oren me olhou com o que eu só podia descrever como uma Cara de Pai. Eu claramente estava encrencada com ele.

— O que a mensagem dizia? — perguntou Rebecca.

Xander apareceu com uma caneta e uma folha de papel em forma de bolinho, aparentemente do nada.

— Escreva tudo de que você se lembra — me disse ele.

Fechei os olhos, imaginando o número. E então escrevi: 363-1982.

Virei o papel para Xander.

— Mil novecentos e oitenta e dois — disse Xander, concentrado nos números depois do hífen. — Pode ser um ano. Dia trezentos e sessenta e três, o que seria vinte e nove de dezembro.

29 de dezembro, 1982.

— Para mim é um telefone — desdenhou Thea.

— Foi o que eu pensei primeiro também — murmurei. — Mas não tem código de área.

— Havia alguma coisa que pudesse indicar a localização? — perguntou Xander. — Se deduzirmos um código de área, teremos um número para ligar.

Um número para ligar. Uma data para checar. E quem sabe mais quantas outras possibilidades havia? Poderia ser uma cifra, coordenadas, uma conta bancária...

— Eu recomendo voltarmos para a Casa Hawthorne imediatamente — interrompeu Oren, a expressão pétrea. — Quer dizer, se você ainda estiver interessada em me deixar fazer meu trabalho, Avery.

— Me desculpa — falei.

Eu confiava minha vida a Oren e não precisava deixar o trabalho dele mais difícil do que já era.

— Eu vi o selo no envelope e algo em mim saiu de controle — expliquei.

Anéis de círculos concêntricos. Quando Toby fora sequestrado, eu tinha pensado que o disco podia ser parte do motivo, mas, quando o sequestrador o devolvera, imaginei que estivesse errada.

E se não estivesse?

E se o disco sempre tivesse sido parte da charada?

— O número pode ser uma distração — disse Xander, se balançando de leve sobre os calcanhares. — O selo pode *ser* a mensagem.

— Saiam!

Eu me virei de volta para a sala. Mallory Laughlin estava andando na nossa direção.

— Eu quero que todos vocês saiam da minha casa!

Nossa presença nunca tinha sido bem-vinda, muito menos com *fogo*.

— Senhora — disse Oren, e ergueu uma mão. — Eu recomendo que nós *todos* voltemos para a Casa Hawthorne.

— É o quê? — perguntou Thea, estreitando os seus olhos cor de mel.

Oren olhou para ela.

— Planeje uma estadia prolongada. Chame de festa do pijama.

— Você acha que Thea corre perigo — disse Rebecca, e olhou pelo cômodo. — Que todos nós corremos.

— Invasão é um passo além — disse Oren, comedido. — Estamos lidando com um indivíduo que já provou estar disposto a usar intermediários para chegar a Avery. Ele usou Thea para mandar a mensagem dessa vez, e não só no sentido literal.

Eu posso chegar a qualquer um. Você não pode protegê-los. Era aquela a mensagem.

— Isso é ridículo — cuspiu a mãe de Rebecca. — Eu não vou com o senhor a lugar nenhum, sr. Oren, e nem minhas filhas.

— Filha — disse Rebecca, baixo.

Eu senti meu coração se contorcer.

Oren não desistiu.

— Temo que, mesmo que elas e a senhora já não estivessem em risco, essa visita as tenha colocado no radar do nosso vilão. Por mais que não queira ouvir, sra. Laughlin…

— É *doutora*, na verdade — explodiu a mãe de Rebecca. — E eu não me importo com o risco. O mundo não pode tirar mais de mim do que já tirou.

Eu me aproximei de Rebecca, que abraçava a própria cintura como se tudo que conseguisse fazer fosse ficar ali parada, apanhando.

— Isso não é verdade — disse Thea, baixo.

— Thea — disse Rebecca, a voz esganiçada. — Não.

Mallory Laughlin deu um olhar carinhoso para Thea.

— Uma menina tão boa — disse, e se virou para Rebecca. — Eu não sei por que você precisa ser tão mal-educada com as amigas da sua irmã.

— Eu não sou — disse Thea, a voz como aço — uma boa menina.

— Você precisa vir com a gente — disse Eve a Mallory. — Eu preciso saber que você está segura.

— *Ah.*

A expressão de Mallory suavizou. Houve algo de trágico no momento em que a tensão cedeu, como se essa fosse a única coisa impedindo-a de desmoronar.

— Você precisa de uma mãe — disse ela a Eve, e a ternura na voz era quase dolorosa.

— Venha para a Casa Hawthorne — insistiu Eve. — Por mim?

— Por você — concordou Mallory, sem sequer olhar para Rebecca. — Mas eu não vou pôr os pés na mansão. Durante todos esses anos, Tobias Hawthorne me deixou acreditar que meu menino estava morto. Ele nunca me disse que eu tinha uma neta. Já foi ruim ele ter roubado meu bebê, já foi ruim aqueles meninos terem matado minha Emily... *eu não vou pisar na Casa.*

— A doutora pode ficar no Chalé Wayback — disse Oren, conciliador. — Com seus pais.

— Eu fico com você — disse Rebecca, baixo.

— Não — retrucou a mãe dela, irritada. — Você não gosta tanto dos Hawthorne, Rebecca? Então fique com eles.

Capítulo 52

Oren chamou uma das suvs de disfarce para levar Mallory, Rebecca e Thea de volta para a propriedade. Eve escolheu ir com elas em vez de com Xander e eu, e, quando a segunda suv encostou na Casa, nem ela nem Mallory estavam lá dentro.

— Eve disse para te avisar que ela vai ficar no chalé — falou Rebecca, e baixou os olhos. — Com a minha mãe.

Eu não vou ficar onde não me querem, ouvi Eve dizer. *Não posso.* Senti outra pontada de culpa e então me perguntei se era esse o objetivo.

— Ela disse que vai tentar descobrir sozinha o que o número significa — acrescentou Thea. — Mas não aqui.

Se Eve fosse confiável, eu a tinha magoado. De verdade. Mas se ela não fosse...

Eu me virei para Oren.

— Ainda tem um segurança com Eve?

— Um para ela — confirmou meu chefe de segurança —, um para Mallory, seis cuidando dos portões, mais quatro no perímetro imediato, e três ao meu lado na Casa.

Eu deveria ter me sentido mais segura, mas só conseguia pensar em *não confie em ninguém*.

Alisa estava esperando por mim no hall. Oren devia saber, mas não me avisou.

Antes que eu pudesse dizer qualquer coisa, um pequeno borrão virou em um corredor latindo.

Um instante depois veio Libby, correndo logo atrás.

— Casa muito grande! — arfou. — Cachorro rápido! Odeio malhar!

— Você já deu nome a ela? — perguntou Xander quando o filhote se aproximou da gente.

Libby parou de correr e se curvou, apoiando as mãos nos joelhos.

— Eu disse pra você escolher um nome, Xander. Ela é...

— Um cachorro Hawthorne — completou Xander. — Como quiser.

Ele ergueu o cachorrinho e o aconchegou junto ao peito.

— Nós te chamaremos de Tiramisu — declarou.

— Isso é coisa de Nash, eu imagino? — perguntou Alisa, e estendeu a mão para acariciar a orelha do cãozinho. — Um aviso — disse suavemente para o filhote —: Nash Hawthorne nunca amou nada que não tenha abandonado.

Libby encarou Alisa por um momento, então afastou o cabelo suado dos olhos contornados com lápis preto.

— Veja só — disse sem se abalar. — Hora de malhar.

Quando minha irmã foi embora, estreitei os olhos para Alisa.

— Precisava mesmo disso?

— Temos problemas maiores agora.

Alisa estendeu o celular. Havia uma notícia na tela. *"As pessoas estão ficando nervosas": Herdeira Hawthorne prestes a assumir o controle.* Aparentemente, o *Market Watch*, portal de informações financeiras, não levava muita fé nas minhas capacidades. Todos os empreendimentos nos quais Tobias Hawthorne tinha sido um investidor importante estavam cheios de apreensão.

— O ataque continua — murmurei. — Eu não tenho tempo para isso.

— E não é você quem vai precisar cuidar de coisas assim — respondeu Alisa — se você estabelecer um fundo.

Não confie em ninguém. Pensei no aviso de novo. Será que Tobias Hawthorne estava se referindo ao aspecto financeiro? Quanto mais perto eu chegava da marca de um ano, mais Alisa insistia, e mais perto ela e a firma ficavam de perder o controle.

— Deixe ela em paz, Alisa.

Ergui os olhos e vi Jameson andar na nossa direção. Ele estava de camisa social branca e bem passada, dobrada até o cotovelo.

— Um fundo não é necessário. Avery pode se virar com consultores financeiros.

— Consultores financeiros não vão acalmar os ânimos de ninguém a respeito da ideia de uma menina de dezoito anos mandar em uma das maiores fortunas do mundo — disse Alisa a Jameson, com um sorriso de lábios fechados conclusivo. — A percepção é importante — falou, e se virou para mim. — Falando nisso, tem outra coisa que você precisa ver.

Ela pegou o celular de mim, abriu outra página e o passou de volta. Dessa vez, eu me peguei olhando para o site de fofocas de celebridades que tinha dado o furo sobre Emily e Eve.

Troca-troca de Hawthorne? Herdeira Hawthorne e seu agitado novo estilo de vida.

Embaixo da manchete havia uma série de fotos. *Jameson de terno e eu de vestido de festa, dançando na praia. Um still de uma entrevista que eu tinha feito com Grayson meses antes... quando ele tinha me beijado.* A última foto era com Xander, nós dois parados na varanda da casa de Rebecca menos de uma hora antes.

Eu não tinha notado que os *paparazzi* tinham nos visto lá. *Se bem que talvez não tenham sido os* paparazzi. Estava ficando difícil não achar que nosso adversário estava em toda parte.

— Vamos olhar pelo lado positivo — sugeriu Xander. — Eu estou um gato nessa foto.

— Não tem motivo para Avery ver uma coisa dessas — disse Jameson com firmeza.

Jameson Winchester Hawthorne em modo de proteção era algo para memorar.

— A percepção é importante — reiterou Alisa.

— Nesse momento — respondi, passando o celular de volta para ela —, outras coisas são mais importantes. Me diga que você descobriu alguma coisa, Alisa. Quem está dando as ordens?

Ela dissera que estava cuidando daquilo dias antes, e desde então eu não tinha ouvido uma palavra.

— Você sabe quantas pessoas existem no mundo com um patrimônio de pelo menos duzentos milhões de dólares? — disse Alisa calmamente. — Umas trinta mil. Existem oitocentos bilionários só nos Estados Unidos, e isso não precisaria de bilhões.

— Precisaria de conexões.

Olhei para o alto da escada, para Grayson, que desceu para se juntar a nós, mas não chegou a olhar para mim. Ele estava todo de preto, mas não de terno.

— O que quer que você tenha — disse Grayson a Alisa —, mande pra mim.

Finalmente, *finalmente,* os olhos dele encontraram os meus.

— Cadê Eve?

Parecia que ele tinha me batido.

— No chalé — respondeu Rebecca. — Com minha mãe e meu vô.

— Se descobrirmos alguma coisa — falei, tentando não deixar o olhar dilacerador de Grayson me dilacerar —, vamos chamá-la.

— Se descobrirmos... — disse Jameson, me encarando com a precisão de um laser. — O quê?

— A pessoa que sequestrou Toby está ficando mais agressiva — disse Oren.

— Como assim, mais agressiva? — insistiu Alisa.

Xander levou Tiramisu até o rosto e falou com a voz da filhote.

— Não se preocupem. O incêndio foi bem pequeno.

— Que incêndio? — perguntou Jameson, eliminando o espaço entre nós e pegando minha mão. — Conte, Herdeira.

— Outro envelope. A mensagem pegou fogo quando entrou em contato com o ar. Sete números.

O polegar de Jameson traçou o dorso da minha mão.

— Bem, Herdeira. Que comece o jogo.

Capítulo 53

Nós tínhamos duas possíveis pistas: o selo e o número. Considerando que não estávamos mais perto de identificar o disco do que Jameson e eu estivéramos meses antes, optei por me concentrar no número.

Dividir e conquistar não era um lema da família Hawthorne, mas poderia muito bem ser. Grayson assumiu a parte financeira: registros bancários, corretoras de investimento, transações. Xander, Thea e Rebecca ficaram com o ângulo da data: *29 de dezembro, 1982.* Isso deixava uma miríade de possibilidades para Jameson e eu, entre elas o número de telefone. Se realmente nos faltava um código de área, então completar isso levaria a duas coisas: primeiro, nos daria um número para ligar; segundo, nos daria uma localização.

Uma pista de onde Toby está preso? Ou outra peça da charada?

— Existem mais de trezentos códigos de área nos Estados Unidos — disse Jameson.

— Vou imprimir uma lista — falei, mas o que eu realmente queria era perguntar *nós estamos bem?*

Depois de meia hora de telefonemas — cada código de área seguido por 363-1982 —, nenhuma das minhas tentativas tinha completado. Em uma pausa, eu digitei o número em uma busca de internet e passei o olho pelos resultados. *Um processo envolvendo práticas discriminatórias de habitação. Um cartão de baseball valendo mais de dois mil dólares. Um hino do Hinário da Igreja Episcopal de 1982.*

Um telefone tocou. Eu ergui os olhos. Thea levantou o celular dela.

— Número bloqueado — falou, e, porque era Thea Calligaris e não conhecia o significado das palavras *hesitar* ou *ponderar,* ela atendeu.

Dois segundos depois, ela passou o celular para mim. Eu o apertei na orelha.

— Alô?

— Quem sou eu? — disse uma voz, *aquela* voz.

A pergunta não só me deixou doida; ela vinha me enlouquecendo havia dias, e eu me perguntei se ele tinha ligado para o celular de Thea só para me lembrar de que tinha chegado até ela.

— Me diga você — respondi.

Ele não ia saber que me abalava. Não naquele momento.

— Eu já disse.

A voz dele era suave como sempre, sua cadência distinta.

Jameson pegou a lista de códigos de área e rabiscou uma mensagem: *PERGUNTE DO DISCO.*

— O disco — falei. — Você sabia o que era.

Eu parei para permitir uma resposta que nunca veio.

— Quando você o mandou de volta como prova de que estava com Toby, você conhecia seu valor.

— Intimamente.

— E quer que eu adivinhe? O que é, o que tudo isso significa?

— Adivinhar — disse o sequestrador de Toby em voz sedosa — é para aqueles fracos demais, em mente e espírito, para *saberem.*

Soou como algo que Tobias Hawthorne teria dito.

— Eu instalei um programa no celular da sua amiguinha. Eu venho rastreando vocês, escutando vocês. Você está aí, no santuário dele, não está?

O escritório de Tobias Hawthorne. Era isso que ele queria dizer com santuário. Ele *sabia* onde estávamos. O celular na minha mão pareceu sujo, ameaçador. Eu queria jogá-lo pela janela, mas me contive.

— Por que importa onde eu estou? — perguntei.

— Eu me canso de esperar.

De alguma forma, aquilo soou mais ameaçador do que qualquer palavra que eu já tinha ouvido o homem dizer.

— *Olhe para cima* — disse ele, e desligou.

Eu passei o celular para Oren.

— Ele fez alguém instalar um programa para nos espionar.

Então por que tinha desistido?

Porque quer que eu saiba que ele está em toda parte.

Oren derrubou o celular e pisou nele com força. O gritinho indignado de Thea foi abafado por uma cacofonia de pensamentos na minha cabeça.

— *Olhe para cima* — repeti, e olhei para Jameson. — Ele me perguntou se eu estava no santuário do seu avô, mas acho que ele sabia a resposta. E ele me disse para *olhar para cima.*

Eu inclinei a cabeça para o teto. Era alto, com vigas de mogno e painéis feitos sob medida. Se *olhe para cima* fosse parte de uma das charadas de Tobias Hawthorne, eu já estaria pegando uma escada, mas não estávamos lidando com Tobias Hawthorne.

— Ele estava escutando a gente — falei, sentindo aquilo como óleo na minha pele. — Mas, mesmo que ele tenha hackeado a câmera de Thea, não teria conseguido me ver. Então onde alguém imaginaria que estou nessa sala se não soubessem onde estou sentada?

Andei até a escrivaninha de Tobias Hawthorne. Eu sabia que ele tinha passado horas sentado ali, trabalhando, montando estratégias. Eu me coloquei na posição dele, e me sentei atrás da escrivaninha. Olhei para ela como se estivesse trabalhando, então olhei para cima. Quando não funcionou, pensei em como nem Jameson, nem Xander conseguiam pensar sentados. Eu me levantei e andei até o outro lado da escrivaninha. *Olhe para cima.*

Olhei e me peguei diante da parede de troféus e medalhas que os netos Hawthorne tinham ganhado: campeonatos nacionais de todas as coisas, de motocross até natação e pinball; troféus de surfe, esgrima e rodeio. Eram os talentos que os netos de Tobias Hawthorne tinham cultivado. Era o tipo de resultado que ele esperava.

Também havia outras coisas nas paredes: quadrinhos escritos pelos Hawthorne; um livro de arte com as fotografias de Grayson; algumas patentes, a maior parte em nome de Xander.

As patentes, percebi num susto. Cada certificado tinha um número. *E cada número,* pensei, o mundo de repente nítido e em hiperfoco, *tem sete dígitos.*

Capítulo 54

Nós procuramos a Patente dos EUA número 3631982. Era uma patente de utensílio dada em 1972, com dois donos: Tobias Hawthorne e um homem chamado Vincent Blake.

Quem sou eu?, perguntara o homem no telefone. E quando eu pedira para me dizer, ele dissera que já o tinha feito.

— Vincent Blake — falei, me virando para os meninos. — Seu avô já mencionou ele?

— Não — respondeu Jameson, energia e intensidade emanando dele como uma tempestade. — Gray? Xan?

— Todos sabemos que o velho tinha segredos — disse Grayson, tenso.

— Eu não sei de nada — disse Xander.

Ele se enfiou na minha frente para ver melhor a tela do computador, então desceu até a informação da patente e parou em um desenho do objeto.

— É um mecanismo para perfurar poços de petróleo — falou.

Isso chamou minha atenção.

— É como o avô de vocês ganhou o dinheiro dele, pelo menos de início.

— Não com essa patente — desdenhou Xander. — Olha. Bem aqui!

Ele apontou para o desenho, para algum detalhe que eu nem conseguia distinguir.

— Eu não sou exatamente um especialista em engenharia de petróleo, mas até eu vejo que isso aqui é o que chamariam de um defeito fatal. O projeto deveria ser mais eficiente do que a tecnologia anterior, mas... — disse Xander, e deu de ombros. — Detalhes, detalhes, coisas chatas... o resumo é que essa patente não vale nada.

— Mas essa não é a única patente que o velho pediu em setenta e dois — disse Grayson, a voz gelada.

— Qual a outra patente? — perguntei.

Alguns minutos depois, Xander a abriu.

— O objetivo desse mecanismo é o mesmo — falou, olhando o desenho —, e dá para ver alguns elementos da mesma estrutura geral, mas essa aqui *funciona*.

— Por que alguém pediria duas patentes no mesmo ano com projetos tão parecidos? — perguntei.

— Patentes de utensílio cobrem a criação de tecnologias novas ou melhoradas — disse Jameson, e veio para trás de mim, o corpo tocando no meu. — Quebrar uma patente não é fácil, mas pode ser feito se você der um jeitinho de contornar o que a patente anterior afirmava ser único. Você precisa quebrar cada inovação individualmente.

— É o que essa patente faz — acrescentou Xander. — Pense nisso como um quebra-cabeça de lógica. Esse projeto muda só o suficiente para não sustentar um caso de infração... e *então* acrescenta a peça nova, o que forma a base da *sua* inovação. E foi essa peça nova que tornou a patente valiosa.

Essa patente só tinha um dono: Tobias Hawthorne. Minha mente estava a mil.

— Seu avô registrou uma patente ruim com um homem chamado Vincent Blake. Então imediatamente registrou, sozinho, uma patente melhor e que não infringia a anterior, mas que tornava a anterior completamente sem valor.

— E que rendeu milhões ao nosso avô — acrescentou Grayson. — Antes disso, ele estava trabalhando em poços de petróleo e brincando de inventor à noite. E depois...

Ele se tornou Tobias Hawthorne.

— Vincent Blake — falei, sentindo meu peito apertar meu coração acelerado. — É com ele que estamos lidando. É ele que está com Toby. E é por isso que ele quer vingança.

— Uma patente?

Ergui os olhos e vi Eve.

— Eu mandei mensagem para ela — disse Grayson, prevenindo qualquer desconfiança que a súbita aparição dela pudesse me causar.

— Tudo isso — continuou Eve, a emoção palpável em seu tom — por causa de uma *patente?*

Quem sou eu?, Vincent Blake tinha me perguntado. Mas esse não era o fim. Não poderia ser. Eu pensei que a charada fosse quem sequestrara Toby e o porquê. Mas e se houvesse um terceiro elemento, uma terceira pergunta?

O que ele quer?

— Precisamos saber com quem estamos lidando.

Grayson não soava em nada como o menino arrasado da adega. Ele soava mais do que capaz de *lidar* com ameaças.

A APOSTA FINAL 265

— Vocês realmente nunca ouviram falar desse cara? — perguntou Thea. — Ele é rico, poderoso e odeia sua família pra caramba, e vocês nunca nem ouviram o nome dele?

— Você sabe tão bem quanto eu — respondeu Grayson — que existem tipos diferentes de rico.

Jameson me jogou o celular e eu passei os olhos pela informação que tinha puxado de Vincent Blake.

— Ele é do Texas — notei, e o estado de repente pareceu muito menor. — Patrimônio de pouco menos de meio bilhão de dólares.

— Dinheiro antigo de petróleo — disse Jameson, e olhou nos olhos de Grayson. — O pai de Blake achou ouro líquido no *boom* do petróleo dos anos trinta no Texas. No final dos anos cinquenta, um jovem Vincent herdou tudo. Ele passou mais duas décadas no petróleo, aí mudou pra pecuária.

Isso não nos dizia nada a respeito do que o homem era *realmente* capaz de fazer... ou do que ele queria.

— Ele deve ter uns oitenta anos agora — falei, tentando me ater aos fatos.

— Mais do que o velho — afirmou Grayson, o tom equilibrado na corda bamba entre frio e despreocupado.

— Tenta acrescentar o nome do seu avô nos termos de busca — eu disse a Jameson.

Além da patente, descobrimos outra coisa: um perfil em uma revista dos anos oitenta. Como a maior parte da cobertura da ascensão meteórica de Tobias Hawthorne, o perfil mencionava que seu primeiro emprego tinha sido trabalhando em um poço de petróleo. A diferença era que o artigo também mencionava o nome do dono desse poço.

— Então Blake era chefe dele — remoeu Jameson. — Imagine isso: Vincent Blake é dono da empresa inteira. É o fim dos anos sessenta, início dos setenta, e nosso avô não é nada além de um peão.

— Um peão com grandes ideias — acrescentou Xander, tamborilando os dedos rapidamente na coxa.

— Talvez Tobias leve uma das ideias para o chefe — sugeri. — O movimento ousado dê certo e eles acabem colaborando no projeto de uma nova tecnologia de perfuração.

— Nesse ponto — continua Grayson com uma calma letal —, nosso avô trai um homem rico e poderoso para conseguir uma fortuna em propriedade intelectual.

— E tal homem poderoso não acaba com ele na justiça? — perguntou Xander, cético. — Mesmo que a segunda patente não infrinja a primeira, um homem rico poderia ter enterrado um zé-ninguém em despesas jurídicas.

— Então por que ele não fez isso? — perguntei, o corpo vibrando com a adrenalina que sempre vinha acompanhada de descobrir o tipo de resposta que levava a mais mil perguntas.

Nós sabíamos quem estava com Toby.

Nós sabíamos do que aquilo se tratava.

Mas ainda havia detalhes me torturando, ocupando os cantos da minha mente. O disco. Os *três* personagens da história. *Qual o objetivo? O que ele quer?*

— Alguém deve saber mais da conexão entre Blake e seu avô — disse Eve, e olhou para cada um dos Hawthorne.

Eu pensei no próximo passo. Tobias Hawthorne tinha se casado com Alice em 1974, só dois anos depois da patente ser registrada. E quando Jameson tinha perguntado a Nan sobre amigos ou mentores, a resposta dela tinha sido que o negócio de Tobias Hawthorne nunca fora amigos.

Ela não tinha dito uma palavra sobre mentores.

Capítulo 55

Dessa vez, eu fui ver Nan sozinha.

— Vincent Blake.

Deixei o disco de metal na mesa da sala de jantar onde Nan estava tomando chá. Ela fez um som de desdém vagamente na minha direção.

— Isso deveria ser um suborno?

Ou Nan também não fazia ideia do que era o disco, ou estava blefando.

— Tobias Hawthorne trabalhava para um homem chamado Vincent Blake no início dos anos setenta. Pode ter sido antes dele e Alice começarem a namorar...

— Não foi — resmungou Nan. — Namoro longo. O tonto insistia que queria subir na vida antes de dar um anel para minha Alice.

Nan estava lá. Ela lembra.

— Tobias e Vincent Blake colaboraram em uma patente — eu disse, tentando ignorar as batidas incessantes do meu coração. — E então seu genro deu um golpe em Blake e o deixou de fora de um empreendimento que valia milhões.

— Foi mesmo?

Por um momento, pareceu que isso fosse tudo que Nan ia dizer, até que ela franziu o cenho.

— Vincent Blake era rico e se achava mais poderoso que Deus. Ele se apegou a Tobias, colocou-o embaixo de sua asa.

— Mas? — insisti.

— Nem todo mundo ficou feliz com isso. O sr. Blake gostava de colocar seus protegidos um contra o outro. O filho dele era jovem demais para ser um fator naquela época, mas o sr. Blake deixava bem claro para os sobrinhos que ser da família não dava um passe livre para ninguém. O poder precisava ser merecido. Precisava ser *conquistado*.

— *Conquistado* — repeti.

Pensei naquela primeira ligação com Blake. *Eu sou só um velho que gosta de charadas.* Esse tempo todo nós pensamos que o sequestrador de Toby estava jogando um dos jogos de Tobias Hawthorne. Mas e se Tobias Hawthorne tivesse aprendido com Vincent Blake? E se, antes de orquestrar aqueles jogos nos sábados de manhã, ele tivesse sido um jogador?

— O que aconteceu? — insisti com Nan. — Se Tobias era próximo de Blake, por que traí-lo?

— Os sobrinhos que eu mencionei? Eles queriam mandar um recado. Marcar território. Colocar Tobias no devido lugar.

— O que eles fizeram?

— Não havia nenhuma sra. Blake naquela época — resmungou Nan. — Ela tinha falecido quando o menininho deles nasceu e a criança não devia ter mais do que quinze anos quando o sr. Blake começou a convidar Tobias para o jantar. Eventualmente, Tobias começou a levar minha Alice junto. O sr. Blake se afeiçoou a ela também, mas ele era um tipo específico de homem.

Ela me deu um olhar.

— O tipo que acreditava que garotos eram assim mesmo — disse.

— Ele... — falei, e nem consegui terminar a frase. — Eles...

— Se você está pensando no pior, a resposta é *não*. Mas se você está pensando que os sobrinhos atacaram Tobias por meio de Alice, que a assediaram, agrediram e um deles chegou até a segurá-la e forçar seus lábios nos dela... *bem, então*.

Nan já tinha deixado fortemente implícito, mais de uma vez, que tinha matado o primeiro marido, um homem que quebrara os dedos dela por tocar piano um pouco bem demais. Eu desconfiava profundamente de que ela teria castrado os sobrinhos de Victor Blake se tivesse tido sequer metade de uma chance.

— E Blake não fez nada? — perguntei.

Nan não respondeu e eu me lembrei de como ela tinha caracterizado o homem: um tipo que acha que garotos são assim mesmo.

— E foi então que seu genro decidiu sair — chutei, a imagem ficando mais nítida.

— Tobias parou de sonhar com trabalhar para Blake e decidiu se tornar ele. Uma versão melhor dele. Um *homem* melhor.

— Então ele registrou duas patentes — eu disse. — Uma na qual eles tinham trabalhado juntos e então uma diferente... uma melhor. Por que Blake não o processou?

— Porque Tobias o venceu justamente. Ah, foi meio malandro, talvez, e uma traição, com certeza, mas Vincent Blake admirava alguém que soubesse jogar seu jogo.

Um homem rico e poderoso tinha deixado um jovem Tobias Hawthorne se dar bem, e em troca Tobias Hawthorne o tinha eclipsado... bilhões para seus milhões.

— Blake é perigoso? — perguntei.

— Homens como Vincent Blake e Tobias... são sempre perigosos — respondeu Nan.

— Por que a senhora não contou isso para Jameson e eu antes?

— Foi há mais de quarenta e cinco anos — desdenhou Nan. — Você sabe quantos inimigos essa família fez desde então?

Eu pensei nisso.

— Seu genro tinha uma lista de ameaças. Blake não estava nela.

— Então Tobias não devia considerar Blake uma ameaça... isso, ou ele pensou que a ameaça tinha sido neutralizada.

— Por que Blake sequestraria Toby? — perguntei. — Por que agora?

— Porque meu genro não está mais aqui para mantê-lo afastado.

Nan pegou a minha mão e a segurou com força. A expressão no rosto dela ficou carinhosa.

— É você quem está tocando o piano agora, menina — falou. — Homens como Vincent Blake... eles vão quebrar todos esses seus dedos se você deixar.

Capítulo 56

Enquanto eu voltava para os outros, pensei no fato de que Vincent Blake tinha dirigido todas as cartas para *mim*. E tinha deixado claro no telefone que não falaria com mais ninguém além da "herdeira".

É você quem está toando o piano agora, menina... As palavras de Nan ainda estavam ecoando na minha cabeça quando saí para o hall e escutei uma conversa sussurrada ecoando pelas paredes do salão principal.

— Não faça isso — dizia Thea, em voz baixa e intensa. — Não se encolha.

— Não estou me encolhendo.

Rebecca.

— Não fique *triste*, Bex.

Rebecca entendeu o significado da ênfase.

— Fique com raiva. Odeie sua mãe, odeie Emily e Eve, me odeie se precisar, mas não ouse desaparecer.

No segundo em que me viu, Jameson cruzou o hall.

— Alguma coisa?

Eu engoli em seco.

— Vincent Blake trouxe seu avô para seu círculo íntimo. Ele o tratou como família... ou a versão dele de família, de qualquer forma.

— O filho pródigo?

Os olhos de Jameson se acenderam.

— Eve?

Era Grayson, e ele estava gritando. Eu examinei o hall. *Oren, Xander, Thea e Rebecca vindo do salão. Mas nada de Eve.*

Grayson apareceu.

— Eve foi embora. Ela deixou um bilhete. Ela está indo atrás de Blake.

— E o guarda dela? — perguntei a Oren.

Foi Grayson quem respondeu.

— Ela foi ao banheiro, o despistou.

— Deveríamos ficar preocupados? — jogou Xander.

Homens como Vincent Blake e Tobias, ouvi o aviso de Nan, *são sempre perigosos.*

— Eu vou atrás dela — disse Grayson, e levantou as mangas da camisa com ferocidade, como se estivesse se preparando para uma briga.

— Grayson, pare — falei com urgência. — Pense.

A fuga de Eve não fazia sentido. Ela achava que podia só aparecer na porta de Vincent Blake e exigir Toby de volta?

Jameson se colocou entre Grayson e eu. Ele sustentou meu olhar por um ou dois segundos, então se virou para o irmão.

— Sossegue, Gray.

Grayson parecia não conhecer o significado da palavra. Ele era como pedra: imóvel, os músculos do maxilar travados.

— Eu não posso deixá-la na mão de novo, Jamie.

De novo. Meu coração apertou. Jameson colocou a mão no ombro do irmão.

— Eu invoco *Onã Lefa.*

Grayson xingou.

— Eu não tenho tempo...

— *Arranje. Tempo.*

Jameson se inclinou para a frente e disse alguma coisa, não ouvi o quê, diretamente no ouvido de Grayson. *Onã Lefa* era um rito Hawthorne; significava que Grayson não podia falar até Jameson terminar.

Quando Jameson terminou de sussurrar furiosamente no ouvido dele, Grayson ficou muito quieto. Eu esperei ele começar uma briga, usar seu direito de responder o que Jameson havia dito de forma física. Mas, em vez disso, Grayson Davenport Hawthorne foi embora com duas e apenas duas palavras.

— Eu desisto.

— Desiste de quê? — perguntou Rebecca.

Thea soltou um ruído alto de desdém.

— Esses Hawthorne...

— Herdeira? — disse Jameson, e se virou para mim. — Eu preciso falar com você. A sós.

274   JENNIFER LYNN BARNES

Capítulo 57

Jameson me levou ao terceiro andar, para uma sala de ferromodelismo. Havia dezenas de trens e o dobro de trilhos montados em mesas de vidro. Jameson apertou um botão na lateral de um dos trens. Com seu toque, a parede atrás de nós se abriu no meio, relevando uma sala escondida do tamanho e formato de uma cabine de telefone antiga. As paredes eram todas feitas de placas de pedras preciosas, um preto metálico e brilhante em metade do espaço e um branco iridescente na outra metade.

— Obsidiana — disse Jameson. — E cristal de ágata.

— O que estamos fazendo aqui, Jameson? — perguntei.

— O que você precisa me dizer?

Parecia que estávamos na beira de algo. *Um segredo? Uma confissão?* Jameson apontou com a cabeça para a sala de pedras preciosas. Eu entrei. O teto acima de mim brilhava multicolorido, com mais pedras preciosas.

Eu percebi tarde demais que Jameson não tinha me seguido para a sala.

A porta atrás de mim se fechou. Eu levei um segundo para processar o que tinha acontecido. *Jameson me prendeu aqui.*

— O que você está fazendo? — gritei, e bati na parede. — Jameson!

Meu celular tocou.

— Me deixe sair daqui — exigi no segundo em que atendi.

— Eu vou deixar — prometeu Jameson do outro lado da linha. — Quando nós voltarmos.

Nós. De repente, entendi por que Grayson tinha aberto mão do seu direito de brigar pós-*Onã Lefa*.

— Você prometeu que vocês iam atrás de Eve juntos.

Jameson não disse que eu estava errada.

— E se ela for perigosa? — perguntei. — Mesmo que tudo que ela queira seja Toby de volta, você honestamente consegue dizer que ela não trocaria você ou Grayson por ele? Nós mal a conhecemos, e a mensagem do seu avô dizia...

— Herdeira, você já me viu fugir do perigo?

Fechei os dedos em punho. Jameson Winchester Hawthorne vivia pelo perigo.

— Se você não me deixar sair daqui, Hawthorne, eu vou...

— Você quer saber da minha cicatriz? — falou Jameson na voz mais suave que eu já tinha ouvido, e eu soube imediatamente de que cicatriz ele estava falando.

— Eu quero que você abra a porta.

— Eu voltei — falou, deixando as palavras no ar. — Para o lugar onde Emily morreu... *Eu voltei.*

O coração de Emily tinha parado depois de ela saltar de um penhasco.

— Jameson...

— Eu saltei de um lugar perigosamente alto, como ela tinha feito. Nada aconteceu da primeira vez. Nem da segunda. Mas na terceira...

Eu via a cicatriz na memória, descendo por todo o tronco de Jameson. Quantas vezes eu tinha passado os dedos por suas bordas, sentindo a pele suave dos lados da barriga dele?

— Tinha uma árvore caída embaixo d'água. Eu só via um galho, não fazia ideia do que estava por baixo. Achei que tinha evitado a coisa toda, mas estava errado.

Imaginei Jameson se jogando de um penhasco, batendo na água. Imaginei um galho afiado atravessando a carne dele, mal diminuindo sua velocidade.

— Eu não senti dor de início. Eu vi sangue na água... e *aí* senti. Como se a minha pele estivesse pegando fogo. Eu fui até a borda com o corpo gritando. De alguma forma, consegui ficar de pé. O velho estava bem ali. Ele nem notou o sangue, não me perguntou se eu estava bem, não gritou. Tudo que ele disse, olhando meu corpo ensanguentado de cima a baixo, foi *Agora já deu?*

Eu me apoiei na parede da gaiola preciosa.

— Por que você está me contando isso agora?

Eu ouvia o som dos passos dele do outro lado da linha.

— Porque Gray vai continuar pulando até doer. Ele sempre foi o irmão sólido, Herdeira. O que nunca hesita, nunca desiste, nunca duvida. E, agora, ele perdeu o chão e eu preciso ser o irmão forte.

— Me leve com vocês — eu disse a Jameson.

— Só dessa vez — disse ele, com dor na voz —, deixe ser *eu* a proteger você, Avery.

Ele tinha usado meu nome.

— Eu não preciso que você me proteja. Você não pode me deixar aqui, Jameson!

— Não posso. Não deveria. Preciso. Essa bagunça é da minha família, Herdeira.

Pela primeira vez, não havia nada de malicioso no tom de Jameson, nenhum duplo sentido.

— Nós precisamos limpá-la — declarou.

— E quanto a Eve? — perguntei. — Você sabe o que seu avô disse. *Não confie em ninguém*. Grayson não está pensando direito, mas você...

— Eu estou pensando mais claro do que nunca. Eu não confio em Eve.

A voz dele era baixa e dolorida.

— A única pessoa em quem eu confio, com tudo que sou e tudo que posso ser, Herdeira, é você.

E então Jameson Winchester Hawthorne desligou o celular.

Capítulo 58

Eu ia esganar Jameson. Nós dóis éramos corridas, apostas e desafios, não isso.

Tentei ligar para Oren, mas caiu na caixa postal. Libby não atendeu, o que provavelmente significava que o celular estava descarregado. Tentei Xander, então Rebecca. Eu estava a meio caminho de ligar para Thea quando lembrei que o celular dela tinha sido destruído. Tentando me acalmar, peguei minha faca, planejei um assassinato e doei dez mil dólares para desconhecidos pagarem o aluguel.

Finalmente, mandei uma mensagem para Max. *Jameson me trancou na masmorra mais cara do mundo*, escrevi. *Ele está com uma ideia idiota de me proteger.*

A resposta de Max não demorou. AQUELE ESCROTO DE OLHOS VERDES.

Eu sorri mesmo sem querer e digitei de volta: *Você xingou.*

Max respondeu correndo: *Prefere "banana arrogante e paternalista que pode enfiar a lerda do paternalismo esgoto na forra do mu"?*

Eu ri, e finalmente me acalmei o suficiente para examinar por completo a sala de pedras preciosas. *Duas paredes de obsidiana*, pensei. *Duas paredes de ágata branca.* Cutucar as paredes não me levou a nenhuma alavanca de saída, mas revelou que as pedras tinham sido entalhadas em tijolos, e que, se apertasse a parte de cima ou de baixo dos tijolos, eles rodavam. Rodar um tijolo preto o tornava branco. Rodar um tijolo branco o tornava preto.

Eu pensei em todas as vezes que tinha visto Xander brincar com um quebra-cabeça portátil, então espichei o pescoço, notando todos os detalhes das paredes, do teto e do chão. Jameson não tinha me prendido em uma masmorra.

Ele tinha me prendido em um *desafio de escape*.

Três horas depois, eu ainda não tinha encontrado o padrão correto, e a cada minuto me perguntava se Jameson e Grayson já tinham alcançado Eve. Avisos de todo tipo giravam na minha mente.

Não confie em ninguém.

Qualquer um próximo de você pode ser o próximo alvo.

Eu me canso de esperar.

Nos meus momentos mais baixos, pensei em como Eve tinha jurado fazer qualquer coisa — *qualquer coisa* — para ter Toby de volta.

Não pense nela. Nem neles. Nem em nada disso. Encarei a sala brilhante a minha volta, a opulência, a beleza, e tentei não sentir que as paredes estavam se fechando.

— Brilhante — murmurei. — Opulência. E diamantes?

Eu já tinha tentado dezenas de desenhos: *A letra H, um tabuleiro de xadrez, uma chave...*

Tentei um diamante preto em cada uma das paredes brancas, um diamante branco em cada uma das pretas. *Nada.* Frustrada, passei a mão por um dos diamantes, apagando-o.

Clique.

Arregalei os olhos ao ouvir o som. *Dois diamantes pretos, um diamante branco, nada na outra parede de obsidiana.* Com um segundo clique, um painel saltou do chão. Eu me abaixei para ver melhor. *Não era um painel. Era um alçapão.*

— Finalmente!

Sem pensar nem hesitar, pulei na escuridão. Peguei o celular e liguei a lanterna, então segui as voltas da passagem sinuosa até chegar a uma escada. Subi e cheguei em um teto... e outro alçapão.

Espalmando as mãos, empurrei até ele ceder, então me ergui para um quarto, mas não era um que eu já tivesse visto antes. Uma guitarra surrada de seis cordas estava apoiada na parede a minha frente; uma cama king-size feita do que parecia ser madeira de demolição estava à esquerda. Eu me virei e vi Nash empoleirado em um banquinho de metal ao lado de uma grande bancada de madeira que parecia fazer as vezes de cômoda.

Ele estava bloqueando a porta.

Eu andei até ele.

— Estou indo — falei, a raiva borbulhando. — Não tente me impedir. Eu vou atrás de Jameson e Grayson.

— É mesmo?

Nash não se mexeu do banquinho.

— Eu te ensinei a lutar porque achei que você *pensava,* menina — disse ele, e se levantou, sua expressão suave. — Pensei errado?

Nash me deu um segundo para remoer a pergunta, então deu um passo ao lado, abrindo caminho pra porta.

Droga, Nash. Eu expirei longamente.

— Não.

Eu pensei para além da fúria e da preocupação, dos pensamentos sombrios e repetidos. Eu estava com três horas de desvantagem e não era como se Oren fosse deixar Jameson e Grayson saírem correndo sozinhos.

— Se você quiser silver tape emprestada quando aqueles cabeças de ovo voltarem — falou Nash —, posso ser convencido.

— Obrigada, Nash.

Um pouco mais calma, saí para o corredor e vi Oren.

— Jameson, Grayson e Eve — falei imediatamente, uma faísca na minha voz. — Qual o status?

— Seguros e rastreados — relatou Oren. — Eve chegou até o complexo de Blake, mas não lhe permitiram entrar. Os meninos chegaram lá pouco depois e a convenceram a desistir. Estão todos voltando agora.

O alívio me acertou, abrindo caminho para que a irritação voltasse.

— Você deixou Jameson me trancar!

— Você estava bem — disse Oren, com a boca trêmula. — Segura.

— Vejam! — ressoou uma voz do outro lado de Oren. — Os heróis chegam para a batalha! Avery será libertada!

Eu olhei atrás de Oren e vi Xander, Thea e Rebecca chegando. Xander trazia um enorme escudo de metal que parecia ter sido tirado direto do braço de um cavaleiro medieval.

— Eu juro por tudo que há de mais sagrado — sussurrou Thea —, se você disser mais alguma palavra sobre luta medieval, Xander...

Eu contornei Oren.

— Agradeço o "resgate", Xan, mas você não podia atender o celular?

Eu olhei para Rebecca.

— Você também não?

— Desculpa — disse Rebecca. — Meu celular estava no silencioso. Nós estávamos espairecendo.

Ela virou os olhos verdes para Thea.

— Jogando sinuca — acrescentou.

Olhei para Thea. O suéter dela estava rasgado no ombro, e o cabelo, notavelmente menos que perfeito. As duas podiam estar na sala de bilhar ou no fliperama, mas de jeito nenhum estavam *jogando sinuca*. Pelo menos Rebecca não parecia mais uma sombra dela mesma.

— Qual a sua desculpa? — perguntei para Xander.

Ele passou o escudo para o lado.

— Venha ao meu escritório.

Revirei os olhos, mas o segui.

Xander usou o escudo para nos bloquear de Oren, então me levou por um corredor.

— Eu mergulhei fundo nas posses de Vincent Blake, atuais e antigas — admitiu Xander. — Blake foi o único fundador do Laboratório de Inovação vb — disse, e parou, se preparando. — Eu reconheci o nome. O vb é onde Isaiah Alexander foi trabalhar logo depois de ser demitido.

O pai de Xander trabalhou para Vincent Blake. A ideia foi como um dominó na minha mente, derrubando outra e mais outra peça. *São três personagens na parábola do filho pródigo, não são?*

O rei, o cavaleiro e o bispo. O filho que se manteve fiel.

— Isaiah Alexander ainda trabalha para Blake? — perguntei para Xander, minha mente girando.

— Não — disse Xander enfaticamente. — Já faz quinze anos que não. E eu sei o que você está pensando, Avery, mas não tem como Isaiah ter se envolvido no sequestro de Toby. Ele é mecânico, tem sua própria oficina, e a outra mecânica que trabalha para ele está de licença-maternidade, então ele está trabalhando em dobro há semanas.

Xander engoliu em seco.

— Mas ainda assim... — continuou. — Ele pode saber alguma coisa que nos dê uma vantagem. Ou conhecer alguém que saiba de alguma coisa. Ou conhecer alguém que conheça alguém que saiba...

Thea, prestativa, cobriu a boca de Xander com a mão.

O arquivo. A cadeia de dominós na minha mente chegou ao final e eu inspirei fundo. *O arquivo de Isaiah Alexander estava vazio e Xander não pegou a página.*

Quais as chances da página faltando mencionar Vincent Blake?

Eve pegou. Podia ser precipitado. Podia não ser justo. Eu não podia dizer a ninguém.

Com todo o corpo vibrando, eu contornei o escudo de Xander e olhei para Oren, que — para surpresa de ninguém — tinha nos seguido.

— Jameson, Grayson e Eve estão voltando para cá? — perguntei, cortando as palavras. — Eles estão seguros e vigiados pelos seus funcionários, e estarão durante as próximas três horas?

Oren apertou os olhos, a expressão suspeita.

— O que você vai fazer se eu disser sim?

Isso nos dá três horas. Eu olhei para Xander.

— Acho que precisamos falar com Isaiah. Mas se você não estiver pronto...

— Eu nasci pronto!

Xander ergueu seu escudo e abriu um sorriso muito Xander Hawthorne, então deixou a pose cair.

— Mas, antes de irmos, abraço em grupo? — pediu.

Capítulo 59

Uma hora depois, estávamos estacionados, com uma enorme equipe de segurança a tiracolo, em frente a uma oficina de cidade pequena, e tínhamos despistado os *paparazzi* na estrada. Só tinha um homem trabalhando dentro do lugar. Ele estava embaixo de um carro quando entramos.

— Vocês vão ter que esperar.

A voz de Isaiah Alexander não era grave nem aguda.

Eu esperava, por Xander, que ele não estivesse realmente envolvido em nada daquilo.

— Precisa de uma mãozinha? — ofereceu Xander.

Quando algumas pessoas ficam nervosas, elas se fecham. Xander tagarelava.

— Eu sou muito bom com coisas mecânicas, a menos, ou talvez especialmente, que sejam inflamáveis.

Isso arrancou do homem uma risada.

— Falou como alguém com tempo livre demais.

Isaiah Alexander deslizou por baixo do carro e se levantou. Ele era alto, como Xander, mas tinha ombros mais largos.

A pele dele era de um marrom mais escuro, mas seus olhos eram iguais.

— Procurando emprego? — perguntou a Xander, como se garotos desgarrados aparecessem ali o tempo todo com um trio de garotas e vários guarda-costas de acompanhantes.

— Eu sou Xander — disse Xander, e engoliu em seco. — Hawthorne.

— Eu sei quem você é — disse Isaiah, direto, mas de alguma forma gentil. — Procurando emprego?

— Talvez.

Xander passou o peso de um pé para o outro e então voltou a tagarelar, nervoso.

— Eu provavelmente devo avisar que já desmontei quatro Porsches e meio de forma irreparável nos últimos dois anos. Mas, em minha defesa, foi culpa deles, e eu precisava das partes.

Isaiah aceitou calmamente a justificativa.

— Gosta de construir coisas, é?

A pergunta — e a leve curva pra cima de seus lábios — quase me desmontou, então eu nem podia imaginar o quanto tinha atingido Xander.

— Você não está surpreso em me ver.

Xander soava chocado, e isso vindo de uma pessoa que podia *literalmente* se dar um choque e continuar como se nada tivesse acontecido.

— Eu achei que você ficaria — soltou. — Surpreso. Ou que não saberia quem eu sou. Eu preparei um fluxograma mental que programava minha reação em relação ao seu nível exato de surpresa e conhecimento.

Isaiah Alexander olhou para o filho com uma expressão firme.

— Ele era tridimensional?

— Meu fluxograma mental? — disse Xander, e jogou as mãos pro alto. — Claro que era tridimensional! Quem faz fluxogramas bidimensionais?

— Nerds? — sugeriu Thea. — Me pergunte quem faz fluxogramas tridimensionais, Xander — sussurrou.

— Thea — cutucou Rebecca.

— Eu estou ajudando — insistiu Thea, e o pior é que Xander pareceu mesmo se controlar um pouco.

— Você sabia de mim? — perguntou a Isaiah, em voz baixa, mas mais intensa do que nunca.

Isaiah olhou nos olhos de Xander.

— Desde antes de você nascer.

Então por que você não estava lá?, pensei com uma ferocidade que me tirou o ar. Meu próprio pai tinha sido majoritariamente ausente, mas aquele era *Xander,* rei das distrações e do caos, meu BFFH, que sabia daquele homem havia *meses,* mas só tinha ido até ali por mim.

Eu não suportaria a ideia dele se magoar.

— Você quer que eu vá embora? — perguntou Xander a Isaiah, hesitante.

— Eu teria te perguntado se você quer um emprego — respondeu Isaiah — se eu quisesse?

Xander piscou. Várias vezes.

— Eu vim aqui porque eu preciso falar com você sobre Vincent Blake — disse ele, como se essa fosse a única coisa que *conseguia* dizer dentre as milhares ressoando no seu cérebro.

Isaiah arqueou uma sobrancelha.

— Parece um desejo, mais do que uma necessidade.

— Isso é o que dizem sobre repetir o almoço — respondeu Xander, voltando a tagarelar —, e é uma grande mentira.

— Quanto ao almoço — disse Isaiah —, concordamos.

Então ele se virou, espiando um carro próximo.

— Eu trabalhei para Blake por pouco mais de dois anos, começando logo depois de você nascer.

Xander respirou fundo.

— Logo depois que trabalhou para o meu avô?

Isaiah pareceu enrijecer com a menção de Tobias Hawthorne.

— Durante todo o tempo que eu trabalhei para Hawthorne, a competição tinha tentado me roubar. Toda vez, seu avô melhorava o meu contrato. Eu tinha vinte e dois anos, era um prodígio, no topo do mundo... até que não era mais.

Isaiah abriu o capô do carro.

— Depois que Hawthorne me demitiu — continuou —, as ofertas secaram bem rapidinho. Eu fui de jovem, ousado e voando com um salário de seis dígitos a intocável do dia para a noite.

— Por causa de Skye — disse Xander, tenso.

Isaiah ergueu o rosto para olhar Xander.

— Eu tomei minhas próprias decisões quanto a sua mãe, Xander.

— E o velho castigou você por elas — respondeu Xander, como uma criança apertando um hematoma para ver o quanto doía.

— Não foi um castigo — disse Isaiah, e voltou sua atenção para o carro. — Foi uma estratégia. Eu era um menino de 22 anos tão cheio de dinheiro que nunca imaginei que ele ia parar de entrar. Eu tinha gastado a maior parte do que tinha ganhado, então, quando fui demitido e posto na lista proibida, eu convenientemente não tinha os recursos para brigar muito pela guarda.

Não foi por causa de Skye. Eu percebi com um susto o que Isaiah Alexander estava dizendo. *Tobias Hawthorne tinha demitido Isaiah por causa de Xander.* Não porque o velho estivesse descontente com a concepção de seu neto mais novo, mas porque se recusava a compartilhá-lo.

— Então você só abriu mão do seu filho? — perguntou Rebecca a Isaiah com dureza.

Ela não era uma pessoa que sabia lutar por si mesma, mas lutaria por Xander sempre.

— Eu consegui juntar o suficiente para um advogado de terceira categoria abrir um processo quando Xander nasceu. O tribunal pediu um teste de paternidade. Mas veja só, ele veio negativo.

Dizia o homem com os olhos de Xander. O sorriso de Xander. O homem que tinha ouvido a palavra "fluxograma" e perguntado se Xander o tinha feito em três dimensões.

— Skye me chamou de Alexander.

Xander não era, por natureza, uma pessoa quieta, mas sua voz estava quase inaudível.

— Eles falsificaram o exame de DNA — acrescentou.

— Eu não podia provar — disse Isaiah a ele. — Eu não podia chegar perto de você.

Ele mexeu em alguma coisa, então bateu o capô do carro.

— E eu não conseguia um emprego. Daí Vincent Blake.

— Eu não quero falar de Vincent Blake — disse Xander, com tanta intensidade que eu esperei que começasse a gritar. Em vez disso, sua voz baixou para um sussurro. — Você está dizendo que me *queria?*

Eu pensei no quanto tinha desejado que Toby fosse meu pai em vez de Ricky Grambs, em Rebecca crescendo invisível e Eve se mudando no dia em que fizera dezoito anos.

Pensei em Libby, com uma mãe que tinha lhe ensinado que ela merecia um parceiro que a degradava e controlava, na *fome* de Jameson e na perfeição punitiva de Grayson, os dois competindo por uma aprovação que estava sempre fora de alcance.

Eu pensei em Xander e no medo que ele tivera de vir até aqui.

Você está dizendo que me queria? A pergunta ecoava em volta de todos nós.

Isaiah respondeu:

— Eu ainda quero.

Xander fugiu. Em um segundo ele estava ali, no seguinte tinha saído pela porta.

— Nós vamos atrás dele — disse Rebecca, levando Thea com ela. — Pergunte o que precisar, Avery, porque Xander não consegue. E não deveria precisar.

A porta bateu atrás de Rebecca e Thea, e eu ergui os olhos para Isaiah Alexander. *Seu filho é maravilhoso,* pensei. *Você nunca pode magoá-lo.* Mas eu me forcei a me concentrar no motivo para estarmos ali, nas perguntas que Xander não conseguia fazer.

— Então depois que você foi demitido e posto na lista proibida, Vincent Blake só surgiu do nada e te ofereceu um emprego?

Isaiah me examinou por tanto tempo que eu me senti com quatro anos de idade e dez centímetros de altura. Mas o que quer que ele tenha visto no meu rosto, me rendeu uma resposta.

— Blake chegou em mim no meu ponto mais baixo, me disse que não tinha medo de Tobias Hawthorne e que, se eu também não tivesse, nós poderíamos fazer grandes coisas juntos. Ele me ofereceu uma posição como chefe do novo laboratório de inovação. Eu tinha liberdade para inventar o que quisesse, desde que fizesse isso em nome dele. Eu tinha dinheiro de novo. Tinha liberdade.

— Então por que pediu demissão? — perguntei.

Era um chute, mas meu instinto dizia que era um bom chute.

— Eu comecei a notar coisas que não deveria — disse Isaiah, calmamente. — O padrão está lá se você procurar por ele. Pessoas que entram no caminho de Vincent Blake... não duram muito. Acidentes aconteciam. Pessoas desapareciam. Nada que ninguém pudesse provar. Nada que pudesse ligar Blake, mas, quando notei o padrão, eu não consegui esquecer. Eu sabia para quem eu estava trabalhando.

Nós tínhamos ido ali em parte para descobrir do que Vincent Blake era capaz. Eu finalmente sabia.

— Então eu pedi demissão — disse Isaiah. — Eu peguei o dinheiro que tinha ganhado, e guardado dessa vez, e comprei esse lugar para nunca mais ter que trabalhar para outro Vincent Blake ou Tobias Hawthorne.

O que tinha acontecido com Isaiah não era certo. Nada daquilo era certo.

Rebecca e Thea reapareceram. Xander não estava com elas.

— Tem uma loja de rosquinhas no fim da rua — disse Rebecca, ofegante. — O nível da situação é uma dúzia de geleia com creme.

Eu olhei de volta para Isaiah.

— Parece que precisam de você — disse ele, voltando calmamente a atenção para o carro no qual estava trabalhando. — Eu estarei aqui.

Capítulo 60

Rebecca e Thea me levaram até a loja de rosquinhas e ficaram esperando na rua. Eu encontrei Xander sentado sozinho a uma mesa, empilhando as rosquinhas. Pelas minhas contas, eram cinco.

— Veja só! — declarou Xander. — A torre inclinada de creme bávaro!

— Onde estão as outras sete rosquinhas? — perguntei, entendendo a dica dele e não forçando demais logo de cara.

Xander sacudiu a cabeça.

— Eu tenho muitos arrependimentos.

— Você literalmente acabou de pegar mais uma — apontei.

— Eu me arrependeria *dessa* rosquinha — afirmou Xander enfaticamente.

Eu suavizei a voz.

— Você acabou de descobrir que a família Hawthorne falsificou um teste de paternidade para manter seu pai, que te *queria,* longe da sua vida. Tudo bem estar com raiva ou devastado, ou...

— Eu não sou excelente em demonstrar raiva, e devastação é mais coisa de pessoas que param por tempo suficiente pra deixar o cérebro se concentrar na tristeza. Minha especialidade fica exatamente na interseção entre entusiasmo sem limites e infinito...

— Xander.

Eu estendi a mão por cima da mesa e peguei a dele. Por um momento, ele só ficou ali, olhando nossas mãos.

— Você sabe que eu te amo, Avery, mas não quero falar sobre isso.

Xander puxou sua mão de baixo da minha.

— Eu não quero ter que te explicar o que eu não quero te explicar. Eu só quero terminar essa rosquinha, e depois comer suas quatro melhores amigas rosquinhas também, e me parabenizar por provavelmente não vomitar.

Eu não disse mais uma palavra. Só fiquei ali com ele até Oren aparecer na minha visão periférica. Ele inclinou a cabeça para a direita. Xander e eu tínhamos sido notados, provavelmente por um morador local, mas, quando se tratava da família Hawthorne e da herdeira Hawthorne, nada ficava *local* por muito tempo.

Eu voltei para a oficina de Isaiah.

— Você quer que a gente espere lá fora? — perguntei a Xander.

— Não. Eu só quero que você me dê aquele disco de metal — respondeu Xander. — Imagino que esteja com ele.

Estava comigo e o dei a ele, porque naquele momento teria feito qualquer coisa que Xander quisesse.

Ele abriu a porta e voltou devagar até o carro no qual Isaiah estava trabalhando.

— Eu preciso te perguntar duas coisas. Primeiro, o que você pensa de máquinas de Rube Goldberg?

— Nunca fiz uma — respondeu Isaiah, e olhou nos olhos de Xander. — Mas tendo a pensar que precisam de catapultas.

Xander assentiu, como se fosse uma resposta aceitável.

— Segundo, você já viu algo parecido com isso antes?

Ele estendeu o disco para Isaiah, os dois muito mais altos que qualquer outra pessoa ali.

Isaiah pegou o disco de Xander.

— Onde raios vocês arranjaram isso?

— Você sabe o que é — disse Xander, os olhos brilhando.

— Algum tipo de artefato?

— Artefato?

Isaiah sacudiu a cabeça, devolvendo o disco para Xander, que o devolveu para mim.

— Não — continuou. — *Isso* é o cartão de visitas do sr. Blake. Ele sempre chamou de brasão da família.

Eu pensei no selo de cera no envelope da última mensagem, que tinha o mesmo símbolo.

— Eu acho que ele tinha, o quê, umas cinco dessas moedas? — continuou Isaiah. — Se você tivesse um desses selos, significava que tinha a bênção de Blake para brincar no império dele como quisesse... até desagradá-lo. Se isso acontecesse, tiravam o selo de você junto com o status e o poder. Era como Blake mantinha a família em rédeas curtas. Toda pessoa que tinha uma gota do sangue dele ou da mulher falecida dele lutou com unhas e dentes para ganhar um desses.

Eu considerei as implicações.

— Só família?

— Só família — confirmou Isaiah. — Sobrinhos, sobrinhos-netos, primos de primeiro grau.

— E o filho de Blake? — perguntei.

Nan tinha mencionado que ele tinha um filho.

— Eu ouvi falar de um filho — respondeu Isaiah. — Mas ele foi embora anos antes de eu aparecer.

O filho pródigo, pensei de repente, uma onda de adrenalina correndo pelas veias.

— Como assim, o filho de Vincent Blake *foi embora*? — perguntei a Isaiah.

— Foi isso — disse Isaiah, e olhou fixamente para mim. — O filho foi embora a certa altura e não voltou. É parte do que tornou os selos tão valiosos. Não havia nenhum herdeiro direto para a fortuna da família. Diziam as más línguas que, quando Blake morresse, qualquer um que tivesse um *desses* — Isaiah apontou com a cabeça para o disco — levaria uma parte.

Isaiah tinha dito que eram cinco selos. Isso significava que o disco nas minhas mãos valia algo em torno de cem milhões de dólares. Eu pensei em Toby e nas instruções que ele tinha deixado para minha mãe sobre ir até Jackson se ela precisasse de alguma coisa. *Você sabe o que deixei lá,* ele tinha escrito. *Você sabe o que vale.*

— Mais de vinte anos atrás, Toby Hawthorne roubou isso do pai — falei, e encarei o selo, as camadas de anéis concêntricos. — Mas por que Tobias Hawthorne tinha um dos selos da família Blake? De jeito nenhum Blake estava planejando deixar um quinto da fortuna para um bilionário que o tinha traído.

Isaiah deu de ombros, mas havia algo duro no gesto, como se ele se recusasse a dar a Tobias Hawthorne ou Vincent Blake qualquer espaço na sua cabeça.

— Eu já disse o que sei. E preciso voltar ao trabalho — falou, e olhou para Xander. — A menos que...

Por um momento, eu ouvi a mesma incerteza no tom dele que eu tinha ouvido em Xander quando eu perguntara a ele sobre o arquivo de seu pai.

— Eu quero conversar — disse Xander, as palavras apressadas. — Eu quero, quer dizer, se você quiser.

— Certo, então — disse Isaiah.

O restante de nós estava prestes a sair pela porta quando Rebecca parou e se virou.

— Qual era o nome do filho de Vincent Blake? — perguntou, um tom estranho em sua voz.

— Faz muito tempo — disse Isaiah, mas então olhou de volta para Xander e suspirou. — Só me deixe pensar um minuto... Will — falou Isaiah, e estalou os dedos. — O nome do filho era Will Blake.

Will Blake. Por um segundo eu não estava mais na oficina de Isaiah. Eu estava na ala de Toby na Casa Hawthorne, lendo um poema inscrito no metal.

William Blake. "Uma árvore de veneno".

Capítulo 61

E se Toby não tivesse escolhido o poema apenas por causa das emoções que expressava? E se os segredos e mentiras sobre os quais ele tinha escrito fossem além da adoção secreta?

Por que Tobias Hawthorne tinha aquele selo?

Rebecca, Thea e eu demos a Xander tempo com seu pai. O restante de nós esperou na SUV. Eu fiz Oren virar a esquina; assim, se os *paparazzi* aparecessem na loja de rosquinhas, iriam notar minha SUV, não a oficina de Isaiah. Enquanto esperávamos, minha mente corria. *William Blake. O selo da família Blake. Vingança. Revanche. Vendeta. Vingador.*

Quando Xander entrou na SUV, não disse uma palavra sobre o pai.

— Manda ver nesses pensamentos pensadores — me disse ele.

Eu o analisei por um momento. Seus olhos castanhos estavam firmes e brilhantes, então obedeci.

— O que Vincent Blake está fazendo agora, sequestrar Toby, jogar comigo... Não acho que nada disso seja por causa de uma patente registrada cinquenta anos atrás.

O número da patente tinha nos contado com quem estávamos lidando. Nós tínhamos *presumido* que também tinha nos dado o motivo, mas estávamos errados.

— Eu acho que isso é por causa do filho de Vincent Blake — falei.

— O filho pródigo — murmurou Xander. — Will Blake.

Um jovem perdulário. A voz peculiar de Vincent Blake ressoou na minha mente. *Vagando pelo mundo, ingrato. Um pai benevolente, pronto para recebê-lo em casa. Mas, se a minha memória não falha, há três personagens nessa história...*

Tudo apontava para a terceira pessoa da história ser Tobias Hawthorne. Se fosse o caso, talvez Xander estivesse errado.

— E se Will não for o pródigo? — falei. — No telefone, Blake enfatizou que há três personagens na parábola do filho pródigo. O pai...

— Vincent Blake — completou Thea.

Eu fiz que sim.

— O filho que trai a família, pega o dinheiro e foge... e se esse não for o filho *de verdade* de Vincent Blake? E se for o homem que ele tinha trazido para dentro da família? O jovem Tobias Hawthorne. Nan disse que o filho de Blake era mais novo na época, quinze quando seu avô tinha... — comecei, e fiz as contas. — Vinte e quatro.

— Aos quinze anos, o filho de Vincent Blake podia não ter idade para deter um desses selos — disse Xander, pensando alto —, mas tinha idade para testemunhar a traição.

Todo meu corpo estava vivo e alerta, horrorizado e fascinado.

— Testemunhar a traição — ecoei — e se perguntar por que seu pai tinha deixado um zé-ninguém ferrar com ele e ainda roubar milhões?

Isso colocava Will Blake na posição de filho que tinha ficado, o bom filho, chateado com a traição do filho pródigo ser recompensada em vez de punida.

Há três personagens na história do filho pródigo, não é?

Vingança. Revanche. Vendeta. Vingador.

Eu sempre venço no final.

— A questão é — disse Xander —: por que Toby deixou um poema de um poeta chamado *William Blake* escondido em sua ala, anos atrás?

— E quais são as chances — acrescentei, um pensamento saltando no meu cérebro — de que Will *tivesse* um dos selos da família Blake quando desapareceu?

Se o selo em posse de Tobias Hawthorne tinha pertencido ao filho de Vincent Blake...

Parecia que estávamos correndo na direção de um penhasco.

— Quando Will Blake sumiu?

Rebecca não estava olhando para nenhum de nós. A luz vinda da janela batia no cabelo dela. Seu tom era rouco e intenso.

Eu peguei o celular e fiz uma busca. Então mais uma. Finalmente, eu tive certeza: na última vez em que Vincent Blake tinha sido fotografado publicamente com o filho, Will tinha vinte e poucos anos.

— Quarenta anos atrás? — estimei. — Mais ou menos. Rebecca...

— Will é um apelido para William — disse Rebecca, sugando até a última molécula de oxigênio do carro. — Mas outro apelido é Liam.

Capítulo 62

Mallory Laughlin não tinha revelado muita coisa a respeito do homem que a tinha engravidado. Ela tinha dito que ele era mais velho, muito charmoso. Que seu nome era *Liam*. E quando Eve tinha perguntado o que havia acontecido com Liam, tudo que ela dissera foi que ele tinha ido embora.

Se Liam fosse Will Blake...

Se ele tivesse procurado uma menina de dezesseis anos vivendo na Casa Hawthorne...

Se tivesse engravidado a menina...

E se Will não fosse visto havia mais de quarenta anos... *mais ou menos...*

Perguntas se somavam na minha cabeça. Toby sabia ou suspeitava que Will Blake era seu pai biológico? Vincent Blake sabia que Toby era seu neto? *É por isso que ele o sequestrou?* E se o selo que Toby tinha roubado do pai realmente pertencesse ao filho de Vincent Blake... como tinha ido parar na mão de Tobias Hawthorne, para começo de conversa?

O que aconteceu com Will Blake?

Se mais cedo estávamos correndo em direção ao precipício, nesse momento eu já estava em queda livre.

Assim que chegamos à Casa Hawthorne e saí correndo da suv, Jameson estava ali. Ele parou a centímetros de mim, intensidade emanando de seu corpo. Tudo que tínhamos descoberto estava prestes a sair da minha boca quando ele falou:

— Qual o seu problema, Herdeira?

Eu o encarei, incredulidade dando lugar à raiva que ferveu e explodiu de mim.

O *meu* problema? Foi você quem me trancou no desafio de escape mais caro do mundo!

— Para te manter segura — enfatizou Jameson. — Vincent Blake é poderoso, tem conexões e vai continuar indo atrás de *você,* Avery, porque é você quem detém as chaves do reino. E eu não sei se ele quer o que você tem ou se quer botar fogo em tudo, mas, de qualquer forma, como eu posso te manter segura se você não me deixar?

Eu sabia que Jameson me amava, e isso me irritava, porque nosso amor não devia ser assim.

— Você não tem que me *manter* nada! — disparei.

Ele tentou desviar o olhar, mas eu não deixei.

— Me pergunte o que descobrimos.

Ele não perguntou.

— Me pergunte, Jameson.

Eu conseguia ver a vontade nele, vê-lo lutar consigo mesmo.

— Me prometa primeiro.

— Prometer o quê? — perguntei.

— Que você vai tomar mais cuidado. Que eu não vou chegar em casa e descobrir que você sumiu de novo.

Eu não sabia bem como dizer aquilo de um jeito que ele acreditasse, então espalmei as mãos em seu peito e encarei aqueles olhos verdes que eu conhecia melhor que quaisquer outros.

— Eu não vou ficar trancada aqui, e não é seu papel me trancar. Eu não preciso da sua proteção.

— É isso que você quer!

Jameson soava como se as palavras tivessem sido arrancadas dele. Respirando com dificuldade, ele enroscou os dedos nos meus.

— É o que você sempre quis — falou. — Um babaca arrogante e com senso de dever que tenta ser honrado e morreria para proteger a garota que ama.

Eu congelei. Logicamente, eu sabia que meu coração ainda estava batendo. Que eu ainda estava respirando. Mas não parecia. Eu enxergava os outros pela visão periférica, mas não conseguia me mexer, não conseguia pedir a Jameson para baixar a voz, não conseguia me concentrar em mais nada além do verde dos olhos dele, nas linhas do seu rosto.

— Eu não sou Grayson — me disse ele, destroçado pelas palavras.

— Eu não quero que você seja — falei, em súplica, sem nem saber bem pelo quê.

— Quer, sim — insistiu Jameson, o tom de voz baixo. — E nem importa, porque isso não é pose, Herdeira. Eu não estou brincando de ser superprotetor nem fingindo que, pela primeira vez na vida, quero fazer a coisa certa.

Ele levou a mão ao meu rosto, então para a minha nuca, e senti o toque dele em cada centímetro do meu corpo.

— Eu te amo — falou. — Eu *morreria* para te proteger. Eu te faria me odiar para te proteger, porque *cacete, Avery...* algumas coisas são preciosas demais para apostar.

Jameson Winchester Hawthorne me amava. Ele me *amava* e eu o amava. Mas eu não sabia como fazê-lo acreditar que, quando eu dizia que não queria que ele fosse Grayson, eu estava falando a verdade.

— Isso é quem eu quero ser — disse Jameson, rouco —, por você.

Eu desejei, de repente, que não estivéssemos no gramado da Casa Hawthorne. Que fosse meu aniversário de novo ou que a marca de um ano já tivesse passado, e estivéssemos do outro lado do mundo, vendo de tudo, fazendo de tudo, tendo tudo. Eu desejei que Toby nunca tivesse sido sequestrado, que Vincent Blake não existisse, que Eve nunca tivesse aparecido...

Eve, pensei de repente, e então percebi algo que deveria ter notado muito mais cedo. Se o filho de Vincent Blake fosse pai de Toby, isso tornava Eve a bisneta do homem.

Eve e Vincent Blake são parentes. As palavras explodiram na minha cabeça como uma bomba. Eu pensei em Eve me contando do teste de DNA pelo correio, na forma como tinha conquistado minha confiança porque eu achara entender a importância de Toby para ela, como deveria ser finalmente se sentir desejada, finalmente ter uma *família* que a queria.

Mas e se essa família *não* fosse Toby?

E se outra pessoa a tivesse encontrado primeiro?

Eu pensei em quando mostrara a ela a ala de Toby, o momento em que tinha mencionado "A árvore de veneno" e dito o nome do poeta: William Blake. Eve tinha caído de joelhos e lido o poema sem parar. *Ela reconheceu o nome.*

— Herdeira.

Jameson ainda estava me olhando e eu soube, só pelo toque leve dos polegares nas minhas maçãs do rosto, que ele sabia que minha mente tinha voado. Ele não me culpou. Não me pediu mais nada. Tudo que ele disse foi:

— Me conte.

Então eu contei.

E ele me contou que Eve estava no Chalé Wayback. Com Grayson.

Capítulo 63

Oren e dois de seus funcionários levaram Jameson e eu ao Chalé Wayback. Rebecca não foi conosco, não *quis* ir conosco. Thea e Xander ficaram com ela.

Eu toquei a campainha sem parar até a sra. Laughlin abrir.

— Grayson e Eve — falei, tentando soar mais calma do que me sentia. — Eles estão aqui?

A sra. Laughlin me deu um olhar que provavelmente já tinha sido usado com gerações de crianças Hawthorne.

— Estão na cozinha com a minha filha.

Eu fui até lá, Jameson atrás de mim, Oren diretamente a minha esquerda, seus seguranças alguns passos atrás dele. Encontramos Eve sentada a uma velha mesa de madeira, em frente a Mallory. Grayson estava de pé atrás de Eve, como um anjo da guarda desgarrado.

Eve virou o rosto para nós e me perguntei se eu estava imaginando a expressão maliciosa nos olhos dela, imaginando-a examinando a situação, me examinando, antes de falar.

— Alguma atualização?

Uma, pensei. *Eu sei que você é parente de Vincent Blake.*

— Eu tentei ir buscar Toby — continuou Eve, atenta —, mas não consegui. *Alguém* me trouxe de volta.

Esse alguém estava muito perto dela.

— Grayson — eu disse. — Eu preciso falar com você.

Eve se virou para olhar para ele. Havia algo delicado na forma como o cabelo dela caía pelo ombro, algo quase hipnotizante na forma como ela ergueu os olhos para ele.

— Grayson — repeti, minha voz urgente e baixa.

Jameson não me deu a chance de falar o nome do irmão uma terceira vez.

— Avery descobriu algo que você precisa saber. Lá fora, Gray. Agora.

Grayson andou na nossa direção. Eve veio junto.

— O que você descobriu? — perguntou ela.

— O que você espera que eu tenha descoberto... ou que eu não tenha descoberto?

Eu não pretendia dizer aquilo em voz alta, mas, quando escapou, notei a reação dela.

— O que isso quer dizer? — estourou Eve, algo como mágoa passando por seu rosto.

Foi tudo fingimento? *Esse tempo todo... foi tudo fingimento?* Meu olhar foi até a corrente em volta do pescoço dela e voltei para o momento em que ela tinha saído do meu banheiro usando nada além de uma toalha e um medalhão. Por que Eve, que tinha insistido em ter passado a vida inteira sem ninguém, usaria um medalhão?

O que estava dentro dele?

Um pequeno disco de metal. Isaiah tinha dito que eram cinco, que Vincent Blake os dava exclusivamente para a família. E Eve era da família.

— Abra seu medalhão — falei, dura. — Me mostre o que está dentro dele.

Eve ficou muito quieta. Eu me mexi, estendendo o braço na direção dele, mas Grayson pegou minha mão. Ele me lançou um olhar frio como uma lasca de gelo.

— O que você está fazendo, Avery?

— Vincent Blake tinha um filho.

Eu não queria fazer aquilo ali, na frente de Mallory e da sra. Laughlin, mas já era.

— O nome dele era Will — continuei. — Eu acho que ele era o pai de Toby. E *isso?* — falei, e puxei o selo da família Blake, o que tinha estado com Toby quando ele desaparecera. — Era com quase toda certeza de Will. Blake os dava para membros da família de quem ele gostava.

Eu sentia Eve me observar. O rosto dela estava imóvel... muito cuidadosamente imóvel.

— Não é mesmo, Eve? — perguntei.

— Você não tem o direito — estourou a voz aguda de Mallory Laughlin — de vir aqui e dizer nada disso. *Nada disso.*

Ela olhou para além de mim, para a sra. Laughlin.

— Você vai ficar aí parada e deixar ela fazer isso? — exigiu, a voz subindo uma oitava. — Essa é a sua casa!

— Eu acho que seria melhor — me disse a sra. Laughlin, rígida — você ir embora.

Eu tinha passado um ano conquistando ela e o restante da equipe. Eu tinha ido de inimiga desconhecida para aceita. Não queria perder aquilo, mas não podia recuar.

— Ele se apresentou como Liam — eu disse baixo, olhando para Mallory. — Ele não disse à senhora quem realmente era... ou por que estava aqui.

A sra. Laughlin deu um passo na minha direção.

— Você precisa ir.

— Will Blake foi atrás da sua filha — eu disse, me virando para a mulher que tinha servido como governanta da propriedade durante quase toda sua vida. — Ele devia ter uns vinte e poucos anos. Ela só tinha dezesseis. Ela trouxe ele escondido para a propriedade... até mesmo para dentro da Casa — continuei. — Provavelmente foi ideia dele.

Uma expressão de dor forçou a sra. Laughlin a fechar os olhos.

— Pare com isso — implorou ela. — Por favor.

— Eu não sei o que aconteceu — prossegui —, mas sei que Will Blake não é visto desde então. E, por algum motivo, a senhora e seu marido deixaram que os Hawthorne adotassem seu neto e o fizessem passar por filho deles, mesmo para a mãe do bebê.

Um ruído agudo escapou da garganta de Mallory.

— A senhora estava tentando protegê-los, não estava? — perguntei suavemente para a sra. Laughlin. — Sua filha *e* Toby. Estava tentando protegê-los de Vincent Blake.

— Do que ela está falando?

Eve voltou para Mallory, então se abaixou, inclinando a cabeça de forma a olhar diretamente nos da avó biológica.

— Você precisa me contar a verdade — continuou. — Inteira. Seu Liam... ele não foi só *embora,* foi?

Então vi o que ela estava fazendo... o que vinha fazendo.

— É por isso que você está aqui — notei. — O que Vincent Blake ofereceu se você levasse respostas para ele?

— Já chega — me disse Grayson, duro.

— Não chega mesmo, não — respondeu Jameson, queimando ao meu lado.

— Você sabe o que esse colar significa para mim, Grayson — disse Eve, o punho cobrindo o medalhão. — Você sabe por que eu o uso. *Você sabe, Grayson.*

— *Não confie em ninguém* — eu disse, meu tom confrontando o dela. — Foi essa a mensagem do velho. Sua última mensagem, Gray. Porque, se Eve está aqui, Vincent Blake pode não estar muito longe.

Eve virou o corpo para o de Grayson, cada movimento um estudo de graça e fúria.

— Quem se importa com a mensagem final de Tobias Hawthorne? — perguntou, sua voz falhando no final da pergunta. — Ele não me queria, Grayson. Ele escolheu Avery. Eu *nunca* seria suficiente para ele. Você sabe como isso é, Gray. Melhor do que qualquer um... você sabe.

Eu o sentia deslizar por entre meus dedos, mas não podia parar de lutar.

— Você insistiu para perguntarmos a Skye sobre o selo — eu disse, encarando Eve. — Você anda procurando segredos profundos e sombrios da família Hawthorne. Você insistiu sem parar por respostas sobre o pai de Toby...

Uma única lágrima rolou pelo rosto de Eve.

— *Avery.*

Eu reconheci o tom de Grayson. Era o menino que tinha sido criado como herdeiro. O que não precisava sujar as mãos para colocar um adversário no lugar.

Eu voltei a ser sua inimiga, Gray?

— Eve não te fez nada — cortou a voz de Grayson, como um bisturi de cirurgião. — Mesmo que o que esteja dizendo sobre os pais de Toby seja verdade, Eve não tem culpa da família dela.

— Então a faça abrir o medalhão — eu disse, minha boca seca.

Eve andou na minha direção. Quando ela chegou a três passos de distância, Oren se mexeu.

— É perto o suficiente.

Sem dizer uma palavra para ele ou para qualquer um, Eve abriu o medalhão. Dentro dele havia a foto de uma menininha. *Eve,* eu percebi. Seu cabelo estava curto e torto, e o rosto, magro.

— Ninguém gostava dela — disse Eve. — Ninguém teria colocado uma foto dela em um medalhão.

Eve me olhou nos olhos e, embora parecesse vulnerável, eu pensei ter visto algo por baixo daquela vulnerabilidade.

— Então eu uso isso como um lembrete — continuou —: mesmo se ninguém mais me amar, eu posso. Mesmo que ninguém mais me ponha em primeiro lugar, *eu posso.*

Ela estava ali admitindo que se colocaria em primeiro lugar, mas era como se Grayson não conseguisse enxergar.

— Chega — ordenou ele. — Você não é assim, Avery.

— Talvez, Gray — respondeu Jameson —, você não a conheça tão bem quanto acha.

— Saiam! — trovejou a sra. Laughlin. — Saiam, todos vocês!

Nenhum de nós se mexeu, e a mulher estreitou os olhos.

— Essa é a minha casa. O sr. Hawthorne nos deu a ocupação vitalícia e gratuita.

A sra. Laughlin olhou para a filha, então para Eve, e finalmente se virou para mim.

— Você pode me despedir, mas não pode me despejar, e você *vai* sair da minha casa.

— Lottie — disse Oren, baixo.

— Nada de *Lottie,* John Oren — disse a sra. Laughlin, e o fuzilou com o olhar. — Leve sua garota, leve os meninos... e saia daqui.

Capítulo 64

— **Qual o seu** problema? — explodiu Grayson assim que saímos.

— Você ouviu uma palavra do que eu disse lá dentro? — perguntei, meu coração quebrando como vidro estilhaçado, pedacinho por pedacinho. — Você ouviu o que *ela* disse? Ela vai se colocar em primeiro lugar, Grayson. Ela *odeia* seu avô. Nós não somos a família dela. *Blake é.*

Grayson parou de andar na direção da suv. Ele ficou rígido, cuidando das abotoaduras da camisa e limpando uma poeira imaginária da lapela do terno.

— Claramente — disse ele, em tom quase régio —, eu me enganei quanto a você.

Senti como se ele tivesse jogado água fria no meu rosto. Como se tivesse me batido.

E então eu vi Grayson Hawthorne ir embora.

Um cara que acha que sabe de tudo, eu me ouvi dizer uma vida inteira atrás.

Uma garota de língua afiada.

Eu ouvia Grayson me dizer que eu tinha um rosto expressivo, dizer a Jameson que eu era uma deles, em latim para que eu não entendesse. Eu sentia Grayson corrigir minha pegada em uma espada, o via pegar meu broche Hawthorne antes que caísse no chão. Eu o via deslizar um diário encadernado à mão pela mesa de jantar.

— Oren pode colocar homens vigias no chalé — disse Jameson ao meu lado.

Ele sabia o quanto eu estava sofrendo, mas fez a gentileza de fingir que não.

— Se Eve for uma ameaça — continuou —, podemos contê-la.

Eu me virei para olhá-lo.

— Você sabe que isso não é por causa de Grayson e eu — falei, me forçando a esquecer a imagem de Grayson indo embora. — Me diga que você sabe disso, Jameson.

— Eu sei — respondeu ele — que eu te amo e que, por mais improvável que seja, você me ama.

O sorriso de Jameson estava menor, mas não menos torto do que o normal.

— Eu também sei que Gray é o melhor de nós dois — continuou. — Ele sempre foi. O filho melhor, o neto melhor, o Hawthorne melhor. Eu acho que é por isso que eu queria tanto que Emily me escolhesse. Pela primeira vez, eu queria ser o escolhido. Mas sempre foi ele, Herdeira. Eu era uma brincadeira para ela. Ela amava *ele*.

— Não — falei, e sacudi a cabeça. — Ela não amava. Não é assim que se trata as pessoas que se ama.

— *Você* não trata assim — respondeu Jameson. — Você é honrada, Avery Kylie Grambs. Quando você ficou comigo, ficou *comigo*. Você me ama, com as cicatrizes e tudo. Eu sei disso, Herdeira. Eu *sei*.

Ao dizer aquelas palavras, Jameson dizia a verdade. Ele acreditava nelas.

— É tão horrível — continuou — que eu queira ser um homem melhor para você?

Eu pensei na nossa briga.

— *Melhor* é ser meu amigo e meu parceiro e perceber que não pode tomar decisões por mim. *Melhor* é você fazer eu me ver como uma pessoa capaz de qualquer coisa. Eu saltaria de um avião com você, Jameson, faria snowboard na encosta de um vulcão com você, apostaria tudo que eu tenho em *você,* em nós, contra o mundo. Você não pode fugir e assumir riscos e esperar que eu fique para trás em uma gaiola de ouro que você criou. Não é isso que você é, e *não* é isso o que eu quero.

Eu não sabia como dizer aquilo de forma que ele realmente me ouvisse.

— Você — falei, me aproximando — sempre me tornou ousada. É você quem me tira da minha zona de conforto. Você não pode me empurrar de volta agora.

Jameson me olhou como se estivesse tentando memorizar cada detalhe do meu rosto.

— Eu esqueci Emily — disse ele. — Gray, não. E eu sei, no fundo da alma, que, se tivesse, ele poderia ter te amado. Ele teria amado. Com tudo que você é, Herdeira, que outra escolha ele teria?

— Sempre vai ser você — eu disse a Jameson.

Ele precisava ouvir aquilo. Eu precisava dizer, mesmo que *sempre* passasse por cima de tanta coisa.

Em resposta, Jameson me deu outro sorriso torto.

— É em momentos assim, Herdeira, que eu queria não ter me apaixonado por uma garota tão boa de blefe.

* * *

Jameson foi embora, como Grayson tinha feito.

— Vamos te levar de volta para a Casa — disse Oren.

Ele não ofereceu nenhum comentário a respeito do que tinha acabado de acontecer.

Eu não me permiti pensar em Jameson ou Grayson. Em vez disso, pensei no resto, no filho perdido de Vincent Blake, em *vingança* e nos jogos que Blake nunca ia parar de jogar comigo. As notícias nos tabloides, os *paparazzi*, agressões financeiras de todos os cantos, a tentativa de esburacar minha equipe de segurança, todo o tempo me provocando por estar com Toby.

Pistas e mais pistas.

Charadas e mais charadas.

Eu estava farta. Quando voltei para a Casa, fui pegar o celular que Blake tinha me mandado. Liguei para o único número dele que eu tinha e, como ele não atendeu, comecei a fazer outras ligações, do meu telefone verdadeiro — para todas as pessoas que tinham recebido um almejado convite para o camarote de proprietária do *meu* time de futebol americano, para cada jogador na sociedade texana que tinha tentado se aproximar de mim em um baile beneficente, para cada pessoa que queria meu investimento em uma *oportunidade financeira*.

Dinheiro atraía dinheiro. Poder atraía poder. E eu estava cansada de esperar pela próxima pista.

Levou algum tempo, mas encontrei alguém que tinha o celular de Vincent Blake e estava disposto a me dar sem fazer perguntas. Meu coração batia com a força de um soco no peito quando disquei o número.

Quando Blake atendeu, nem me dei ao trabalho de fingir.

— Eu sei de Eve. Eu sei do seu filho.

— Sabe?

Perguntas e charadas e jogos. *Chega*.

— O que você *quer*? — perguntei.

Eu me perguntei se ele conseguia ouvir minha raiva e cada grama de emoção enterrada por baixo.

Eu me perguntei se isso o fazia pensar que estava ganhando.

— O que eu quero, Avery Kylie Grambs? — disse Vincent Blake, que parecia estar achando graça. — Adivinhe.

— Eu cansei de adivinhar.

Silêncio me respondeu do outro lado da linha, mas ele ainda estava lá. Ele não desligou. E não seria eu quem ia quebrar o silêncio.

— Não é óbvio? — disse Blake, finalmente. — Eu quero a verdade que Tobias Hawthorne escondeu de mim durante todos esses anos. Eu quero saber o que aconteceu com meu filho. E eu quero que você, Avery Kylie Grambs, escave o passado e me traga o corpo dele.

Capítulo 65

Vincent Blake acreditava que o filho estava morto. Ele acreditava que o corpo estava *ali*. Pensei no selo da família Blake, no fato de que Toby o tinha roubado, na reação do pai quando ele tinha feito isso.

Você sabe o que deixei lá, Toby tinha escrito para minha mãe havia muito tempo. *Você sabe o que vale.* Um Toby adolescente tinha roubado o selo e deixado uma cópia de "Uma árvore de veneno", de William Blake, escondida para que o pai encontrasse.

— Ele queria que você soubesse que ele sabia a verdade.

Parecia de alguma maneira adequado me dirigir a Tobias Hawthorne. Era o legado dele.

Tudo aquilo.

— O que você fez — sussurrei — quando descobriu o filho de Vincent Blake na sua propriedade?

Quando percebera que um homem tinha vindo atrás dele por meio de uma menina de dezesseis anos. A menina podia ter se acreditado apaixonada, mas Tobias Hawthorne não teria visto assim. Will Blake tinha vinte e tantos anos. Mallory, só dezesseis.

E, diferente de Vincent Blake, Tobias Hawthorne não acreditava que *garotos eram assim mesmo*.

O que aconteceu com ele?, ouvi Eve perguntar. *Seu Liam*. E tudo que Mallory Laughlin dissera foi: *Liam foi embora*.

Por que ele foi embora?

Ele só foi.

Eu comecei a caminhar e acabei na antiga ala de Toby, lendo os versos de "Uma árvore de veneno" e o diário que Toby tinha mantido em tinta invisível nas paredes. Entendi a raiva do jovem Toby de uma forma que não entendia antes. *Ele sabia de alguma coisa*.

Sobre o pai.

Sobre o motivo pelo qual a adoção tinha sido mantida em segredo.

Sobre Will Blake e a decisão de esconder o único neto de um homem perigoso à vista de todos. Eu pensei no poema de Toby, o que tínhamos decifrado meses antes.

Mentiras, segredos,
têm meu desprezo.
Veneno é a árvore,
percebeu?
Envenenou S e Z e eu.
O tesouro conseguido
está no buraco mais escondido.
A luz revelará tudo
eu escrevi no...

— Muro — completei, como tinha feito antes.

Mas dessa vez meu cérebro estava vendo tudo por novas lentes. Se Toby sabia o que o selo era quando o roubara, ele sabia quem Will Blake era, quem Vincent Blake era. E se Toby sabia disso...

Do que mais sabia?

O tesouro conseguido

Está no buraco mais escondido.

Quando eu recitara o poema para Eve, ela tinha me perguntado *revelará o quê?*. Ela estava procurando respostas, provas. *Um corpo,* pensei. *Ou, sendo mais realista, a essa altura, ossos.* Mas Eve ainda não tinha encontrado nada. Se tivesse, Blake não teria dado a tarefa para mim.

Eu quero a verdade que Tobias Hawthorne escondeu de mim durante todos esses anos. Eu quero saber o que aconteceu com meu filho.

A Casa Hawthorne estava cheia de lugares escuros: compartimentos escondidos, passagens secretas, túneis enterrados. Talvez Toby só tivesse encontrado o selo. *Ou talvez tenha encontrado restos humanos.* Pensar nisso era horrível, porque parte de mim já suspeitava, lá no fundo, que era isso que estávamos procurando, antes mesmo de Vincent Blake me dizer.

O filho dele tinha ido para lá. Ele tinha ido atrás de uma criança sob a proteção de Tobias Hawthorne. Na *casa* dele.

Onde um homem como Tobias Hawthorne esconderia um corpo?

Oren tinha se livrado do corpo de Sheffield Grayson; de que forma, eu não tinha certeza. Mas o filho de Vincent Blake tinha desaparecido muito antes de Oren começar a trabalhar para o velho. Naquela época, a fortuna Hawthorne era nova e consideravelmente menor. Tobias Hawthorne provavelmente nem tinha segurança.

Naquela época, a Casa Hawthorne era só mais uma mansão.

Tobias Hawthorne acrescentava algo todo ano. A ideia grudou na minha mente; meu coração pulsou pelas veias.

E, de repente, eu soube por onde começar.

Peguei as plantas que o sr. Laughlin tinha me dado. Cada uma detalhava um acréscimo que Tobias Hawthorne tinha feito à Casa Hawthorne nas décadas desde que ela tinha sido construída. *A garagem. O spa. O cinema. A pista de boliche.* Desenrolei planta atrás de planta, projeto atrás de projeto. *A parede de escalada. A quadra de tênis.* Encontrei projetos de gazebo, cozinha externa, estufa e muito mais.

Pense, eu disse para mim mesma. Havia camadas de propósito em tudo que Tobias Hawthorne havia feito, tudo que tinha *construído.* Eu pensei no compartimento no fundo da piscina, nas passagens secretas da Casa, nos túneis por baixo da propriedade, em tudo aquilo.

Havia milhares de lugares onde Tobias Hawthorne podia ter escondido seu segredo mais profundo. Se eu encarasse aquilo aleatoriamente, não ia chegar a lugar nenhum. Precisava ser lógica. Sistemática.

Coloque as plantas em ordem cronológica, pensei.

Apenas algumas plantas tinham os anos marcados, mas cada conjunto mostrava como o acréscimo proposto seria integrado à Casa ou à propriedade em volta. Eu precisava encontrar a primeira planta, aquela em que a Casa estava em sua versão menor e mais simples, e partir daí.

Examinei página a página até encontrar: a Casa Hawthorne original. Devagar, com cuidado, arrumei o restante das plantas em ordem. Quando amanheceu, eu tinha terminado metade, mas já era suficiente. Com base nos poucos conjuntos que tinham datas, consegui calcular os anos do resto.

Eu tinha me concentrado na pergunta errada quando estava na ala de Toby. *Não onde Tobias Hawthorne teria escondido um corpo — quando?* Eu sabia o ano em que Toby tinha nascido, mas não o mês. Isso me permitiu separar dois conjuntos de projetos.

No ano anterior ao nascimento de Toby, Tobias Hawthorne tinha construído a estufa.

No ano do nascimento de Toby, tinha sido a capela.

Eu pensei em Jameson dizendo que seu avô tinha construído a capela para Nan gritar com Deus, e então pensei na resposta de Nan. *Aquele velho gagá ameaçou me construir um mausoléu no lugar.*

E se não tivesse sido uma ameaça? E se Tobias Hawthorne só tivesse decidido que era óbvio demais?

Onde um homem como Tobias Hawthorne esconderia um corpo?

Capítulo 66

Passando pelos arcos de pedra da capela, eu examinei o espaço: os bancos delicadamente esculpidos, os vitrais elaborados, um altar de mármore branco puro. Cedo assim, a luz entrava do leste, banhando todo o espaço nas cores dos vitrais. Eu estudei cada painel, procurando por algo.

Uma pista.

Nada. Passei pelos bancos. Eram só seis. O trabalho de carpintaria era cativante, mas, se escondia algum segredo — compartimentos disfarçados, um botão, instruções —, eu não consegui encontrá-lo.

Isso me deixou com o altar. Ele chegava até o meu peito e tinha um pouco mais de um metro e oitenta de comprimento e uns noventa centímetros de profundidade. Em cima do altar havia um candelabro, uma Bíblia dourada e brilhante, e uma cruz prateada. Examinei cuidadosamente cada item e então me ajoelhei para ler o texto gravado na frente do altar.

Uma citação. Passei os dedos pela inscrição e li em voz alta. *"Não atentando nós às coisas que se veem, mas às que não se veem; porque as que se veem são temporais, e as que não se veem são eternas."*

Soava bíblico. Era cedo para ligar para Max, então digitei a citação no celular e ele me deu um versículo da Bíblia: *2 Coríntios 4:18*.

Pensei em Blake usando outro versículo da Bíblia como combinação para a tranca. Quanto os jogos *dele* o jovem Tobias Hawthorne tinha jogado?

— Não atentando nós às coisas que se veem — eu disse em voz alta —, mas às que *não se veem*.

Encarei o altar. *O que não se vê?*

Eu me ajoelhei em frente ao altar e passei os dedos por ele: de cima para baixo, da esquerda para a direita, por cima e por baixo. Fui para trás do altar, onde encontrei um leve espaço entre o mármore e o chão. Eu me inclinei para olhar, mas não enxerguei nada, então enfiei os dedos no espaço.

Quase imediatamente, senti uma série de círculos em alto relevo. Meu primeiro instinto foi apertar um, mas eu não queria ser impulsiva, então continuei explorando até ter contado todos. Eram três fileiras de círculos em alto relevo, com seis em cada.

Dezoito, no total. *2 Coríntios 4:18*, pensei. Isso significava que eu precisava apertar quatro dos dezoito círculos? Se sim, quais quatro?

Frustrada, me levantei. Com Tobias Hawthorne, nada era fácil. Circulei o altar de novo, examinando o tamanho. O bilionário queria construir um mausoléu, mas não tinha feito isso. Tinha construído aquela capela, e eu não conseguia deixar de notar que, se o pedaço imenso de mármore fosse oco, teria espaço suficiente para um corpo.

Eu dou conta disso. Encarei o versículo inscrito no que desconfiava ser o túmulo de Will Blake.

— Não atentando nós às coisas que se veem — li em voz alta de novo —, mas às que não se veem; porque as que se veem são temporais e as que não se veem são eternas.

As que não se veem.

O que era fixar o olhar em algo que não se via? Eu não tinha como olhar os círculos em relevo. Eu não os via. Eu precisava senti-los. *Com meus dedos*, pensei, e de repente, em um momento, eu soube o que a inscrição significava — não no sentido bíblico, mas para Tobias Hawthorne.

Eu sabia exatamente como deveria ver o que não se via.

Peguei o celular e pesquisei como se escrevia números em braille. *Quatro. Um. Oito.*

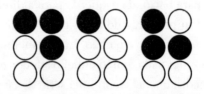

Eu me agachei de novo atrás do altar, deslizei os dedos por baixo do mármore e apertei apenas os círculos indicados. *Quatro. Um. Oito.*

Ouvi um estalo e olhei para a parte de cima do altar. Um pedaço do mármore tinha se separado do resto. *Destravado.*

Passei o candelabro, a Bíblia e a cruz para o chão. O pedaço que tinha se soltado devia ter uns cinco centímetros de grossura, e era pesado demais para eu mexer sozinha.

Olhei para Oren, que estava de guarda, como sempre.

— Preciso da sua ajuda — eu disse a ele.

Ele me olhou por um bom tempo antes de soltar um palavrão em voz baixa e ir me ajudar. Deslizamos a placa de mármore, e não foi preciso muito movimento para notar que meus instintos estavam certos. A parte de dentro do altar *era* oca. Havia um espaço grande suficiente para um corpo.

Mas não havia restos. Em vez disso, encontrei uma mortalha, um pano que poderia ter sido enrolado em um esqueleto ou cadáver. *Quando essa capela e esse altar foram terminados, teria sobrado algo além de ossos?* Eu não senti cheiro de morte. Ao me esticar para enfiar a mão e mover a mortalha, vi que o mármore dentro da cripta improvisada tinha sido vandalizado com uma letra familiar.

Toby.

Eu me perguntei quanto tempo ele tinha levado para entalhar, enraivecido, as sete palavras no mármore. Eu me perguntei se tinha sido ali que ele tinha encontrado o selo da família Blake. Eu me perguntei o que mais ele tinha encontrado ali.

EU SEI O QUE VOCÊ FEZ, PAI.

Essas eram as palavras que ele tinha deixado para trás, as palavras que Tobias Hawthorne teria encontrado se, depois da fuga de Toby, fosse conferir se seu segredo permanecia guardado.

E então eu vi uma última coisa no que um dia devia ter sido o túmulo de Will Blake.

Um pen-drive.

Capítulo 67

Fechei a mão em volta do pen-drive. Quando o puxei, minha mente já estava a mil. O pen-drive com certeza não estava no túmulo havia vinte anos. Ele parecia novo.

— Sabe, Avery, eu queria estar surpresa por você ter chegado aqui primeiro, mas não estou.

Eve. Virei a cabeça e a vi parada na porta da capela, embaixo de um arco de pedra.

— Algumas pessoas só têm mesmo esse toque mágico — continuou, suavemente, andando na minha direção, na direção do altar. — O que você encontrou aí?

Ela soava hesitante, vulnerável, mas, no segundo em que Oren entrou no caminho dela, a expressão em seu rosto piscou como uma lâmpada um segundo antes de queimar.

— Deveria haver restos mortais ali — disse Eve, com calma, calma *demais*. — Mas não tem, não é?

Ela inclinou a cabeça para o lado, o cabelo caindo em suaves ondas âmbar enquanto seu olhar desviava para o pen-drive na minha mão.

— Eu vou precisar que você me dê isso — falou.

— Você está doida? — perguntei.

Não notei o movimento das suas mãos até ser tarde demais.

Ela tem uma arma. Eve segurava a arma da forma como Nash tinha me ensinado a segurar a minha. *A arma dela está apontada direto pra mim.* O pensamento não devia ter sido registrado, mas eu tinha uma faca na minha bota. Eu tinha passado todo aquele tempo treinando. Então, quando meu corpo deveria estar entrando em pânico, uma calma sobrenatural se instalou em mim.

Oren puxou sua pistola.

— Baixe essa arma — ordenou.

Era como se Eve nem tivesse ouvido, como se a única pessoa que ela conseguisse ver ou ouvir fosse eu.

— Onde você arranjou uma arma? — falei, tentando ganhar tempo, examinar a situação. — De jeito nenhum você teria entrado na propriedade com isso naquela primeira manhã.

No momento em que falei, pensei em Eve fugindo no segundo em que "descobrira" o nome de Vincent Blake.

— Baixe a arma! — repetiu Oren. — Eu te garanto que eu consigo atirar antes de você, e eu nunca erro.

Eve deu um passo à frente, completa e lindamente destemida.

— Você vai mesmo deixar seu guarda-costas atirar em mim, Avery?

Aquela era outra Eve. As camadas de proteção, a vulnerabilidade, a emoção crua, tudo tinha desaparecido.

— Você ajudou Blake a sequestrar Toby, não foi? — falei, certeza passando por mim como uma onda de calor.

— Eu não teria precisado fazer isso — respondeu Eve, seu tom suave e duro — se Toby tivesse se aberto. Se tivesse concordado em me trazer aqui. *Mas ele se recusou.*

— Essa é a última vez que eu vou dizer para você baixar essa arma! — vociferou Oren.

— Eu ainda sou filha de Toby — disse Eve, adotando uma expressão familiar e espantada, mantendo a mão firme na arma. — E honestamente, Avery, como você acha que Gray vai se sentir se Oren atirar em mim? O que acha que vai acontecer se aquele menino lindo e perturbado entrar aqui e me encontrar sangrando no chão?

Quando ela mencionou Grayson, eu o procurei instintivamente, mas ele não estava lá. Com o corpo tremendo de raiva enterrada, me virei para Oren.

— Baixe a arma — eu disse a ele.

Meu chefe de segurança entrou diretamente na minha frente.

— Ela baixa primeiro.

Com uma expressão arrogante, Eve baixou sua arma. Oren pulou nela no mesmo instante, a derrubou e a conteve.

Eve olhou para mim do chão da capela e sorriu.

— Se quiser Toby de volta, eu quero o que você encontrou naquela tumba.

Ela chamou de tumba, e dissera mais cedo que deveria haver restos humanos ali. Eu me perguntei como ela tinha chegado àquela conclusão, e me lembrei de onde eu a tinha deixado, e com quem.

— Mallory.

— Ela admitiu que Liam não foi embora. Eu acredito que as palavras exatas dela tenham sido *"foi tanto sangue"* — disse Eve, olhando o altar. — Então cadê o corpo?

— Isso é realmente tudo que te importa? — perguntei a ela.

Desde o início, ela tinha me dito que só havia uma coisa que importava para ela. Eu estava começando a pensar que não era uma mentira, só que seu propósito único não tinha nada a ver com Toby.

Nunca tinha sido por causa de Toby.

— Me *importar* é uma receita para me machucar, e eu não deixo ninguém me machucar há um bom tempo.

Eve sorriu de novo, como se ela estivesse em vantagem, não presa no chão.

— Sendo justa, eu te avisei, Avery. Eu te disse que, se eu fosse você, também não confiaria em mim. Eu te disse que faria qualquer coisa, *qualquer coisa*, para conseguir o que quero. Eu te disse que *invisível* é a única coisa que eu nunca serei.

— E Toby — falei, encarando-a, a compreensão doentia vindo a mim — queria que você se escondesse.

— Blake me quer do lado dele — disse Eve, com zelo na voz. — Eu só preciso me provar primeiro.

— Você ainda não tem um dos selos, não é? — perguntei.

Eu pensei em Nan dizendo que Vincent Blake não dava a ninguém, nem mesmo à família dele, um passe livre.

— Eu vou conseguir um — disse Eve, a voz queimando com a fúria de um propósito. — Me dê esse pen-drive e talvez você também possa ter o que quer.

Ela fez uma pausa, então enfiou uma estaca bem no coração.

— *Toby.*

Eu odiava até ouvi-la dizer o nome dele.

— Como você pôde fazer isso? — falei, pensando na foto que Blake tinha mandado, nos hematomas no rosto dele, e então nas fotos de Toby e Eve na câmera dela. — Ele confiou em você.

— É fácil fazer as pessoas confiarem em você — comentou Eve suavemente — se você deixá-las te verem sangrar.

Eu pensei nos hematomas que ela tinha quando aparecera ali, e me perguntei se ela tinha *mandado* alguém bater nela.

— Você pode passar a vida toda tentando não sofrer — continuou Eve, a voz alta e clara —, mas fazer as pessoas sofrerem *por* você? Esse é o poder verdadeiro.

Pensei em Toby me dizendo que tinha duas filhas.

— Me dê o pen-drive — disse Eve de novo, os olhos ainda queimando —, e você nunca mais vai ter que me ver de novo, Avery. Eu vou conseguir meu selo e você pode ficar com esse lugar e esses meninos todos pra você. Todo mundo ganha.

Ela estava louca. Oren a estava contendo. Ela tinha vindo até mim *com uma arma*. Ela não estava em posição de negociar.

— Eu não vou te dar nada — eu disse.

Um movimento. Eu virei a cabeça na direção da porta da capela. Grayson estava ali, contra a luz, o olhar grudado em Oren, que ainda estava contendo Eve.

— Solte-a — ordenou Grayson.

— Ela é uma ameaça — disse Oren, seco. — Ela apontou uma arma para Avery. O único lugar onde vou *soltá-la* é bem longe de todos vocês.

— Grayson — falei, enjoada. — Não é o que parece...

— Me ajude — implorou Eve a ele. — Pegue o pen-drive que está com Avery. Não deixe tirarem isso de mim também.

Grayson a encarou por mais um momento, então caminhou lentamente na minha direção. Ele pegou o pen-drive da minha mão. Eu só fiquei parada. Sentindo como se meu corpo tivesse sido esvaziado, eu o vi se virar para Eve.

— Eu não posso te deixar ficar com isso — disse Grayson suavemente.

— Grayson... — dissemos eu e Eve ao mesmo tempo.

— Eu escutei.

Eve não se abalou.

— O que quer que você tenha escutado, você *sabe* que eu não sou a vilã aqui, Grayson. Seu avô... ele me devia mais que isso. Ele *te* devia mais que isso, e você e sua família não devem *nada* a Avery.

O olhar de Grayson encontrou o meu.

— Eu devo a ela mais do que ela imagina.

Uma represa se quebrou dentro de mim, e toda a dor que eu não tinha me deixado sentir me inundou, e com ela tudo mais que eu sentia, e já tinha sentido um dia, por Grayson Hawthorne.

— Você é tão ruim quanto seu avô era — tentou Eve. — Olhe para mim, Grayson. *Olhe para mim.*

Ele olhou.

— Se você deixar Oren me expulsar daqui ou chamar a polícia, se tentar me forçar a voltar para Vincent Blake de mãos abanando, eu te juro que eu vou encontrar um penhasco e me jogar.

Havia algo feroz, insano e selvagem na voz de Eve, algo que vendia totalmente a ameaça.

— O sangue de Emily está nas suas mãos — continuou ela. — Você quer o meu também?

Grayson a encarou. Eu o via reviver o momento em que tinha encontrado Emily. Eu via o efeito que a ameaça específica de Emily — um *penhasco* — tinha nele. Eu via Grayson Davenport Hawthorne se afogar, lutar em vão contra a corrente. E então eu o vi parar de lutar e deixar que as memórias, o luto e a verdade tomassem conta dele.

E então Grayson inspirou.

— Você já é uma menina crescida — disse a Eve. — Você faz suas próprias escolhas. O que quer que você faça depois que Oren te chutar daqui... é com você.

Eu me perguntei se ele estava falando sério. E se ele acreditava nisso.

— Essa é a sua chance — disse Eve, se debatendo nas mãos de Oren. — Isso é redenção, Grayson. Eu sou sua, e você poderia ser meu. É por sua culpa que Emily morreu. Você podia tê-la impedido...

Grayson deu um único passo na direção dela.

— Eu não devia ter precisado impedir — disse ele, e baixou os olhos para o pen-drive em sua mão. — E isso seria inútil para você.

— Não tem como você saber disso.

Eve era um bicho arisco, lutando contra Oren com toda sua força.

— Imaginando que esse pen-drive seja coisa do meu avô — disse Grayson —, você precisaria de um decodificador para qualquer arquivo fazer sentido. Um Hawthorne nunca deixa qualquer informação de valor desprotegida.

— Eu quebro a criptografia — disse Eve, sem se importar.

Grayson arqueou uma sobrancelha para ela.

— Não sem um segundo drive.

Um segundo drive.

— Você não pode fazer isso comigo, Grayson. Nós somos iguais, você e eu.

Havia algo na forma como Eve falava, algo na voz dela, que me fez pensar que ela acreditava mesmo naquilo.

Grayson nem piscou.

— Não somos mais.

Um instante depois, os seguranças de Oren entraram com tudo pela porta.

Oren se virou para mim.

— Como você quer lidar com isso, Avery?

Eve tinha apontado uma arma para mim. Aquilo, pelo menos, era um crime. Mentir para a gente não era. Nos manipular não era. Eu não podia provar mais nada. E ela não era o inimigo *de verdade*.

A ameaça de verdade.

— Faça seus homens tirarem Eve da propriedade — eu disse a Oren. — Nós vamos lidar diretamente com Vincent Blake daqui pra frente.

Eve não fez eles precisarem arrastá-la.

— Você não venceu — me disse ela. — Ele vai continuar vindo, e, mais cedo ou mais tarde, todos vocês vão pedir a Deus que isso tivesse acabado aqui.

Capítulo 68

Oren me deixou sozinha com Grayson na capela.

— Eu te devo desculpas.

Olhei nos olhos de Grayson Hawthorne, tão claros e penetrantes quanto da primeira vez que eu os tinha visto.

— Você não me deve nada — eu disse, não por compaixão, mas porque doía me permitir pensar em quanta coisa eu tinha esperado dele.

— Devo, sim.

Depois de um longo momento, Grayson desviou os olhos.

— Eu — falou, como se aquela única palavra lhe custasse tudo — tenho me castigado há muito tempo. Não só pela morte de Emily, mas por cada fraqueza, cada erro de cálculo, *cada...*

Ele parou, como se a garganta tivesse se fechado de repente em volta das palavras. Eu o vi forçar uma respiração ofegante.

— O que quer que eu fosse ou fizesse — continuou —, nunca era suficiente. O velho estava sempre ali, pedindo mais, melhor.

Uma vez cheguei a pensar que a confiança dele era impenetrável. Que ele era arrogante e incapaz de duvidar de si mesmo, completamente seguro do próprio poder.

— E então — disse Grayson — o velho se foi. E aí... você chegou.

— Grayson.

O nome dele ficou engasgado na minha garganta.

Grayson só olhou para mim, os olhos claros na sombra.

— Às vezes, a gente faz uma ideia de uma pessoa... de quem ela é, de como seríamos juntos. Mas às vezes é só isso: uma ideia. E há muito tempo eu tenho medo de amar a *ideia* de Emily mais do que eu seria capaz de amar qualquer pessoa de verdade.

Era uma confissão, uma condenação e uma maldição.

— Isso não é verdade, Grayson.

Ele me olhou como se o ato de fazer isso fosse doloroso e doce.

— Você nunca foi só uma ideia, Avery.

Eu tentei não sentir que o chão estivesse de repente se abrindo.

— Você *odiava* a ideia de mim.

— Mas não você — falou, as palavras igualmente doces, igualmente dolorosas. — Você, nunca.

Algo cedeu dentro de mim.

— Grayson.

— Eu sei — disse ele, rouco.

Eu sacudi a cabeça.

— Você ainda está tão convencido de que sabe de tudo.

— Eu sei que Jamie te ama.

Grayson me olhou como se olha para uma obra de arte em uma redoma, como se quisesse me tocar, mas não pudesse.

— E eu vi como você olha para ele — continuou —, como vocês dois são juntos. Você está apaixonada pelo meu irmão, Avery — disse, e hesitou. — Me diga que não está.

Eu não podia fazer isso. Ele sabia que eu não podia.

— Eu estou apaixonada pelo seu irmão — falei, porque era verdade.

Jameson era parte de mim, parte de quem eu tinha passado o último ano me tornando. Eu tinha mudado. Se não tivesse, talvez as coisas pudessem ter sido diferentes, mas não havia como voltar atrás.

Eu era quem eu era *por causa* de Jameson. Eu não tinha mentido ao dizer a ele que não queria que ele fosse mais ninguém.

Então por que aquilo era tão difícil?

— Eu queria que Eve fosse diferente — disse Grayson. — Eu queria que ela fosse você.

— Não diga isso — sussurrei.

Ele me olhou uma última vez.

— Há muitas coisas que nunca direi.

Ele estava se preparando para ir embora, e eu precisava deixá-lo, mas não conseguia.

— Me prometa que não vai embora de novo — pedi a Grayson. — Você pode voltar pra Harvard. Pode ir aonde quiser, fazer o que quiser... só prometa que não vai nos afastar de novo.

Eu levei a mão ao meu broche Hawthorne. Eu sabia que ele tinha um igual. Eu sabia, mas tirei o meu e o coloquei nele de qualquer forma.

— *Est unus ex nobis.* Você disse isso para Jameson uma vez, lembra? *Ela é uma de nós.* Bem, vale para você também, Gray.

Grayson fechou os olhos, e eu fui tomada pela sensação de que nunca esqueceria a imagem dele parado ali, sob a luz dos vitrais. Sem armadura. Sem fingimentos. Cru.

— *Scio* — disse Grayson.

Eu sei.

Baixei os olhos para o pen-drive na mão dele.

— Eu tenho o outro — falei. — É o objeto que ainda não usamos na bolsa de couro, lembra?

Grayson abriu os olhos. Ele saiu da luz.

— Você vai chamar meus irmãos? — perguntou. — Ou eu chamo?

Capítulo 69

Xander conectou o primeiro pen-drive no computador, arrastou o arquivo de áudio para o desktop e então removeu o drive e o trocou pelo que estava na tumba. Ele arrastou o segundo arquivo para o desktop também.

— Toque o primeiro — instruiu Jameson.

Xander tocou. Uma fala distorcida e incompreensível preencheu o ar, uma rajada de ruído branco.

— E o segundo? — perguntou Nash.

Desde que eu o conhecera, ele resistia a dançar a música do velho. Mas ele estava ali. Estava se envolvendo.

O único arquivo no segundo pen-drive também era de áudio. Estava tão bagunçado quanto o primeiro.

— O que acontece se você tocar os dois juntos? — perguntei.

Grayson tinha dito que, para um arquivo fazer sentido, seria preciso um decodificador. Isolados, os arquivos não eram nada além de barulho. Mas, com os dois pen-drives, os dois arquivos...

Xander abriu um aplicativo de edição de áudio e jogou nele os arquivos. Ele os alinhou, então clicou em uma sequência de botões que os fez tocar.

Combinados, o resultado não era chiado.

"Olá, Avery", disse uma voz masculina, e eu senti a mudança no ar, *neles*. "Eu e você não nos conhecemos. Imagino que você tenha pensado bastante nisso."

Tobias Hawthorne. Na única vez em que o tinha encontrado, eu tinha seis anos de idade. Mas ele era onipresente naquele lugar. A Casa Hawthorne era marcada por ele. Cada quarto. Cada detalhe.

Os meninos também.

"Toda grande vida deve ter pelo menos um grande mistério, Avery. Eu não vou pedir desculpas por ser o seu." Tobias Hawthorne era um homem que não se desculpava por muita coisa. "Se você passou noites e madrugadas em claro se perguntando 'por que eu?'... Bem, minha cara, você não é a única. O que é a condição humana, se não *por que eu*?"

Eu sentia a mudança em cada um dos irmãos Hawthorne ao ouvir as palavras de Tobias Hawthorne, a cadência de sua fala.

"Quando jovem, eu me acreditava destinado à grandeza. Eu lutei por isso, eu *pensei* meu caminho até o topo, eu trapaceei, eu menti, eu fiz o mundo se curvar a minha vontade." Houve uma pausa, e então: "Eu dei sorte. Agora, posso admitir isso. Estou morrendo, e não é lentamente. *Por que eu?* Por que esse corpo está cedendo? Por que estou sentado em um palácio que eu mesmo construí, se existem outros por aí com mentes como a minha? Eu dei sorte. Lugar certo, hora certa, ideias certas, mente certa." Ele respirou audivelmente. "Se ao menos fosse só isso."

A APOSTA FINAL 339

"Se você estiver ouvindo esta mensagem, então a situação ficou tão difícil quanto eu supus. Eve está aí, e certos acontecimentos te levaram a encontrar a tumba que um dia abrigou o maior segredo dessa família. Quanto, eu me pergunto, você descobriu sozinha, Avery?"

Toda vez que ele dizia meu nome, sentia como se ele estivesse ali, naquele cômodo. Que ele me via. Que estava me observando desde o momento em que eu passara pela grandiosa entrada da Casa Hawthorne.

"Porém", continuou ele, um tipo estranho de sorriso na voz, "você não está sozinha, está? Olá, meninos."

Eu senti Jameson se mexer, o braço encostando no meu.

"Se vocês de fato estiverem aí com Avery, então pelo menos uma coisa aconteceu como eu pretendia. Vocês sabem muito bem que ela não é sua inimiga. Talvez, se eu tiver escolhido tão bem quanto acho que escolhi, ela tenha alcançado um lugar dentro de vocês que eu nunca alcançaria. Devo ousar dizer que ela remendou vocês?"

— Desligue — disse Nash, mas nenhum de nós lhe deu ouvidos.

Eu nem sei se ele estava falando sério.

"Eu espero que tenham gostado do jogo que deixei para vocês. Se sua mãe e tia encontraram e jogaram os delas, não sei dizer. A probabilidade que eu calculei sugere que é incerto, e é por isso, Xander, que eu te deixei a sua tarefa. Confio que você tenha procurado por Toby. E Avery, eu acredito, do fundo do meu coração, que Toby tenha te encontrado."

Cada palavra que o homem falecido dizia tornava toda a situação muito mais assustadora. Quanto do que tinha acontecido desde sua morte ele tinha previsto? Não só previsto, mas planejado, nos empurrando como peões?

"Se vocês estiverem escutando isso, é alta a probabilidade de Vincent Blake ter se revelado uma ameaça clara e presente. Eu esperava durar mais que esse patife. Por anos, ele e eu mantivemos uma espécie de armistício. De início, se considerava magnânimo por ter me liberado. Mais tarde, quando começou a se ressentir da minha crescente fortuna, meu poder, meu status... bem, essas coisas o mantiveram sob controle. *Eu* o mantive sob controle."

Houve outra pausa, que pareceu mais afiada, ensaiada.

"Mas, agora que eu me fui e Blake sabe o que eu desconfio que saibam, Deus acuda todos vocês. E se Eve estiver aí, se Blake souber ou até mesmo suspeitar o que eu escondi dele durante todos esses anos, então ele está a caminho. Atrás da fortuna. Atrás do meu legado. Atrás de você, Avery Kylie Grambs. E por isso, sim, eu peço desculpas."

Eu pensei na carta que Tobias Hawthorne tinha me deixado. A única explicação que eu tinha recebido no início. *Sinto muito.*

"Mas melhor você do que eles." Tobias Hawthorne parou. "Sim, Avery. Eu realmente sou babaca a esse ponto. Eu pintei um alvo na sua testa. Mesmo que a verdade emergisse, eu vi a probabilidade. Quando eu não estivesse mais aí para mantê-lo sob controle, Blake iria avançar de qualquer forma. *Temporada de caça,* ele chamaria: jogar o jogo, destruir todos os oponentes, tomar o que é meu. E é por isso, minha cara, que tudo agora é *seu*."

Eu sabia que eu era uma ferramenta. Eu sabia que ele tinha me escolhido para me usar. Mas eu não tinha percebido, não tinha sequer desconfiado, que Tobias Hawthorne tinha me escolhido como herdeira porque eu era descartável.

"Eu conheci sua mãe, você sabe." O bilionário não parou. Ele nunca parava. "Uma vez, quando acreditei que ela era meramente uma garçonete, e outra vez, depois de deduzir que ela era Hannah Rooney, o grande amor do meu único filho. Pensei em usá-la para encontrar Toby. Eu tentei — insisti, ameacei, subornei, manipulei. E você sabe o que sua mãe me disse, Avery? Ela me disse que sabia quem Vincent Blake era, o que tinha acontecido com o filho dele e onde Toby tinha escondido o selo da família Blake, e que, se eu chegasse perto dela, ou de você, ela derrubaria todo o castelo de cartas."

Eu tentei imaginar minha mãe ameaçando um homem como Tobias Hawthorne.

"Você sabia do selo?", perguntou Tobias, seu tom quase casual. "Você sabia do segredo mais sombrio dessa família? Eu acho que não, mas sou um homem que criou um império sempre, *sempre,* questionando minhas próprias premissas. Minha especialidade são contingências. Então aqui estamos, Avery Kylie Grambs. A menininha com o nome engraçado. Uma chave mestra para tantas fechaduras."

"Eu tive seis semanas do meu diagnóstico até agora. Mais duas, acho, até meu leito de morte. Tempo suficiente para encaixar as últimas peças no lugar. Tempo suficiente para organizar um último jogo com muitas, muitas camadas. *Por que você,* Avery? Para atrair os meninos uma última vez? Para legar a eles um mistério digno dos Hawthorne, o quebra-cabeça de uma vida? Para uni-los através de você? *Sim.*" Ele disse a palavra *sim* como um homem que se deliciava em dizê-la. "Para tirar Toby das sombras? Para fazer na morte o que não fui capaz de fazer na vida, e forçá-lo a voltar ao tabuleiro? *Sim.*"

O som do meu próprio corpo de repente me atordoou. Os batimentos do coração. Cada respiração que eu de alguma maneira conseguia dar. O ruído do sangue nos ouvidos.

"E", continuou Tobias Hawthorne, com um ar de determinação, "para minha enorme vergonha, para atrair o foco e a atenção de Blake, e a atenção e o foco de todos os meus inimigos, que sem dúvida são muitos, para você."

Sim. Ele não disse dessa vez, mas eu pensei, e então pensei em Nan me dizendo que era eu quem estava tocando o piano, e que homens como Vincent Blake quebrariam todos os meus dedos se pudessem.

"Chamemos de distração", disse o bilionário morto. "Eu precisava de alguém para atrair o fogo, e quem melhor do que a filha de Hannah Rooney, dada a remota chance de ela *ter* te contado meu segredo? Você dificilmente teria razão para revelá-lo quando o dinheiro fosse seu."

Armadilhas atrás de armadilhas e charadas atrás de charadas. As palavras que Jameson tinha me dito muito tempo antes voltaram para mim, seguidas por algo que Xander tinha dito. *Mesmo que você achasse que tinha manipulado nosso avô para conseguir isso, eu garanto que foi ele quem manipulou você.*

"Mas tome isso como consolo, minha aposta muito arriscada: eu te observei. Eu te conheci. Enquanto você atrai o fogo para longe daqueles que eu mais amo, saiba que eu acredito que existe ao menos uma fagulha de chance de que você sobreviva aos golpes que vai levar. Você pode ser testada pelo fogo, mas não precisa queimar."

"Se você estiver ouvindo isso, Blake está a caminho." O tom de Tobias Hawthorne estava mais intenso. "Ele vai te encurralar. Ele vai te esmagar. Ele não terá piedade. Mas ele também vai te subestimar. Você é jovem. Você é mulher. Você não é ninguém. *Use isso*. Meu maior adversário, e agora o seu, é um homem de honra. Vença-o, e ele honrará a vitória."

Algo no tom de Tobias Hawthorne fez com que as palavras soassem não só como um conselho, mas também como um *adeus*.

"Meus meninos." Hawthorne soava como se estivesse sorrindo de novo, um sorriso torto como o de Jameson, duro como o de Grayson. "Se vocês estiverem de fato escutando isso, me julguem o quão duramente quiserem. Eu fiz meus pactos com muitos diabos. Acreditem que falhei. Me odeiem, se precisarem. Deixem que sua raiva acenda uma chama que o mundo nunca vai apagar."

"Nash. Grayson. Jameson. Xander." Ele disse os nomes deles, um por vez. "Vocês foram a argila e eu fui o escultor, e foi a alegria e a honra da minha vida tornar vocês homens melhores do que eu jamais serei. Homens que podem amaldiçoar o meu nome, mas que nunca vão esquecê-lo."

Minha mão encontrou a de Jameson e ele a segurou como se sua vida dependesse disso.

"Preparar, meninos", Tobias Hawthorne disse na gravação. "Apontar. *Já*."

Capítulo 70

Silêncio nunca tinha soado tão alto. Eu nunca tinha visto os irmãos Hawthorne tão quietos — todos eles, como se tivessem sido injetados com veneno paralisante. Por maior que eu tivesse achado o impacto de escutar a verdade da boca de Tobias Hawthorne, ele não era uma influência fundamental da *minha* vida.

Eu me forcei a falar, porque eles não conseguiam.

— Bem que vocês sempre disseram que o velho gostava de matar dez coelhos com uma cajadada só.

Jameson levantou o rosto e me olhou, então soltou uma risada rouca e dolorida.

— Doze.

Doze coelhos com uma cajadada. Eu tinha sido avisada. A partir do momento em que recebera um molho com cem chaves, até antes, eu tinha sido avisada por cada um dos irmãos Hawthorne.

Armadilhas atrás de armadilhas. E charadas atrás de charadas.

Mesmo que você achasse que tinha manipulado nosso avô para conseguir isso, eu te garanto que foi ele quem manipulou você.

Nessa família, nós destruímos tudo que tocamos.

Você não é uma jogadora, menina. Você é a bailarina de vidro... ou a faca.

E então havia a mensagem que o próprio Tobias Hawthorne me deixara, lá no início: *sinto muito.*

— Nós fizemos exatamente o que ele achou que faríamos. — Xander acordou e começou a se mexer, gestos ferozes, peso nos calcanhares. — Todos nós. Desde o início.

— Aquele filho da puta — disse Nash, com um longo assovio, então se apoiou na parede. — Quão perigoso achamos que Vincent Blake é?

A pergunta soava casual e calma, mas dava para imaginar Nash enfrentando um touro enfurecido com exatamente a mesma expressão.

— Perigoso a ponto de precisar de uma isca. — A calma de Grayson era de um tipo diferente da de Nash, gelada e controlada. — Nós estamos lidando com uma família cuja fortuna, embora significativamente menor, é muito mais antiga do que a nossa. Não é possível saber que pessoas ou instituições Blake controla.

— O velho tirou nós quatro do tabuleiro — disse Jameson, com um palavrão. — Ele nos criou para lutar, mas nunca quis essa luta para a gente.

Eu pensei em Skye dizendo que o pai dela nunca a tinha considerado uma jogadora no grande jogo, então na carta que Tobias Hawthorne tinha deixado para as filhas. Havia uma parte em que ele dizia que nenhum deles veria a fortuna dele. *Há coisas que fiz das quais não me orgulho, legados que vocês não deveriam ter que carregar.*

A verdade tinha estado ali, bem na nossa frente, havia meses. Tobias Hawthorne tinha me deixado sua fortuna para que, no caso de seus inimigos atacarem depois da sua morte, eles *me* atacassem. Ele tinha escolhido seu alvo com cuidado, me posto como engrenagem de uma máquina complicada.

Doze coelhos, uma cajadada.

Se você estiver ouvindo isso, Blake está a caminho. Ele vai te encurralar. Ele vai te esmagar. Ele não terá piedade. Eu sentia algo endurecer dentro de mim. Tobias Hawthorne não tinha previsto exatamente *como* Vincent Blake viria atrás de mim. Hawthorne não sabia que Toby seria pego na trama de Blake, mas sabia muito bem do que o homem era capaz. E seu único consolo para mim tinha sido que ele achava que eu tinha uma *fagulha* de chance de sobreviver.

Eu queria detestar Tobias Hawthorne, ou ao menos julgá-lo, mas tudo em que conseguia pensar eram as palavras que ele tinha me deixado. *Você pode ser testada pelo fogo, mas não precisa queimar.*

— Aonde você vai? — gritou Jameson atrás de mim.

Eu não olhei para trás, não conseguia me fazer olhar para nenhum deles.

— Fazer uma ligação.

Vincent Blake atendeu no quinto toque, por si só uma demonstração de poder.

— Que coisinha pretensiosa você é, não?

Você é jovem. Você é mulher. Você não é ninguém. Use isso.

— Eve foi embora — falei, afastando qualquer sinal de emoção do meu tom. — Você não tem mais um infiltrado.

— Você parece muito segura disso, Avery Kylie Grambs.

Blake estava achando graça, como se minha tentativa de jogar o jogo dele não fosse nada além disso, de um divertimento.

Ele quer que eu acredite que ele tem mais alguém dentro da Casa Hawthorne. Ficar em silêncio um momento a mais que fosse seria visto como sinal de fraqueza, então eu falei:

— Você quer a verdade sobre o que aconteceu com seu filho. Você quer que os restos mortais dele sejam encontrados e devolvidos a você.

Minha respiração queria ficar curta, mas eu blefava melhor do que isso.

— O que, além de Toby, você vai me dar se eu te entregar o que você quer? — perguntei.

Eu não sabia onde estava o que restasse de William Blake. Mas só é possível jogar com as cartas que recebemos. Blake pensava que eu tinha algo que ele queria. Sem Eve, eu podia ser a única maneira que ele tinha de conseguir.

Eu precisava de uma vantagem. Precisava de barganha. Talvez fosse aquilo.

— O que eu vou te dar?

O divertimento de Blake se converteu em algo mais profundo, mais perverso.

— O que, além de Toby, eu tenho que você quer? — continuou. — Fico muito feliz por você ter perguntado.

A ligação caiu. Ele tinha desligado na minha cara. Encarei o celular.

Um momento depois, Oren entrou na minha visão periférica.

— Tem um mensageiro no portão.

Capítulo 71

Não fazia sentido interrogar a pessoa que tinha entregado o pacote. Nós sabíamos de quem era. Nós sabíamos o que ele queria.

— Tudo bem? — perguntou Libby quando um dos seguranças de Oren apareceu no hall com o pacote.

Eu sacudi a cabeça em negativa. *O que quer que isso seja, definitivamente não está tudo bem.*

Oren completou o exame de segurança inicial, então passou os conteúdos e o pacote para mim: uma caixa de presente grande o suficiente para conter um suéter; dentro dela, treze envelopes de tamanho padrão para cartas; dentro de cada envelope, um retângulo de plástico fino e transparente impresso com um desenho abstrato em preto e branco. Olhar para cada uma das folhas sozinhas era como fazer aqueles testes com manchas de tinta.

— Empilhe — sugeriu Jameson.

Eu não sabia quando ele tinha chegado, mas não estava sozinho. Os quatro irmãos Hawthorne me cercaram. Libby ficou para trás, mas só um pouco.

Coloquei uma folha em cima da outra, os desenhos se combinando para formar uma única imagem, mas não era tão fácil. Claro que não era. Havia quatro direções para cada folha, *para cima ou para baixo, frente ou verso.*

Eu senti as folhas com a ponta dos dedos, localizando o lado em que a tinta havia sido impressa. Na velocidade da luz, comecei a combinar as folhas pelo canto inferior esquerdo, usando as imagens para me guiar.

Um, dois, três, quatro, não, essa está errada. Eu continuei, uma folha em cima da outra, em cima de mais outra, até uma imagem emergir. Uma fotografia em preto e branco.

Na foto, Alisa Ortega deitada em um chão de terra, a cabeça caída de lado, os olhos fechados.

— Ela está viva — disse Jameson ao meu lado. — Desmaiada. Mas não parece...

Morta, eu terminei por ele. *O que eu tenho que você quer?* Eu conseguia ouvir Vincent Blake dizendo. *Fico muito feliz por você ter perguntado.*

— Li-Li — disse Nash, que dessa vez não soou calmo.

Eu engoli em seco.

— Existe alguma chance de ela fazer parte disso? — perguntei, me odiando por sequer dar vida à pergunta, por deixar Blake me afetar tanto.

— *Nenhuma* — disse Nash, cuspindo cada palavra com uma ferocidade quase inumana.

Eu olhei para Jameson e Grayson.

— Seu avô disse *não confie em ninguém,* não apenas *não confie nela.* Ele pelo menos considerou a possiblidade de Blake infiltrar mais alguém no meu círculo.

Eu olhei de volta para o corpo aparentemente inconsciente de Alisa.

— E nesse momento Alisa e o escritório dela têm muito a perder se eu não concordar com um fundo — continuei.

O poder por trás da fortuna. A capacidade de mover montanhas e fazer homens.

— Você pode confiar em Alisa — disse Nash, áspero. — Ela é fiel ao velho, sempre foi.

Libby se aproximou e levou uma das mãos às suas costas, e ele virou a cabeça para olhá-la.

— Não é o que você está pensando, Lib. Eu não gosto dela assim, mas não é só porque as coisas não dão certo com uma pessoa que ela deixa de ser importante.

— Ninguém nunca deixa de ser importante — disse Libby, como se as palavras fossem uma revelação — para você.

— Nash está certo. De jeito nenhum Alisa é parte disso — disse Jameson. — Vincent Blake a sequestrou, como sequestrou Toby.

Porque ela trabalha para mim.

— Esse babaca não pode fazer isso — xingou Grayson, com uma intensidade poderosa que eu não via nele havia meses. — Vamos *destruí-lo*.

Vocês não podem. Era por isso que Tobias Hawthorne os tinha deserdado, por isso que ele tinha atraído o foco de Blake para mim e para as pessoas de quem eu gostava. Oren tinha dado um guarda-costas para Max. Tinha trazido Thea e Rebecca para a Casa. Tinha fechado todos os acessos a pessoas que Blake poderia usar para me afetar, mas Alisa não estava sob vigilância.

Ela estava por aí, jogando seus próprios jogos.

Com as mãos trêmulas, eu liguei para ela. De novo. E de novo. Ela não atendia.

— Alisa sempre atende — falei em voz alta, e me forcei a olhar para Oren. — *Agora* podemos chamar a polícia?

Toby era um homem morto. Não podíamos denunciar o desaparecimento de um morto. Mas Alisa estava bem viva, e tínhamos a foto para provar que algo tinha acontecido.

— Blake teria alguém, talvez vários alguéns, no alto escalão de todas as delegacias locais.

— E eu não tenho? — perguntei.

— Você tinha — disse Oren, no passado, e me lembrei do que ele tinha dito a respeito da onda de transferências recentes.

— E o FBI? — perguntei. — Eu não estou nem aí para o caso não ser federal. Tobias Hawthorne tinha gente, e essa gente agora é minha. Né?

Ninguém respondeu, porque, por mais gente que Tobias Hawthorne tivesse no bolso, eu não tinha ninguém. Não sem Alisa nos bastidores.

Xeque. Quase dava para ver o tabuleiro, as peças em movimento, a jogada de Vincent Blake para me encurralar.

— Li-Li não iria querer que chamássemos as autoridades.

Nash parecia estar com dificuldades para recuperar a voz. Ela saiu em um ruído lento e profundo.

— A ótica — falou.

— Você não se importa com a ótica — eu disse a ele.

Nash tirou o chapéu de caubói, seus olhos sombrios.

— Eu me importo com muitas coisas, menina.

— O que precisamos fazer — perguntou Libby, feroz — para recuperar Alisa?

Fui eu quem respondi à pergunta.

— Encontrar um corpo, ou o que sobrou dele depois de quarenta anos.

Nash estreitou os olhos.

— É melhor isso ser uma bela de uma explicação.

Capítulo 72

Assim que eu terminei de explicar, Nash saiu andando, a expressão sugerindo que aquilo era um mau sinal. Libby foi com ele. Pensando no próximo passo, perguntei a Xander onde Rebecca e Thea estavam.

— No chalé — disse Xander, com solenidade rara. — Bex estava ignorando os telefonemas da mãe, mas aí a avó dela ligou, depois que Eve...

Depois que Eve arrancou a verdade de Mallory, completei em silêncio. Forçando minha mente a se concentrar naquela verdade e no que ela significava para nós, levei os meninos ao meu quarto e mostrei as plantas a eles.

— Estão em ordem cronológica — eu disse. — Eu usei a cronologia para encontrar a reforma feita logo que Toby foi concebido: a capela. O altar era feito de uma pedra oca.

Engoli em seco.

— Uma tumba — continuei. — Mas não encontrei um corpo lá, só o pen-drive, que seu avô deve ter escondido pouco antes de morrer, e uma mensagem entalhada na pedra por Toby faz tempo.

— Não que você precise de outro apelido — comentou Xander —, mas gosto de *Sherlock*. O que a mensagem dizia?

Olhei para além de Xander, para Jameson e... Grayson não estava ali. Eu não sabia bem quando o tínhamos perdido. Não me deixei pensar no porquê.

— *Eu sei o que você fez, pai* — respondi à pergunta de Xander. — Interpretei que em algum momento depois de Toby descobrir que era adotado e antes de fugir aos dezenove anos...

— Ele descobriu sobre *Liam* — completou Jameson.

Eu pensei em todas as mensagens que Toby tinha deixado para o pai: "Uma árvore de veneno" escondido embaixo de um azulejo no chão; um poema composto em código em um livro de direito; as palavras dentro do altar.

O altar vazio.

— Toby encontrou o corpo — falei em voz alta, tornando a ideia concreta. — Provavelmente eram ossos, àquela altura. Ele roubou o selo, mudou os restos mortais de lugar, deixou uma série de mensagens para o velho e então saiu em uma jornada autodestrutiva pelo país, que terminou com o incêndio na Ilha Hawthorne.

Eu pensei em Toby, na sua colisão com a minha mãe e nas formas que o amor deles poderia ter sido diferente se Toby não tivesse sido destruído pelos segredos horríveis que carregava.

O verdadeiro legado Hawthorne.

Eu entendia finalmente por que Toby estava tão determinado a ficar longe da Casa Hawthorne. Eu compreendia por que ele tinha querido proteger minha mãe — sua *Hannah, igual para a frente e para trás* — e mais tarde, quando ela morreu e eu já tinha sido envolvida nessa bagunça, por que ele tinha precisado ao menos tentar proteger *Eve* de tudo que vinha junto da fortuna Hawthorne.

Da verdade por trás da árvore de veneno. De Blake.

— *O tesouro conseguido* — falei em voz alta, encarando as plantas — *está no buraco mais escondido...*

— Os túneis?

Jameson estava atrás de mim, logo atrás. Eu senti a sugestão dele tanto quanto ouvi.

— É possível — falei, e então puxei quatro outros conjuntos de plantas. — As outras são essas, os acréscimos feitos na Casa Hawthorne na época em que Toby deve ter descoberto e movido os restos. Ele pode ter se aproveitado da construção de alguma forma.

Toby tinha dezesseis anos quando descobrira que era adotado, dezenove quando deixara a Casa Hawthorne para sempre. Eu imaginei equipes escavando o terreno para cada acréscimo. *O tesouro conseguido está no buraco mais escondido...*

— Esse aqui — disse Jameson com urgência, se ajoelhando sobre as plantas. — Herdeira, olhe.

Eu vi o que ele tinha visto.

— O labirinto.

Jameson e eu fomos para o labirinto. Xander foi buscar reforços.

— Começamos do lado de fora e vamos entrando? — me perguntou Jameson. — Ou vamos para o centro do labirinto e espiralamos para fora?

Parecia certo, de alguma forma, sermos só nós dois. Jameson Winchester Hawthorne e eu.

As cercas-vivas tinham cerca de dois metros e meio de altura e o labirinto cobria uma área quase tão grande quanto a Casa. Levaria dias para procurarmos por tudo. Talvez semanas. Talvez mais. Onde quer que Toby tivesse escondido o corpo, seu pai não tinha encontrado, ou tinha escolhido não arriscar mudá-lo de lugar.

Eu imaginei homens plantando as cercas-vivas.

Imaginei um Toby de dezenove anos, no meio da noite, de alguma maneira dando um jeito de esconder os ossos do homem responsável por metade do seu DNA.

— Começamos no centro — eu disse a Jameson, a voz ecoando no espaço a nossa volta — e espiralamos para fora.

Eu conhecia o caminho que nos levaria ao coração do labirinto. Eu tinha estado lá antes, mais de uma vez — com Grayson.

— Eu imagino que você não saiba aonde ele foi, ou sabe, Herdeira?

Jameson tinha um jeito de fazer toda pergunta parecer um pouco maliciosa e um pouco afiada, mas eu sabia, *eu sabia,* o que estava realmente perguntando.

O que estava sempre tentando não perguntar a si mesmo quando se tratava de Grayson e eu.

— Eu não sei onde Grayson está — eu disse a Jameson, e então virei à esquerda, sentindo a garganta apertar. — Mas eu sei que ele vai ficar bem. Ele confrontou Eve. Acho que ele finalmente deixou Emily para trás, finalmente se perdoou por ser humano.

Vire à direita. À esquerda. Esquerda de novo. Em frente. Já estávamos quase no centro.

— E agora que Gray está bem — disse Jameson, bem atrás de mim —, agora que é tão deliciosamente *humano* e pronto para esquecer Emily...

Cheguei ao centro do labirinto e me virei para encarar Jameson.

— Não termine essa pergunta.

Eu sabia o que ele ia perguntar. Eu sabia que ele não estava errado em perguntar. Ainda assim, doía. E o único jeito de fazê-lo parar de perguntar, a ele mesmo, a mim, a Grayson, era se eu desse a ele a verdade completa e sem disfarces.

A verdade em que eu não tinha me deixado pensar com muita frequência nem muita clareza.

— Você estava certo quando disse que eu estava blefando — falei. — Eu não posso dizer que sempre teria sido só você.

Ele passou por mim, até o compartimento escondido no chão onde os Hawthorne guardavam as espadas. Eu escutei ele abrir o compartimento, o escutei procurar.

Porque Jameson Winchester Hawthorne estava sempre à procura de algo. Ele não conseguia parar. Nunca ia parar.

E eu também não queria parar.

— Eu não posso dizer que sempre teria sido você, Jameson, porque não acredito em destino nem predestinação... eu acredito em escolha.

Eu me ajoelhei ao lado dele e deixei meus dedos explorarem o compartimento.

— Você me escolheu, Jameson, e eu escolhi me abrir para você, para todas as possibilidades de *nós dois*, de uma forma que eu nunca tinha me aberto para ninguém.

Max tinha me dito uma vez para me imaginar parada em um penhasco, olhando o oceano. Era onde eu me sentia, porque o amor não era só uma escolha, e sim dezenas, centenas, milhares de escolhas.

Todo dia era uma escolha.

Eu passei pelo compartimento com as espadas, tateando o chão no centro do labirinto, procurando, ainda procurando.

— Deixar você entrar — eu disse a Jameson, nós dois ajoelhados a passos de distância —, nos tornar *nós dois*... isso me mudou. Você me ensinou a *querer*.

A querer as coisas.

A querer *ele*.

— Você me tornou faminta — eu disse a Jameson — por tudo. Eu agora quero o mundo.

Olhei nos olhos dele de uma forma que o *desafiava* a desviar o olhar.

— E eu quero com você.

Jameson se aproximou bem quando meus dedos encontraram alguma coisa enterrada na grama, enfiada no solo.

Um objeto pequeno, redondo e metálico. *Não é o selo da família Blake. Só uma moeda. Mas o tamanho, a forma...*

Jameson levou as mãos para o meu rosto. Seu polegar roçou de leve meus lábios. E eu disse as duas palavras que com certeza pegariam a fagulha nos olhos dele e a transformariam em fogo.

— Cave aqui.

Capítulo 73

Meus braços estavam doendo quando o solo finalmente cedeu, revelando uma câmara subterrânea — parte dos túneis, mas uma parte que eu nunca tinha visto.

Antes que eu pudesse dizer uma palavra, Jameson saltou para a escuridão.

Eu desci com mais cuidado e aterrissei ao lado dele, agachada. Então me levantei, acendendo a lanterna do celular. A sala era pequena, e estava vazia.

Nenhum corpo.

Examinei as paredes e vi uma tocha. Prendendo os dedos em volta dela, tentei puxá-la da parede, sem sucesso. Deixei meus dedos explorarem a argola de metal que mantinha a tocha no lugar.

— Tem uma trava aqui — eu disse. — Ou algo assim. Eu acho que roda.

Jameson colocou a mão em cima da minha e, juntos, giramos a tocha para o lado. Houve um som de arranhão, então um sibilo, e a tocha pegou fogo.

Jameson não soltou, e nem eu.

Puxamos a tocha acesa da argola e, quando as chamas se aproximaram da superfície da parede, iluminaram palavras na caligrafia de Toby.

— Eu nunca fui um Hawthorne — eu li em voz alta.

Jameson deixou a mão cair, até eu ser a única segurando a tocha. Lentamente, circulei o perímetro da sala. A chama revelou palavras em todas as paredes.

Eu nunca fui um Hawthorne.

Eu nunca serei um Blake.

Então o que isso me torna?

Li a mensagem na última parede e meu coração apertou.

Cúmplice.

— Tente o chão — me disse Jameson.

Eu baixei a tocha, tomando cuidado com o fogo, e uma última mensagem se iluminou. *Tente de novo, pai.*

O corpo não estava ali.

Nunca estivera ali.

Uma luz veio de cima. *Sr. Laughlin.* Ele nos ajudou a sair da sala, em silêncio o tempo todo, sua expressão absolutamente ilegível, até o momento em que eu tentei me afastar do centro e voltar ao labirinto, quando ele parou bem na minha frente.

Me bloqueando.

— Eu fiquei sabendo de Alisa.

A voz do caseiro era sempre áspera, mas a dor visível em seus olhos era nova.

— O tipo de homem que sequestra uma mulher... não é nem um homem.

Ele fez uma pausa.

— Nash me procurou — disse ele, hesitante. — Ele me pediu ajuda, e aquele menino nem deixava a gente ajudar ele a amarrar os sapatos quando era pequeno.

— O senhor sabe onde estão os restos mortais de Will Blake — eu disse, dando voz ao que tinha entendido. — É por isso que Nash o procurou e pediu sua ajuda.

O sr. Laughlin se forçou a me olhar.

— É melhor deixar algumas coisas enterradas.

Eu não ia aceitar aquilo. *Não podia.* A raiva serpenteou por mim, queimando nas minhas veias. Raiva de Vincent Blake, Tobias Hawthorne e desse homem que deveria trabalhar para mim, mas sempre colocaria a família Hawthorne em primeiro lugar.

— Eu vou botar isso tudo abaixo — jurei.

Algumas situações exigiam um bisturi, mas aquela? *Traga as serras elétricas.*

— Eu vou contratar operários para desmontar esse labirinto. Eu vou trazer cachorros farejadores. Eu vou queimar tudo para ter Alisa de volta.

O corpo do sr. Laughlin tremia.

— Você não tem o direito.

— Vô.

Ele se virou e Rebecca apareceu. Thea e Xander a seguiam, mas o sr. Laughlin mal os notou.

— Isso não está certo — disse ele a Rebecca. — Eu prometi para mim mesmo, para sua mãe, para o sr. Hawthorne.

Se eu tinha alguma dúvida de que o caseiro sabia onde o corpo estava, aquela afirmação a apagou.

— Vincent Blake sequestrou Toby também — eu disse. — Não só Alisa. O senhor não quer seu neto de volta?

— Nem ouse falar do meu neto para mim — disse o sr. Laughlin, ofegante.

Rebecca colocou uma mão tranquilizadora no braço dele.

— Não foi o sr. Hawthorne quem matou Liam — disse ela, baixo. — Foi?

O sr. Laughlin estremeceu.

— Volte para o chalé, Rebecca.

— *Não*.

— Você era uma menina tão boazinha — resmungou o sr. Laughlin.

— Eu me diminuía.

O aço de Rebecca era de um tipo sutil.

— Mas aqui, com você, eu não precisava fazer isso — continuou. — Eu vivia para as poucas semanas que passávamos aqui todo verão. Eu te ajudava. Lembra? Eu gostava de trabalhar com as mãos, de sujá-las.

Ela sacudiu a cabeça.

— Eu nunca podia me sujar em casa — falou.

Quando Emily era nova e sua saúde, vulnerável, a casa de Rebecca provavelmente era toda asséptica.

— Por favor, volte para o chalé.

O tom e os maneirismos do sr. Laughlin combinavam perfeitamente com os da neta: um aço quieto e discreto. Até aquele momento, eu nunca tinha visto a semelhança entre os dois.

— Thea, leve ela de volta.

— Eu amava trabalhar com você — disse Rebecca ao avô, o sol batendo em seu cabelo vermelho-rubi. — Mas tinha uma parte do labirinto que você sempre insistiu em tratar sozinho.

Senti o estômago revirar. *Rebecca sabe onde cavar.*

— Emily parecia a sua mãe — disse sr. Laughlin, rouco. — Mas você tem a mente dela, Rebecca. Ela era brilhante. Ainda é.

Ele engasgou com as duas palavras seguintes:

— *Minha menininha.*

— Não foi o sr. Hawthorne quem matou o filho de Vincent Blake — disse Rebecca, suavemente. — Foi?

Não houve resposta.

— Eve se foi. Mamãe ficou louca quando não conseguiu encontrá-la. Ela disse...

— O que quer que sua mãe tenha dito — interrompeu o sr. Laughlin, duro —, pode esquecer, Rebecca.

Ele olhou dela para o horizonte.

— É assim que isso funciona. Todos nós fizemos a tarefa de esquecer.

Por mais de quarenta anos, o segredo ia apodrecendo. Tinha afetado todos eles: duas famílias, três gerações, uma árvore de veneno.

— Sua filha só tinha dezesseis anos — comecei com o que eu sabia. — Will Blake era um homem feito. Ele apareceu aqui para se provar.

— Ele usou sua filha — disse Xander, assumindo por mim — para vigiar o nosso avô.

— Will usou e manipulou sua filha de dezesseis anos. Ele a engravidou — continuou Jameson, indo direto ao cerne da questão.

— Eu dei minha vida para a família Hawthorne. Eu não devo isso para nenhum de vocês.

A voz do sr. Laughlin não era só dura. Estava vibrando de fúria.

Eu sentia por ele. De verdade. Mas aquilo não era teoria. Não era um jogo. Podia muito bem ser questão de vida ou morte.

— Nos mostre a parte do labirinto onde ele não te deixava trabalhar — pedi a Rebecca.

Ela deu um passo e o sr. Laughlin a agarrou pelo braço. Com força.

— Solte-a — disse Thea, erguendo a voz.

Rebecca olhou nos olhos de Thea só por um momento, então se virou de volta para o avô.

— Minha mãe está perturbada. Ela começou a tagarelar. Me contou que Liam ficou com raiva quando descobriu do bebê. Ele ia deixá-la, então ela roubou uma coisa da Casa, do escritório do sr. Hawthorne. Ela disse a Liam que ela tinha algo que ele podia usar contra Tobias Hawthorne, só para ele encontrar com ela de novo. Mas, quando ele veio, quando ela foi entregar o que tinha pegado, não estava na bolsa dela.

Eu os imaginei em algum lugar isolado. No bosque Blackwood, talvez.

— Tobias.

Primeiro, isso foi tudo que o sr. Laughlin conseguiu dizer, o nome do bilionário morto.

— Ele os estava espionando — continuou. — Ele seguiu Mal naquele dia. Ele não sabia por que ela tinha roubado dele, mas estava decidido a descobrir.

— O que ele descobriu — concluiu Jameson — foi o filho adulto de Vincent Blake se aproveitando de uma menina adolescente sob a proteção dele.

Eu pensei no motivo para Tobias Hawthorne ter se voltado contra Blake, para começar. *Garotos são assim mesmo.*

— O babaquinha do Liam ficou com raiva quando Mal não pôde lhe dar o que tinha prometido. Ele ficou frio, disse a ela que ela não era nada. Quando se virou para ir embora, ela tentou impedi-lo, e aquele monstro ergueu a mão para minha menininha.

Eu tive a sensação muito forte de que, se Will Blake se levantasse dos mortos naquele minuto, o sr. Laughlin o colocaria a sete palmos do chão de novo.

— No segundo em que Liam ficou agressivo, o sr. Hawthorne saiu de onde estava escondido para fazer algumas ameaças bem diretas. Mal tinha dezesseis anos. Havia leis.

O sr. Laughlin suspirou, um som rouco e feio.

— O homem devia ter saído correndo como o rato que era, mas Mal... ela não queria que Liam fosse embora. Ela o ameaçou também, disse que ia contar ao pai dele sobre o bebê.

— Will precisava da aprovação do pai para manter o selo — falei, pensando na *rédea curta* com que Vincent Blake mantinha a família. — Mais do que isso, se ele tinha vindo até aqui para se provar para Blake, para impressioná-lo... a ideia de fazer o oposto?

Eu engoli em seco.

— Liam se descontrolou e avançou nela. Mal... ela revidou — disse o sr. Laughlin, fechando os olhos. — Eu cheguei bem quando o sr. Hawthorne estava tirando o homem de cima da minha filha. Ele controlou o babaca, prendeu os braços dele atrás das costas e então...

O sr. Laughlin se forçou a abrir os olhos e olhou para Rebecca.

— Então minha menininha pegou um tijolo. Ela foi pra cima dele, rápido demais para que eu a impedisse. E não só uma vez... ela bateu nele várias e várias vezes.

— Foi legítima defesa — disse Jameson.

O sr. Laughlin baixou os olhos, então se forçou a me olhar, como se precisasse que eu, entre todo mundo ali, compreendesse.

— Não foi, não.

Eu me perguntei quantas vezes Mallory tinha batido em seu Liam antes que a contivessem. Eu me perguntei *se* a tinham contido.

— Eu a controlei — disse o sr. Laughlin, com a voz pesada. — Ela não parava de dizer que achara que ele a amava. Ela achava...

Não havia lágrimas nos olhos dele, mas um soluço escapou de seu peito.

— O sr. Hawthorne me disse para ir embora. Ele me disse para pegar Mal e tirá-la de lá.

— Liam estava morto? — perguntei, minha boca quase dolorosamente seca.

Não havia um pingo de remorso no rosto do caseiro.

— Ainda não.

Will Blake estava respirando quando o sr. Laughlin o deixara sozinho com Tobias Hawthorne.

— Sua filha tinha acabado de atacar o filho de Vincent Blake — disse Jameson, criado para descobrir verdades escondidas, para transformar tudo em um quebra-cabeça e resolvê-lo. — Naquela época, nossa família não era rica ou poderosa o suficiente para protegê-la. Ainda não.

— Você sabe o que aconteceu depois que você saiu? — perguntou Rebecca depois de um silêncio longo e doloroso.

— Pelo que entendi, ele precisava de cuidado médico — disse o sr. Laughlin, e olhou para nós, um de cada vez. — Pena que não foi atendido.

Eu imaginei Tobias Hawthorne parado ali, vendo um homem morrer. Deixando-o morrer.

— E depois? — perguntou Xander, estranhamente quieto.

— Eu nunca perguntei — disse o sr. Laughlin, rígido. — E o sr. Hawthorne nunca me disse.

Minha mente correu pelos anos, por tudo que sabíamos.

— Mas quando Toby moveu o corpo... — comecei a dizer.

O sr. Laughlin fixou o olhar de volta no horizonte.

— Eu sabia que ele tinha enterrado alguma coisa. Quando Toby fugiu e o sr. Hawthorne começou a fazer perguntas, eu entendi bem rápido o que era.

E nunca disse nada, eu pensei.

— Mostre a eles o lugar, se precisar, Rebecca — disse o sr. Laughlin, e tirou suavemente o cabelo da neta da frente do rosto dela. — Mas se Vincent Blake perguntar o que aconteceu, você vai proteger a sua mãe. Você vai dizer a ele que fui eu.

Capítulo 74

Nós encontramos os restos mortais.

Eu puxei o celular, pronta para ligar para Blake, mas, antes de completar a ação, ele tocou. Olhei para a identificação de chamada e parei de respirar.

— Alisa? — perguntei, e forcei meus pulmões a funcionarem de novo. — Você...

— Vai matar Grayson Hawthorne? — disse Alisa, calma.

— Vou. Vou, sim.

Só de ouvir a voz dela — e a completa normalidade do seu tom —, uma onda de alívio passou por mim. Era como se eu estivesse carregando peso e pressão em excesso em cada célula do meu corpo, e de repente a tensão toda se dissipasse.

Só então processei *o que* Alisa tinha dito.

— Grayson? — repeti, meu coração parando.

— É por isso que Blake me liberou. Foi uma troca.

Eu devia ter entendido quando ele não viera com a gente encontrar o corpo. *Grayson Hawthorne e seus grandes gestos.*

Frustração, medo e algo quase dolorosamente vulnerável ameaçavam trazer lágrimas aos meus olhos.

— Seu irmão está brincando de cordeiro do sacrifício — eu disse a Jameson, tentando deixar que a primeira emoção silenciasse o resto.

Xander ouviu minha afirmação tensa e Nash apareceu atrás dele.

— Alisa? — disse ele.

— Ela está bem — relatei.

E dessa vez vamos cuidar dela.

— Oren, você pode pedir para alguém trazê-la para cá? — pedi.

Oren acenou brevemente com a cabeça, e a expressão nos olhos dele traía quão feliz estava por ela estar bem.

— Me dê o telefone e eu coordeno um ponto de busca.

Eu passei o celular para ele.

— Isso não muda nada — disse Jameson. — Blake ainda está em vantagem.

Ele estava com *Grayson*. Havia uma simetria aterrorizante naquilo. Tobias Hawthorne tinha roubado o neto de Vincent Blake; então Vincent Blake tinha roubado o de Tobias Hawthorne.

Ele tem Toby. Ele tem Grayson. E eu tenho os restos mortais do filho dele. Tudo que eu precisava fazer era dar a Vincent Blake o que ele queria, e aquilo tudo terminaria.

Ou pelo menos era o que Blake queria que eu acreditasse.

Mas a mensagem final de Tobias Hawthorne não tinha só me alertado que Blake viria atrás da verdade, de provas. Não, Tobias Hawthorne tinha me dito que Blake viria atrás de mim, que ele me encurralaria, me esmagaria e não teria piedade. Tobias Hawthorne esperava um ataque completo a seu império. Supondo que ele havia previsto corretamente, Vincent Blake não queria só a verdade.

Ele está a caminho. Atrás da fortuna. Atrás do meu legado. Atrás de você, Avery Kylie Grambs.

Mas Tobias Hawthorne — o homem manipulador e maquiavélico que era — também achava que eu tinha uma fagulha de chance. Eu só precisava ser mais esperta que Blake.

Tome isso como consolo, minha aposta muito arriscada: eu te observei. Eu te conheci. As palavras correram pelo meu corpo como sangue, meu coração batendo em um ritmo brutal e sem descanso. Tobias Hawthorne acreditava que Blake iria me subestimar.

No telefone, ele tinha me chamado de *menininha*.

O que eu podia deduzir daquilo? *Que ele espera que eu reaja, não aja. Que acha que eu nunca vou olhar para a frente.*

Eu me forcei a parar, a desacelerar, a pensar. A minha volta, os outros estavam brigando aos gritos por causa do nosso próximo passo. Eu ignorei o som da voz de Jameson, de Nash, de Xander, de Oren, de todo mundo. E, por fim, voltei para o gambito da rainha. Eu pensei em como exigia ceder controle do tabuleiro. Exigia uma perda.

E funcionava melhor quando o oponente pensava que era um erro de principiante, em vez de estratégia.

Um plano tomou forma na minha mente. Ele se calcificou. E eu fiz uma ligação.

Capítulo 75

— **O que você** acabou de fazer?

Jameson me olhou como tinha olhado na noite em que me dissera que eu era o último quebra-cabeça do avô dele, como se, depois de tanto tempo, ainda houvesse coisas em mim, coisas de que eu era capaz, que podiam surpreendê-lo.

Como se quisesse conhecê-las todas.

— Eu liguei para as autoridades e denunciei que restos mortais foram encontrados na Casa Hawthorne.

Isso provavelmente era óbvio, se eles tinham escutado. O que Jameson estava perguntando era o *porquê*.

— Longe de mim dizer o óbvio — se intrometeu Thea —, mas o objetivo de desenterrar *isso aí* não era fazer a troca?

Eu sentia Jameson me analisar, seu cérebro passando pelas possibilidades do meu.

— Eu tenho outra ligação para fazer — eu disse.

— Para Blake? — perguntou Rebecca.

— Não — respondeu Jameson por mim.

— Não tenho tempo de explicar — falei para todos eles.

— Você está jogando com ele.

Jameson não colocou isso como uma pergunta.

— Blake disse para levar o corpo para ele, e o corpo será, sim, devolvido a ele. Em algum momento. E, quando isso acontecer, eu não terei violado nenhuma lei.

Era mais fácil pensar naquilo como uma partida de xadrez. Tentar ver os movimentos do meu oponente antes que ele os fizesse. Criar iscas para os movimentos que eu queria, bloquear ataques antes que acontecessem.

Xander arregalou os olhos.

— Você acha que, se tivesse levado os restos para ele, ele teria usado a ilegalidade disso contra você?

— Eu não posso me dar ao luxo de dar a ele mais munição.

— Porque, claro, isso tudo gira em torno de você.

A voz de Thea estava perigosamente agradável, o que nunca era um bom sinal.

— Thea — disse Rebecca, baixo. — Deixa pra lá.

— Não. Essa é sua *família*, Bex. E, por mais que você tente, por mais raiva que consiga sentir... sempre vai ser importante para você — disse Thea, e ergueu uma mão para o rosto de Rebecca. — Eu te vi lá com a sua mãe.

Rebecca parecia querer se perder nos olhos de Thea, mas não se permitiu.

— Eu sempre pensei que havia algo de errado comigo — disse ela, sua voz falhando. — Emily era tudo para minha mãe, e eu era uma sombra, e pensei que o problema fosse *eu*.

— Mas agora você sabe — disse Thea suavemente — que nunca foi você.

O trauma de Mallory era o trauma de Rebecca, provavelmente o de Emily também.

— Eu cansei de viver nas sombras, Thea — disse Rebecca, e se virou para mim. — Traga a luz. Conte a verdade pro mundo. Faça isso.

Não era exatamente meu plano. Havia uma jogada que me permitiria proteger as pessoas que precisavam ser protegidas. Uma sequência, se eu conseguisse executá-la.

Se Blake não a antecipasse.

Denunciar o corpo era só o primeiro passo. O segundo passo era controlar a narrativa.

— Avery — Landon atendeu o telefone no terceiro toque. — Me corrija caso eu esteja errada, mas nosso relacionamento profissional terminou algum tempo atrás.

Eu tinha contratado outros representantes de relações públicas e consultores de mídia desde então, mas, para o que eu estava planejando, eu precisava da melhor.

— Eu preciso falar com você sobre um corpo morto e a história do século.

Silêncio, o suficiente para eu me perguntar se ela tinha desligado na minha cara. Então Landon ofereceu duas palavras, o sotaque britânico seco.

— Estou ouvindo.

Joguei Tobias Hawthorne embaixo do ônibus. Completamente e sem piedade. Homens mortos não podiam ser seletivos a respeito de suas reputações, e isso valia duas vezes para homens mortos que tinham me usado como ele fizera.

Tobias Hawthorne tinha matado um homem quarenta anos antes, e encoberto o assassinato. Era a história que eu estava contando, e era uma história e tanto.

— Aonde você vai? — gritou Jameson atrás de mim quando eu encerrei a chamada com Landon.

— Ao cofre — respondi. — Preciso de uma coisa antes de ir confrontar Vincent Blake.

Jameson correu para me alcançar. Ele passou por mim, então se virou assim que eu dei um passo que deixou seu corpo perto demais do meu.

— E o que você precisa do cofre? — perguntou Jameson.

— Se eu te contar — eu disse —, você vai tentar me trancar de novo?

Jameson ergueu a mão até minha nuca.

— É arriscado?

Eu não desviei o olhar.

— Muito.

— Que bom.

Com os olhos verdes intensos, ele deixou o polegar traçar o contorno do meu queixo.

— Para vencer Blake, vai precisar ser — falou.

Algumas palavras eram só palavras, e outras eram como fogo. Eu o senti se acender dentro de mim, se espalhar, arder como qualquer beijo. *Estamos de volta.*

— E quando você vencê-lo — continuou Jameson —, porque você *vai* vencê-lo...

Nenhuma sensação no mundo era igual a ser *vista* por Jameson Hawthorne.

— Eu vou precisar de um anagrama para a palavra *tudo* — declarou.

Capítulo 76

Depois do cofre, eu cheguei até o hall antes do caos cair em cima de mim na forma de uma Alisa Ortega furiosa.

— O que você fez?

— Bem-vinda de volta — disse Oren secamente para ela.

— O que eu precisava fazer — respondi.

Alisa inspirou fundo, supostamente tentando se acalmar.

— Você não esperou eu chegar aqui porque *sabia* que eu te diria que falar com a polícia era má ideia.

— Você teria me dito que chamar a polícia por causa de *Blake* era má ideia — respondi. — Então não a chamei por causa disso.

— A polícia local chegou ao portão — me informou Oren. — Considerando as circunstâncias, meus funcionários não podem impedir a entrada. Suspeito que agentes especiais não estejam longe.

Alisa massageou as têmporas.

— Eu posso resolver isso.

— Não é problema seu — eu disse a ela.

— Você não tem ideia do que está fazendo.

— Não — eu respondi, encarando-a. — *Você* não tem ideia do que eu estou fazendo. É diferente.

Eu não tinha tempo nem vontade de explicar tudo para ela. Landon tinha me prometido duas horas de vantagem, mas só. Qualquer demora além disso e nós poderíamos perder a oportunidade de controlar a narrativa.

Se eu esperasse demais, Vincent Blake teria muito tempo para se reorganizar.

— Eu fico feliz por você estar bem — eu disse a Alisa. — Você fez muita coisa por mim desde que o testamento foi lido. Eu sei disso. Mas a verdade é que a fortuna de Tobias Hawthorne vai estar nas minhas mãos logo mais.

Eu não gostava de jogar assim, mas eu não tinha escolha.

— A única pergunta que você precisa se fazer é se você ainda quer ter um emprego quando isso acontecer — declarei.

Nem eu sabia bem se estava blefando. De jeito nenhum eu daria conta daquilo sozinha, e, mesmo que tivesse duvidado dela, eu confiava em Alisa mais do que confiaria em qualquer outra pessoa que eu pudesse contratar. Por outro lado, ela tinha o hábito de me tratar como criança, a mesma criança deslumbrada e atordoada que nunca tinha tido dois centavos que eu era ao chegar.

Para enfrentar Vincent Blake, eu precisava crescer.

— Você vai afundar sem mim — me disse Alisa. — E levar um império com você.

— Então não me force a fazer isso sem você — respondi.

Fixando seu olhar em mim com uma precisão quase assustadora, Alisa acenou de leve com a cabeça. Oren pigarreou.

Eu me virei para ele.

— Essa é a parte em que você começa a falar de silver tape?

Ele arqueou uma sobrancelha para mim.

— Essa é a parte em que você ameaça meu emprego?

No dia em que o testamento de Tobias Hawthorne tinha sido lido, eu tentara dizer a Oren que eu não precisava de segurança. Ele respondera calmamente que eu precisaria de segurança pelo resto da vida. Nunca tinha sido uma questão de *se* ele iria me proteger.

— Isso não é só um emprego para você — eu disse a Oren, porque sentia que devia isso a ele. — Nunca foi.

Ele tinha me dito meses antes que devia a vida a Tobias Hawthorne. O velho tinha dado um propósito a Oren, arrastado-o para longe de um lugar muito escuro. Seu último pedido para meu chefe de segurança tinha sido que Oren me protegesse.

— Eu achei que ele tinha feito um gesto nobre — disse Oren, baixo — ao me pedir para cuidar de você.

Oren era minha sombra constante. Ele tinha escutado a mensagem de Tobias Hawthorne. Ele sabia qual era o meu propósito, e isso certamente tinha colocado o dele sob uma nova luz.

— Seu chefe te pediu para cuidar da minha segurança. Cuidar de mim... — falei, e minha voz falhou. — Isso foi você.

Oren me deu o menor dos sorrisos, então se permitiu voltar ao modo guarda-costas.

— Qual o plano, chefe?

Eu peguei o selo da família Blake do bolso.

— Isso — falei, o deixando cair na palma da mão, e fechei os dedos. — Nós vamos para o rancho de Blake. Eu vou usar isso para passar pelos portões. E eu vou sozinha.

— Eu tenho a obrigação profissional de dizer que não gosto desse plano.

Eu olhei com simpatia para Oren.

— Você gostaria mais se eu te disser que vou dar uma coletiva de imprensa bem na frente dos portões dele para que o mundo todo saiba que estou lá dentro?

Vincent Blake não podia me tocar com os *paparazzi* de olho.

— Você vai acabar com isso, Oren? — disse Nash, que claramente tinha ouvido nossa conversa, caminhando na nossa direção. — Porque, se não for, faço eu.

Como se tivesse sido arrastado pelo caos, Xander escolheu aquele momento para aparecer também.

— Isso não é da sua conta — eu disse a Nash.

— Boa tentativa, menina.

O tom de Nash nunca anunciava que a patente dele era maior que a sua, mas, por mais casual que fosse sua fala, ficava sempre cem por cento claro quando era uma carteirada.

— Isso não vai rolar — declarou.

Nash não ligava para eu ter dezoito anos, ser dona da Casa, não ser irmã dele de verdade ou lutar pra caramba se ele tentasse me impedir.

— Você não pode proteger nós quatro para sempre — falei.

— Eu posso muito bem tentar. Você não quer me testar nessa, querida.

Olhei para Jameson, que conhecia bem os riscos de *testar* Nash. Jameson olhou nos meus olhos e então olhou para Xander.

— Leopardo voador? — murmurou Jameson.

— Suricato escondido! — respondeu Xander, e, um instante depois, eles caíram em cima de Nash em uma tática aérea sincronizada muito impressionante.

Numa briga de um para um, Nash venceria qualquer um deles. Mas era mais difícil ter vantagem com um irmão pendurado no tronco e outro prendendo os pés e as pernas.

— Melhor irmos — eu disse a Oren.

Nash era uma tempestade de palavrões atrás de nós. Xander começou a declamar uma riminha fraternal.

— Oren — berrou Nash.

Meu chefe de segurança sequer deu sinal da graça que talvez estivesse achando.

— Desculpa, Nash. Eu não sou burro de me meter no meio de uma briga Hawthorne.

— Alisa... — Nash começou a dizer, mas me intrometi.

— Eu quero você comigo — eu disse para minha advogada. — Você vai esperar com Oren, do lado de fora.

Nash deve ter sentido o cheiro da derrota, porque parou de tentar desalojar Xander dos pés.

— Menina? — gritou. — É bom você jogar sujo.

Capítulo 77

O rancho de Vincent Blake ficava duas horas e meia para o norte e ocupava quilômetros da divisa entre o Texas e Oklahoma. Pegar o helicóptero diminuiu nosso tempo de viagem para quarenta e cinco minutos, mais o trânsito no solo. Landon tinha feito sua parte, então a imprensa chegou logo depois de mim.

— No dia de hoje — eu disse a eles em um discurso que tinha ensaiado —, os restos mortais de um homem que acreditamos ser William Blake foram encontrados na propriedade Hawthorne.

Eu me ative ao roteiro. Landon tinha planejado perfeitamente o momento de vazar a informação — a história que ela tinha plantado já tinha sido publicada, mas era a filmagem do que eu estava dizendo que a definiria. Eu entreguei a história: William Blake tinha agredido fisicamente uma mulher menor de idade, e Tobias Hawthorne tinha intervindo para protegê-la. As autoridades estavam investigando, mas, com base no que nós mesmos conseguimos descobrir, esperávamos que a autópsia revelasse que Blake morrera de trauma na cabeça.

Tobias Hawthorne tinha administrado os golpes.

A última parte podia não ser verdade, mas era chamativa. Era *uma história*. E eu estava ali para prestar meus pêsames à família do falecido, em meu nome e no dos Hawthorne restantes.

Eu não respondi perguntas. Em vez disso, me virei e andei até a entrada da propriedade de Vincent Blake. Eu sabia, porque tinha pesquisado, que o Rancho Legado tinha mais de cem mil hectares, mais de mil quilômetros quadrados.

Eu parei embaixo de um enorme arco de tijolos, parte de um muro igualmente enorme. O arco era grande o suficiente para um ônibus passar por baixo. Quando me aproximei, uma caminhonete preta correu na minha direção, vinda de dentro do complexo, por uma estrada de terra.

Atrás daquele muro havia mais de trinta mil hectares de área cultivada, mais de mil poços de petróleo produtivos, a maior coleção particular de cavalos quarto de milha do mundo e um número realmente impressionante de cabeças de gado.

E em algum lugar atrás daquele muro, em todos aqueles hectares, havia uma casa.

— Você está prestes a invadir uma propriedade privada.

Os homens que saíram da caminhonete preta estavam vestidos de trabalhadores da fazenda, mas se moviam como soldados.

Torcendo para não ter errado — porque, se eu tivesse errado, o mundo todo veria o erro —, eu respondi:

— Mesmo se eu tiver um desses?

Abri os dedos só o suficiente para que vissem o selo.

Menos de um minuto depois, eu estava na cabine da caminhonete, correndo na direção do desconhecido.

Foram dez minutos inteiros antes da casa aparecer. O motorista, que definitivamente estava armado, não tinha dito uma palavra para mim.

Baixei os olhos para o selo na minha mão.

— Você não perguntou onde eu o consegui.

Ele não desviou os olhos da estrada.

— Quando alguém tem um desses, a gente não pergunta.

Se a Casa Hawthorne parecia um castelo, a casa de Vincent Blake lembrava uma fortaleza. Era feita de pedra escura, as linhas retas interrompidas apenas por duas gigantes colunas redondas que se erguiam em torreões. Uma varanda de ferro fundido contornava o segundo andar. Eu quase esperava uma ponte levadiça, mas, em vez disso, havia uma sacada.

Eve estava naquela sacada, o cabelo âmbar voando com a brisa.

Os seguranças de Blake me seguiram quando eu caminhei na direção dela. Quando subi na sacada, Eve se virou, um movimento estratégico pensado para me forçar a acompanhá-la.

— Tudo isso teria sido bem mais fácil — disse ela — se você tivesse me dado o que pedi.

Capítulo 78

Eve não me levou para dentro da casa. Ela me levou para os fundos. Um homem estava lá. Ele tinha a pele queimada de sol e o cabelo grisalho raspado. Eu sabia que ele devia ter uns oitenta anos, mas parecia estar mais perto de sessenta e cinco, e em forma para correr uma maratona.

Ele estava segurando uma espingarda.

Enquanto eu observava, ele apontou a arma em direção ao céu. O som do tiro foi ensurdecedor e ecoou pelo campo enquanto um pássaro caía no chão. Vincent Blake disse algo, que não escutei, e o maior cão de caça que eu já tinha visto saiu atrás da presa.

Blake baixou a arma. Devagar, ele se virou para mim.

— Por aqui — falou, naquela voz suave e quase aristocrática que eu reconhecia perfeitamente do telefone —, nós comemos o que matamos.

Ele estendeu a arma e alguém correu para pegá-la dele. Então Blake andou na nossa direção. Ele se acomodou em uma mureta de cimento ao lado de um espaço para uma enorme fogueira, e Eve me levou até lá — até ele.

— Onde estão Grayson e Toby?

Era a única saudação que aquele homem ia conseguir de mim.

— Aproveitando minha hospitalidade.

Blake olhou para a caixa grande que eu estava carregando. Sem dizer uma palavra, eu a abri. Eu tinha passado no cofre para pegar o jogo de xadrez real. Quando tinham me permitido entrar nas terras de Blake, eu fizera Oren passá-lo discretamente para mim.

Eu o coloquei em frente a Blake, uma espécie de oferenda.

Ele pegou uma das peças, examinou a quantidade de diamantes negros brilhantes, a perfeição do desenho, então desdenhou e jogou a peça de volta.

— Tobias sempre foi espalhafatoso.

Blake levantou a mão direita e alguém colocou um facão nela. Meu coração saltou para a garganta, mas tudo que o rei daquele reino fez foi tirar um pequeno pedaço de madeira do bolso.

— Um jogo que você mesmo entalha — me disse ele — funciona igual.

Essa não é uma faca de entalhar. Eu não o deixei me intimidar a ponto de responder em voz alta. Em vez disso, me inclinei para a frente e pus ao lado dele na mureta o selo que eu tinha mostrado para entrar.

— Acredito que isso seja seu — falei, e apontei com a cabeça para o jogo de xadrez que tinha trazido. — E chamaremos aquilo de presente.

— Eu não te pedi um presente, Avery Kylie Grambs.

Eu olhei nos olhos de ferro dele.

— Você não me pediu nada. Você me *mandou* conseguir seu filho, e você vai tê-lo de volta.

Àquela altura, Blake sem dúvida já tinha ouvido as histórias que Landon tinha vazado. Havia uma boa chance de ele ter assistido à minha coletiva de imprensa.

— Quando a investigação terminar — continuei —, as autoridades irão mandar os restos mortais para você. Se vale de alguma coisa, eu sinto muito pela sua perda.

— Eu não perco, Avery Kylie Grambs — disse Blake, cuja faca reluziu no sol enquanto raspava a madeira. — Meu filho, por outro lado, parece ter perdido bastante coisa.

— Seu filho engravidou uma menor de idade, e a agrediu quando ela teve a audácia de ficar devastada por notar que ele só a estava usando para chegar perto suficiente para atacar Tobias Hawthorne.

— Hummmm — murmurou Blake, um som muito mais ameaçador do que deveria ser. — Will tinha quinze anos quando Tobias e eu nos afastamos. O menino ficou furioso por termos sido traídos. Eu precisei dissuadi-lo da ideia de que *nós* tínhamos sido qualquer coisa. O que tinha acontecido era entre Tobias e eu.

— Tobias te venceu.

Era meu primeiro golpe naquele pequeno duelo verbal entre nós.

Blake nem sentiu.

— E veja no que isso deu para ele.

Eu não tinha certeza se era uma referência ao fato de que a única pessoa que já tinha vencido Vincent Blake tinha se mostrado uma das mentes mais formidáveis da sua geração, ou uma previsão satisfeita de que todas as conquistas de Tobias Hawthorne não seriam nada no final.

O bilionário estava morto, sua fortuna pronta para ser tomada.

— Seu filho o detestava — tentei de novo, com um tipo diferente de ataque. — E ele estava desesperado para se provar para você.

Blake não negou. Em vez disso, afastou a faca da madeira e testou o fio no polegar.

— Tobias devia ter me deixado lidar com Will. Ele sabia o tipo de inferno que viria de causar mal ao *meu* filho. Escolhas, mocinha, têm consequências.

— E como você teria lidado com o que seu filho fez a Mallory Laughlin?

— Isso não vem ao caso.

— E garotos são assim mesmo — atirei de volta. — Não é mesmo?

Blake me estudou por um momento, então apoiou a faca na perna.

— Eu entendi que você tem alguns amigos no portão.

— O mundo inteiro sabe que estou aqui — eu disse. — Eles sabem o que aconteceu com seu filho.

— Sabem mesmo? — disse Eve, um tom de desafio na voz.

Ela devia ter ouvido coisas suficiente de Mallory para questionar a história que eu estava contando.

— Já chega, Eve — disse Blake, ríspido, e Eve engoliu em seco enquanto seu bisavô olhava de uma para a outra. — Eu não devia ter mandado uma menininha fazer o trabalho de um homem.

Menininha. No telefone, ele tinha me chamado assim também. Tobias Hawthorne estava certo. Eu era jovem, eu era mulher. E aquele homem *ia* me subestimar.

— Se eu tivesse trazido os restos mortais do seu filho — falei —, você teria me chantageado por ter quebrado a lei.

— Te chantageado para que, eu me pergunto?

Blake queria dizer que *eu* deveria me perguntar.

Eu sabia que era uma vantagem para mim ele achar que estava por cima, então eu precisava tomar cuidado.

— Se Grayson e Toby não saírem daqui comigo, eu darei outra entrevista na saída.

Era perigoso ameaçar um homem como Vincent Blake. Eu sabia disso. Mas também sabia que precisava que ele acreditasse que era *aquela* minha jogada. Minha única jogada.

— Uma entrevista? — Isso me rendeu outro murmúrio. — Você vai contar a eles sobre Sheffield Grayson?

Eu tinha antecipado que ele responderia ao meu movimento, mas eu não tinha previsto como, e, de repente, eu não conseguia mais controlar meus batimentos. Não conseguia manter o rosto totalmente imóvel.

— Eve pode ter fracassado na tarefa principal — disse Blake —, mas ela é uma Blake, e nós jogamos pra vencer. Eu ainda estou considerando se ela mereceu isso.

Ele ergueu um disco dourado idêntico ao que eu tinha colocado na mureta.

— Mas a informação que ela me trouxe quando voltou era... impressionante — acrescentou.

Informação. A respeito do que aconteceu com o pai de Grayson. Eu pensei no arquivo, nas fotos no celular de Eve.

— Eu li nas entrelinhas — disse Eve, curvando a boca em um sorriso. — O pai de Grayson desapareceu e, com base no que eu consegui juntar, ele *sumiu* logo depois de alguém orquestrar um atentado contra você. Sheffield Grayson tinha motivo para ser esse alguém. Eu não tinha provas, claro, mas então...

Eve deu de ombros.

— Eu liguei para Mellie — falou.

A irmã de Eve era quem tinha atirado em Sheffield Grayson. Ela o tinha matado para salvar Toby e eu.

— A irmã que nunca fez nada por você? — perguntei, minha garganta árida.

— Meia-irmã.

A correção me disse que Eve não tinha mentido a respeito do que sentia pelos irmãos.

— Foi uma reunião muito comovente, especialmente quando eu disse que a *perdoava*.

Eve torceu a boca.

— Que eu estava ao lado dela. Mellie está devastada de culpa, sabe. Pelo que ela fez. Pelo que *você* encobriu.

Eu tinha sido retirada do depósito quando o sangue de Sheffield Grayson ainda estava fresco no chão.

— Eu não encobri nada.

Blake levou a lâmina de volta para a madeira e começou a entalhar de novo, em movimentos lentos e suaves.

— John Oren encobriu.

Eu tinha ido até ali com um plano, mas não tinha antecipado aquilo. Eu achara que, ao chamar a polícia por causa dos restos mortais de Will Blake, tiraria de seu pai uma vantagem necessária. Eu não tinha previsto que Vincent Blake tinha vantagem de sobra.

— Parece — comentou o homem suavemente — que estou na dianteira de novo.

Ele nunca tinha duvidado.

— O que você quer? — perguntei.

Eu deixei-o ver minha angústia sincera, mas, por dentro, a parte lógica do meu cérebro assumiu. A parte que gostava de quebra-cabeças. A parte que via o mundo em camadas.

A parte que tinha ido até ali com um plano.

A APOSTA FINAL   389

— Qualquer coisa que eu quiser de você — disse Blake —, eu terei.

— Eu aposto com você em um jogo — propus, improvisando e deixando meu cérebro se ajustar, acrescentando uma nova camada, mais uma coisa que precisava dar certo. — Xadrez. Se eu ganhar, você esquece Sheffield Grayson e garante que Eve e Mellie façam o mesmo.

Blake pareceu achar graça, mas eu via algo muito mais sombrio do que divertimento brilhando em seus olhos.

— E se você perder?

Eu tinha um ás na manga, mas não podia jogá-lo, ainda não. Não se eu quisesse pelo menos uma fagulha de chance de sair dali com o tipo de vitória de que precisava.

— Um favor — eu disse, o coração destruindo minhas costelas. — Logo mais eu terei controle da fortuna Hawthorne. Bilhões. Um favor vindo de alguém na minha posição tem que valer algo.

Vincent Blake não pareceu muito tentado pela minha oferta. Claro que não, porque ele já tinha um plano próprio para a fortuna de Tobias Hawthorne.

Depois de um momento, no entanto, o divertimento ganhou.

— Um jogo parece adequado, mas eu não vou jogar com você, menininha. Eu vou, porém, deixar que *ela* jogue.

Ele apontou com a cabeça na direção de Eve, então inclinou a cabeça para o lado, considerando.

— E Toby — acrescentou.

— Toby? — falei, rouca.

Eu odiava como eu estava soando, como estava me sentindo. Eu não podia deixar minhas emoções tomarem o controle. Precisava pensar. Precisava modificar meu plano, de novo.

— Meu neto perguntou de você — me disse Blake. — Pode-se dizer que eu tenho um talento para reconhecer pontos sensíveis.

Vincent Blake tinha sequestrado Toby para me atingir, para conseguir que Eve entrasse na Casa Hawthorne. Eu percebi, naquele momento, que Blake sem dúvida tinha me usado contra Toby também.

— Eve — disse ele, sua voz carregando o peso de uma ordem que nenhuma pessoa viva ousaria desobedecer. — Por que você não vai buscar seu pai?

Capítulo 79

Os hematomas de Toby estavam sarando, e ele precisava fazer a barba. Essas foram as duas primeiras coisas que eu pensei, seguidas imediatamente por dezenas de outras a respeito dele, da minha mãe e da última vez em que eu o tinha visto, cada pensamento acompanhado por uma onda de emoções que ameaçavam me derrubar.

— Você não deveria estar aqui.

Toby controlou qualquer emoção que pudesse estar sentindo, mas a intensidade em seu olhos me disse que estava mantendo a compostura por um fio.

— Eu sei — respondi, e torci para meu tom fazê-lo perceber que eu não estava só dizendo que sabia que não deveria estar ali.

Eu sei quem Blake é. Eu sei do que ele é capaz. Eu sei o que estou fazendo.

Para que aquilo funcionasse, Toby não precisava confiar em mim, mas eu precisava que ele não me atrapalhasse.

— Vocês vão jogar um jogo — disse Vincent Blake a Toby. — Vocês três. Uma espécie de torneio que vai consistir em três partidas.

Blake ergueu um único dedo e apontou de Toby para Eve.

— Meu neto e sua filha.

Um segundo dedo subiu.

— Meu neto e a menina que *não* é sua filha.

Toby e eu. *Ai.*

— E... — continuou Blake, erguendo um terceiro e último dedo — Avery e Eve, uma contra a outra.

O homem nos deu alguns segundos para processar isso, então continuou:

— Quanto ao incentivo... bem, isso precisa valer alguma coisa.

Algo na forma como ele disse *valer* me deu calafrios.

— Se ganhar as suas duas partidas, você pode ir embora — disse Blake a Toby. — Desaparecer como quiser. Você nunca mais vai ter notícias minhas, e eu vou permitir que o mundo continue a pensar que você está morto. Se perder uma das suas partidas, você ainda pode ir, mas não como um homem morto. Você vai confirmar para o mundo que Toby Hawthorne está vivo e nunca mais vai desaparecer.

Toby nem reagiu. Eu não tinha certeza se Blake esperava reação.

— Se perder suas duas partidas — continuou o velho com um movimento dos lábios no qual eu não confiava —, você não vai voltar à vida como Toby Hawthorne. Você vai aceitar ficar aqui de livre e espontânea vontade como Toby Blake.

— Não! — protestei. — Toby, você...

Toby me cortou com a menor mudança em sua expressão: um aviso.

— Quais são os termos para elas? — perguntou ao avô.

Blake absorveu a resposta de Toby, satisfeito, e se virou para Eve.

— Se vencer uma das suas partidas — disse a ela —, você ganhará isso.

Ele mostrou um selo da família Blake para Eve.

— Se perder as duas, você estará a serviço de quem quer que receba isso de mim no seu lugar.

Havia algo profundamente perturbador na forma como ele tinha dito *serviço*.

— Se ganhar suas duas partidas — terminou Blake, com a voz sedosa —, eu te dou os cinco.

Todos os cinco selos. Uma corrente elétrica passou pelo ar. Isaiah tinha dito que quem tivesse um selo quando Vincent Blake morresse tinha direito a um quinto da fortuna dele. Blake tinha acabado de prometer a Eve que, se conseguisse ganhar de Toby *e* de mim, ela herdaria tudo dele.

Todo o poder. Todo o dinheiro. Tudo.

— Quanto a você, a *aposta muito arriscada* de Tobias Hawthorne... — disse Vincent Blake, com um sorriso. — Se perder as duas, eu vou aceitar aquele favor que você ofereceu, um cheque em branco, digamos, para ser descontado quando eu quiser.

Toby encontrou meu olhar. *Não.* Ele não protestou em voz alta. Depois de um momento, eu desviei os olhos. Nenhum aviso que ele pudesse me dar seria novidade. Dever um favor a Vincent Blake era uma péssima ideia.

— Se vencer pelo menos um jogo — continuou Blake —, eu solto Grayson Hawthorne para você, com a garantia de que não receberei aqui mais ninguém sob a sua proteção.

Receber era um jeito de colocar a coisa, mas, enquanto incentivo, era atraente. Atraente até demais. *Se ele está disposto a manter as mãos longe das pessoas que amo, deve ter outros meios de me atingir. Outras formas de poder.*

Outro plano para tirar tudo de mim.

— Se ganhar os dois jogos — prometeu Blake —, eu também vou jurar segredo no caso de Sheffield Grayson.

Toby estremeceu. Claramente, ele não sabia daquela pequena informação que o avô biológico estava guardando.

— Esses termos são aceitáveis para vocês? — perguntou Blake a Toby apenas, como se eu e Eve fossemos dar respostas óbvias.

Toby rangeu os dentes.

— Sim.

— *Sim* — disse Eve, viva de uma forma que fazia todas as outras versões dela parecerem desbotadas e incompletas.

Quanto a mim...

Blake vai honrar sua palavra. Se eu ganhasse as duas partidas, a verdade sobre o pai de Grayson seguiria enterrada. As pessoas que eu amo estariam seguras. Blake ainda viria atrás de mim. Ele encontraria um jeito de destruir a mim e a tudo que eu amo, mas teria limites em seu poder.

— Eu concordo com os seus termos — falei, embora ele nunca tivesse me dado a opção de fazer outra coisa.

Blake se virou para o reluzente jogo de xadrez de quinhentos mil dólares que eu tinha dado a ele.

— Bem, então. Comecemos?

Capítulo 80

Toby e Eve foram primeiro. Eu tinha jogado contra Toby o suficiente para saber que ele podia terminar tudo nos primeiros doze movimentos, se quisesse.

Ele deixou ela ganhar.

Blake deve ter concluído a mesma coisa, porque, quando o tabuleiro foi recolocado para minha partida contra Toby, o velho pegou sua faca.

— Se conceder a vitória nesta partida também — disse a Toby, pensativo —, eu vou pedir a Eve para me oferecer o braço e usar isso para abrir uma veia.

Se Eve ficou perturbada com a implicação de que seu bisavô estava pronto para abri-la ao meio, ela não demonstrou. Em vez disso, segurou com força o selo que tinha ganhado e manteve o olhar no tabuleiro.

Eu assumi minha posição e olhei nos olhos de Toby. Fazia mais de um ano que não jogávamos juntos, mas, no segundo em que mexi meu primeiro peão, foi como se não tivesse se passado tempo nenhum. Harry e eu estávamos de volta ao parque.

— Sua vez, princesa.

Toby não estava se controlando, mas fez o melhor para me deixar à vontade, para me lembrar que, mesmo se ele jogasse seu melhor, eu já tinha ganhado dele.

— Não sou uma princesa — repeti minha fala no nosso roteiro e deslizei meu bispo pelo tabuleiro. — Sua vez, *ancião*.

Toby estreitou os olhos de leve.

— Não seja arrogante.

— Belas palavras para um Hawthorne — respondi.

— É sério, Avery. Não seja arrogante.

Ele está vendo algo que eu não estou.

— Eve — disse Vincent Blake, agradavelmente. — Seu braço?

Com o queixo estável, Eve estendeu-o a ele. Blake encostou a ponta da faca na pele dela.

— Jogue — disse ele a Toby. — E sem mais dicas para a menina.

Houve uma hesitação, um único segundo, e então Toby fez o que tinha sido instruído. Eu examinei o tabuleiro e vi por que ele tinha me avisado sobre a arrogância. Levou três movimentos, mas então:

— Xeque — resmungou Toby.

Eu examinei o tabuleiro, todo de uma vez. Eu tinha três movimentos possíveis, e ponderei todos eles. Dois me levavam a Toby dando xeque-mate em cinco movimentos. Isso significava que eu estava presa no terceiro. Eu sabia como Toby iria responder, e daí eu tinha quatro ou cinco opções. Deixei meu cérebro correr, permitindo que as possibilidades se desenrolassem lentamente.

Tentei não pensar muito no fato de que, se Toby me vencesse, o encobrimento da morte de Sheffield Grayson seria exposto. Ou isso, ou eu teria que dar a Blake algo muito mais significativo que um favor para mantê-lo quieto.

O homem seria meu dono.

Não. Eu ia dar conta. Tinha um jeito. *Minha vez. Dele. Minha. Dele.* Movimento a movimento, cada vez mais rápido, nós jogamos.

Então, finalmente, uma expiração deixou meu peito.

— Xeque.

Percebi o momento exato em que Toby viu a armadilha que eu tinha criado.

— Menina terrível — sussurrou, rouco, e a ternura nos olhos dele quase me derrubou.

Vez dele. Minha. Dele. Minha.

E então, finalmente, *finalmente...*

— Xeque-mate — eu disse.

Vincent Blake manteve a faca no braço de Eve mais um momento, antes de baixá-la devagar. Seu neto tinha perdido, e o entendimento do que aquilo significava me tomou, torcendo minhas entranhas.

Toby tinha perdido as duas partidas. Ele era de Blake.

Capítulo 81

— **Eu espero mais** da próxima vez — disse Vincent Blake a Toby. — Você agora é um Blake, e os Blake não perdem para menininhas.

Eu encontrei o olhar de Toby.

— Me desculpa — falei, baixo e urgente.

— Não se desculpe — disse Toby, e tocou meu rosto. — Eu vejo muito da sua mãe em você.

Aquilo parecia demais um adeus. Desde o momento em que Eve tinha passado pelos portões da Casa Hawthorne eu estava determinada a *tê-lo de volta*. E aí...

— Eu vou...

As palavras pararam, a pergunta entalada na minha garganta.

— Posso te ver? — perguntei.

Você tem uma filha, me ouvi dizer.

Eu tenho duas.

Blake não deu a Toby a chance de responder. Ele passou a atenção para Eve. Ela se deliciava, como se ele fosse o sol e ela tivesse o tipo de pele que não queima. Pela primeira vez, em vez de olhar para ela e ver Emily, eu vi algo diferente.

A intensidade de Toby. *De Blake.*

— Se eu ganhar esse jogo... — continuou ela, aço e encanto em seu tom.

— É seu — confirmou Blake. — Tudo. Mas, antes de começarmos...

Blake ergueu um dedo e um membro da equipe de segurança correu até ele.

— Você poderia buscar nosso outro hóspede para a srta. Grambs?

Grayson. Eu não me deixei acreditar totalmente que ele estava bem até vê-lo, e então me permiti pensar no que tinha ganhado — não só a liberdade dele, mas a promessa de que ninguém importante para mim seria *recebido* ali de novo.

— Avery.

Os olhos azul-acinzentados de Grayson, suas íris geladas e claras contra o preto-escuro das pupilas, se fixaram nos meus.

— Eu tinha um plano — falou.

— Sacrifício impulsivo? — respondi. — É, eu notei.

Eu o puxei para perto e falei diretamente no ouvido dele:

— Eu te disse, Grayson, nós somos *família.*

Eu o soltei. O tabuleiro foi montado uma última vez. Eve com as brancas. Eu com as pretas. Com dezenas de milhares de diamantes brilhando entre nós, nos enfrentamos em um jogo que valia muita coisa.

Com base no nível de jogo de Eve contra Toby, eu não tinha antecipado o desafio que logo me vi enfrentar. Era como se ela tivesse assistido ao meu jogo contra o pai dela, internalizado dezenas de novas estratégias e aprendido como eu via o tabuleiro.

Ela está jogando pra ganhar. Eu estava desesperada para salvar Oren, e não tinha ideia de que crime *eu* tinha cometido ao não denunciar a morte de Sheffield Grayson. Mas Eve? Ela estava jogando pelas chaves do reino, por riqueza e poder inimagináveis.

Pela aceitação de alguém por quem estava desesperada para ser aceita.

O resto da sala sumiu até eu não ouvir mais nada além dos sons do meu próprio corpo, não ver mais nada além do tabuleiro. Levou mais tempo do que eu previa, mas, finalmente, eu vi minha abertura.

Eu podia dar xeque em três movimentos, xeque-mate em cinco.

E então eu podia ir embora com Grayson, sabendo que Vincent Blake teria muito menos formas de vir atrás de mim.

Mas ele ainda virá.

Os ataques aos meus interesses financeiros, os *paparazzi*, jogar jogos e me encurralar. *Ele vai continuar.* Essa ideia cresceu na minha mente, empurrando meu foco da partida contra Eve para o panorama maior.

Para mim, *aquele* não era o jogo final.

Eu podia vencer, e ainda sairia dali nada melhor do que quando Tobias Hawthorne tinha morrido. Ainda seria temporada de caça. Um homem que Tobias Hawthorne temera tanto que o fizera deixar sua fortuna para uma desconhecida ainda estaria mirando em mim.

Mesmo sem violência, mesmo com a segurança física garantida, Vincent Blake ainda encontraria uma forma de destruir qualquer um, todo mundo, e tudo que estivesse em seu caminho.

Essa vitória contra Eve não seria suficiente.

Eu precisava jogar um jogo maior. Eu precisava olhar além do tabuleiro, jogar dez movimentos à frente, não cinco, pensar em três dimensões, não duas. Se eu vencesse Eve, Vincent Blake me mandaria embora, e faria isso sabendo que eu era mais do que ele tinha suposto. Ele ajustaria suas expectativas para o futuro.

Você é jovem, a voz de Tobias Hawthorne ecoava na minha mente. *Você é mulher. Você não é ninguém. Use isso.* Se eu desse uma desculpa para Vincent Blake continuar me subestimando, ele continuaria.

Eu tinha ido até ali com um plano em mente. O torneio não era parte do plano, mas eu podia usá-lo.

Jogar xadrez não era só questão de antecipar os movimentos do oponente. Era preciso plantar os movimentos na mente deles, jogar iscas. Ao ouvir a gravação que o velho tinha deixado para nós, Xander ficara maravilhado com o fato de que Tobias Hawthorne previra exatamente o que faríamos após sua morte, mas Hawthorne não tinha só previsto.

Ele tinha manipulado. Nos manipulado.

Se quisesse vencer Blake, eu precisava fazer a mesma coisa. Então eu não usei a abertura que Eve tinha me dado. Não a venci em cinco movimentos.

Eu deixei ela me vencer em dez.

Notei o momento exato em que Eve percebeu que o império de Vincent Blake estava a seu alcance, e o momento, logo depois, quando os olhos de Toby brilharam. Ele desconfiava que eu tinha entregado o jogo?

Meu oponente *de verdade* desconfiava também?

— Muito bem, Eve.

Blake ofereceu a ela um pequeno sorriso satisfeito e Eve brilhou, dando um sorriso luminoso. Blake se virou para mim e Grayson.

— Vocês dois podem ir.

Os homens dele nos cercaram e eu não precisei fingir meu pânico.

— Espere! — exclamei, soando desesperada, e sentindo o desespero, porque, mesmo que fosse um risco calculado, eu não tinha como saber se não tinha errado o cálculo. — Me dê outra chance!

— Tenha alguma dignidade, criança — disse Blake, que se levantou e deu as costas para mim enquanto o cão de caça retornava e jogava um pato morto aos seus pés. — Ninguém gosta de maus perdedores.

— Você ainda pode ter um favor — gritei quando a equipe de segurança de Blake começou a me expulsar. — Um último jogo. Eu contra você.

— Eu não preciso de um favor seu, menina.

Tudo bem, tentei dizer a mim mesma. *Existe outra opção.* Uma opção para a qual eu tinha ido preparada. Uma opção para qual eu tinha me planejado. O presente do jogo de xadrez, o fato de que Alisa estava esperando por mim do lado de fora... eu sempre soubera qual seria meu gambito.

O que *precisaria* ser.

— Então não ofereço um favor — falei, tentando manter o pânico e o desespero para que ele não visse o profundo sentimento de calma crescendo dentro de mim. — E quanto ao resto?

Grayson olhou com dureza na minha direção.

— Avery.

Vincent Blake ergueu uma mão e seus homens deram um passo silencioso para trás.

— O resto do que, exatamente?

— Da fortuna Hawthorne — falei, com pressa. — Minha advogada anda atrás de mim para assinar esses documentos há semanas. Tobias Hawthorne não amarrou minha fortuna a um fundo. A boa gente da McNamara, Ortega e Jones está nervosa com uma adolescente tomando as rédeas, então Alisa organizou uma papelada que colocaria tudo em um fundo até eu fazer trinta anos.

— Avery.

A voz de Toby era baixa e cheia de advertência. Parte de mim queria acreditar que ele só estava me ajudando com a pose de desesperada, mas ele provavelmente estava oferecendo um aviso genuíno de cuidado.

Eu estava arriscando demais.

— Se você jogar contra mim — eu disse a Blake, apontando com a cabeça para o tabuleiro — e vencer, eu vou assinar os documentos e tornar *você* o responsável pelo fundo.

Quando viera, eu estava contando com o ego de Blake para fazê-lo pensar que podia ganhar de mim, mas havia a chance de ele perceber que eu tinha sugerido xadrez especificamente por ter uma boa chance de vencer. Mas agora?

Ele tinha me visto jogar.

Ele tinha me visto perder.

Ele pensava que eu estava fazendo a oferta por impulso, *porque* eu tinha perdido.

Ainda assim, ele me fitou com olhos atentos e o sorriso mais desconfiado do mundo.

— Agora, por que você faria uma coisa dessas?

— Eu não quero que ninguém saiba de Sheffield Grayson — cuspi. — E eu li a papelada! Com um fundo, o dinheiro ainda pertenceria a mim. Eu só não iria controlá-lo. Você teria que prometer liberar qualquer compra que eu quisesse fazer, me deixar gastar todo o dinheiro que eu quisesse, sempre que eu quisesse. Mas tudo que eu não puder gastar? Você quem vai decidir como será investido.

Você sabe a maior diferença entre milhões e bilhões?, Skye Hawthorne tinha perguntado o que parecia uma pequena eternidade antes. *Porque, a partir de certo ponto, não é o dinheiro.*

Era o poder.

Vincent Blake não queria nem precisava da fortuna de Tobias Hawthorne para *gastá-la.*

— Tudo isso, pelo dobro ou nada? — perguntou Blake, direto.

Como Tobias Hawthorne, o homem na minha frente pensava sete passos à frente. Ele sabia que eu tinha outra carta na manga.

Mas, com sorte, só uma.

— Não — admiti. — Se vencer, você ganha o controle de tudo, totalmente, até eu fazer trinta anos ou você estar a sete palmos do chão. Mas, se eu ganhar, você garante que qualquer boato sobre Sheffield Grayson vai continuar enterrado *e* me dá sua palavra de que isso acaba aqui.

Era aquele o plano. Sempre fora o plano. *Meu maior adversário, e agora o seu, é um homem de honra*, me dissera Tobias Hawthorne. *Vença-o, e ele honrará a vitória.*

— Se eu ganhar — continuei —, o armistício que você tinha com Tobias Hawthorne se estenderá a mim. Fim da temporada de caça.

Eu lhe lancei um olhar duro, que eu suspeitava profundamente que ele achava engraçado.

— Você me deixa ir — acrescentei —, como deixou ir o jovem Tobias Hawthorne, muito tempo atrás.

Eu desejei que ele me visse como impulsiva, que me visse improvisar porque tinha perdido. *Eu sou jovem, eu sou mulher, eu não sou ninguém. E você acabou de ver Eve ganhar de mim no xadrez.*

— Como eu posso saber que você vai manter seu lado do acordo? — perguntou meu adversário.

Eu precisei de tudo que tinha para não permitir que nem uma sombra de vitória pulsasse por mim.

— Se você aceitar a aposta — falei, toda inocência e bravata —, nós faremos duas ligações: uma para seu advogado, e uma para a minha.

Capítulo 82

— **Que raios você** está fazendo? — sibilou Alisa.

Nós duas estávamos supostamente sozinhas, mas, mesmo sem ninguém visivelmente escutando, eu não queria explicar nada que pudesse mostrar minhas cartas para Blake.

— O que preciso fazer — eu disse, esperando que Alisa lesse muito mais no meu tom.

Eu tenho um plano.

Vai dar certo.

Você precisa confiar em mim.

Alisa me encarou como se eu tivesse ganhado chifres.

— Você não precisa fazer isso de jeito nenhum.

Eu não ia ganhar a discussão, então nem tentei. Só esperei ela perceber que eu não ia desistir.

Quando percebeu, Alisa xingou baixo e desviou o olhar.

— Você sabe por que Nash e eu terminamos o noivado? — perguntou em um tom que era calmo demais para as palavras que tinha dito e para nossa situação. — Ele não queria que o avô mandasse nele, nem em mim. Estava muito determinado, e esperava que eu também abrisse mão de tudo ligado aos Hawthorne.

— E você não conseguiu.

Eu não sabia bem onde ela queria chegar.

— Nash foi educado para ser extraordinário — disse Alisa. — Mas não foi só a educação dele que o velho influenciou, então eu fiquei, sim.

Alisa falava com secura, se recusando a dar às palavras mais importância do que precisava.

— Eu fiz o que Nash *deveria* ter feito — continuou. — Isso me custou tudo, mas, antes do sr. Hawthorne falecer, ele estipulou para o meu pai e os outros sócios que seria eu quem cuidaria das coisas com você — disse, e baixou os olhos. — Eu até escuto o que o velho diria da bagunça que eu fiz. Primeiro, me deixei ser sequestrada, e agora, isso.

A bagunça que ela pensava que eu estava fazendo.

— Ou talvez — falei, em um tom que capturou sua atenção — você tenha feito exatamente o que ele te ensinou a fazer, exatamente o que ele *escolheu você* para fazer.

Eu desejei que ela entendesse o significado da minha ênfase. *Ele não escolheu só você. Ele também me escolheu, Alisa... e talvez eu esteja fazendo exatamente o que ele escolheu para mim.*

Devagar, a expressão nos olhos profundos e castanhos dela mudou. Ela sabia que eu estava dizendo para ela acreditar que eu tinha sido escolhida por um motivo. Que era *aquele* o motivo.

Era nossa jogada.

— Você faz alguma ideia de como isso é arriscado? — me perguntou Alisa.

— Sempre foi — respondi —, desde o momento em que Tobias Hawthorne mudou seu testamento.

Essa era sua aposta muito arriscada, e a minha também.

Capítulo 83

Blake deixou que eu jogasse com as peças brancas, então o primeiro movimento era meu. Comecei com o gambito da rainha. Só uns doze movimentos depois Vincent Blake percebeu que meus instintos iam além das manobras clássicas. Em mais quatro movimentos, ele tomou meu bispo, o que me permitiu executar uma sequência que terminava comigo tomando a rainha dele.

Aos poucos, movimento a movimento e contra-ataque a contra-ataque, Vincent Blake notou que nosso nível era muito mais equilibrado do que ele tinha imaginado.

— Eu agora vejo — me disse ele — o que você está fazendo.

Ele via o que eu tinha *feito*. A jovem com quem ele estava jogando não era a mesma que tinha perdido para Eve. Eu o tinha enganado, e ele sabia disso, mas já era tarde.

Em quatro movimentos, pensei, meu coração batendo de um jeito incessante e brutal, *eu ganho dele.*

Depois de dois, ele percebeu que eu o tinha encurralado. Ele se levantou, deitando o rei e entregando a partida. Ouro branco estalou quando a peça bateu no tabuleiro incrustado de joias, o rei de diamante negro brilhando ao sol.

Vincent Blake era um homem poderoso, um homem rico, um oponente formidável, e ele tinha me subestimado.

— Pode ficar com o tabuleiro de xadrez — eu disse a ele.

Por um momento, eu senti Blake lutando consigo mesmo. Os advogados estavam ali para garantir o meu lado da barganha, não o dele. *Eu prometo que não vou te destruir lenta e estrategicamente* não era um termo possível de determinar juridicamente. Eu tinha apostado tudo na única garantia que Tobias Hawthorne me dera.

Que, se eu vencesse Blake, ele honraria a vitória.

— O que acabou de acontecer aqui? — questionou Eve.

Vincent Blake me deu um último olhar duro e então se endireitou.

— Ela ganhou.

Capítulo 84

Vincent Blake iria honrar nossa aposta, mas ele nunca mais queria me ver em sua propriedade.

— Acompanhem Avery, Grayson e a srta. Ortega de volta ao portão — ordenou aos seguranças. — Cuidem de dispersar a imprensa antes deles chegarem.

Uma mão se fechou em volta do meu braço, sugerindo exatamente que tipo de "acompanhamento" eu teria. Mas, no momento seguinte, o homem que tinha me agarrado estava no chão e Toby estava em cima dele.

— Eu os acompanho — disse ele.

Os homens de Blake olharam para o chefe.

Vincent Blake deu um sorriso generoso a Toby.

— Como quiser, Tobias Blake.

O nome era um lembrete afiado: eu podia ter ganhado minha aposta, mas Toby tinha perdido a dele. Com uma mão nas minhas costas, ele me levou embora, circulando a casa.

Nós quase tínhamos chegado à saída quando uma voz falou atrás de nós.

— Parem.

Eu queria ignorar Eve, mas não podia. Devagar, me virei para encará-la, ciente de que Grayson estava exercendo um controle de aço sobre qualquer impulso que pudesse ter de fazer o mesmo.

— Você me deixou ganhar — disse Eve.

Era uma acusação, furiosa e baixa. Ela olhou para Toby.

— Você também entregou seu jogo? — perguntou a ele, sua voz tremendo.

Quando Toby não respondeu, Eve se virou de volta para mim.

— Ele entregou? — exigiu saber.

— Faz diferença? — perguntei. — Você conseguiu o que queria.

Eve tinha os cinco selos. Ela era a única herdeira do império de Blake.

— Eu queria — sussurrou Eve, a voz baixa, mas brutalmente feroz —, pela primeira vez na vida, provar para alguém que eu era boa suficiente.

O olhar dela a traiu, indo para Grayson, mas ele não se virou.

— Eu queria que Blake me *enxergasse* — continuou Eve, voltando a me olhar —, mas agora a única coisa que ele vai ver quando olhar para mim é *você*.

Eu tinha usado Eve para vencer Blake, e ela estava certa: ele nunca esqueceria.

— Eu te enxerguei, Eve — disse Grayson, a voz sem emoção, o corpo imóvel. — Você poderia ter sido uma de nós.

A expressão de Eve hesitou e, por um brevíssimo momento, eu me lembrei da menininha no medalhão. Então a pessoa na minha frente se endireitou, um olhar altivo assumindo suas feições como uma máscara de porcelana.

412   JENNIFER LYNN BARNES

— A menina que você conheceu — disse ela a Grayson — era uma mentira.

Se ela achava que ia arrancar alguma reação de Grayson Davenport Hawthorne, estava errada.

— Tire-os daqui — disse Eve, virando bruscamente a cabeça para Toby. — *Agora.*

— Eve... — começou a dizer Toby.

— Eu mandei vocês irem *embora* — disse ela, e uma fagulha de vitória, dura e cruel, brilhou nos olhos cor de esmeralda. — Você vai voltar.

Foi como uma flecha no meu coração. *Toby não tem escolha.*

Sem hesitar, ele me levou para longe da filha, e só voltou a falar depois de chegar à caminhonete comigo, Alisa e Grayson.

— O que você fez com Blake foi muito arriscado — me disse Toby, meio censura, meio elogio.

Eu dei de ombros.

— Foi você quem escolheu meu nome.

Avery Kylie Grambs. A very risky gamble, uma aposta muito arriscada. Toby tinha ajudado a me trazer para o mundo. Ele tinha me dado meu nome. Ele tinha vindo a mim quando minha mãe morrera. Ele tinha me salvado quando eu precisava ser salva.

E eu ia perdê-lo de novo.

— O que acontece agora? — perguntei a ele, meus olhos começando a arder, minha garganta apertada.

— Eu me torno Tobias Blake.

Toby sabia da verdade a respeito da sua linhagem fazia duas décadas. Se ele quisesse aquela vida, já a estaria vivendo.

Eu pensei nas palavras que ele tinha escrito na câmara embaixo do labirinto. *Eu nunca fui um Hawthorne. Eu nunca serei um Blake.*

— Você não precisa fazer isso — eu disse a ele. — Você poderia fugir. Você conseguiu passar anos escondido de Tobias Hawthorne. Poderia fazer a mesma coisa com Blake.

— E dar àquele homem justificativa para invalidar o trato com você? — cortou Alisa. — Se invalidar uma aposta no conjunto, ele pode facilmente argumentar que invalidou todas elas.

— Eu não vou fugir dessa vez — disse Toby, decidido.

Segui o olhar dele até Eve, que estava na varanda de novo, seu cabelo âmbar voando com a brisa, parecendo plenamente uma rainha conquistadora de outro mundo.

— Você vai ficar por *ela*.

Eu não queria que tivesse soado como uma acusação de traição.

— Eu vou ficar por vocês duas — respondeu Toby e, por um momento, eu vi nós dois, ouvi nossa última conversa.

Você tem uma filha.

Eu tenho duas.

— Ela ajudou Blake a te sequestrar — falei, áspera. — Ela me usou... usou todos nós.

— E, quando eu tinha a idade dela — respondeu Toby, abrindo a porta da caminhonete e fazendo um gesto para eu entrar —, matei a irmã da sua mãe.

Eu queria protestar, dizer que ele não tinha começado o incêndio, mesmo que tivesse encharcado a casa de gasolina, mas ele não deixou.

— Hannah achava que eu tinha redenção.

Mesmo depois de tanto tempo, Toby não podia mencionar minha mãe sem se comover.

— Você acha mesmo que ela iria querer que eu abandonasse Eve? — perguntou.

Eu senti um soluço preso em algum lugar.

— Você podia ter me contado — eu disse, minha voz raspando na garganta. — De Blake. Do corpo. Por que estava tão determinado a ficar nas sombras.

Toby levou a mão ao meu rosto, e afastou uma mecha de cabelo da minha têmpora.

— Eu teria feito muitas coisas diferente se pudesse viver essa vida de novo.

Eu pensei no que tinha dito a Jameson sobre destino, predestinação e *escolha*. Eu sabia por que Tobias Hawthorne tinha me escolhido. Eu sabia que aquilo nunca tinha sido por *minha* causa. Mas, diferente de Toby, eu não tinha arrependimentos. Eu teria feito aquilo, tudo aquilo, de novo.

O jogo de Tobias Hawthorne não tinha me tornado extraordinária. Tinha me mostrado que eu já era.

— Eu vou te ver de novo? — perguntei a Toby, minha voz falhando.

— Blake não vai me manter em prisão domiciliar.

Toby esperou que Alisa e Grayson subissem depois de mim, então fechou a porta do lado do carona e contornou para o outro lado da caminhonete. Quando falou de novo, foi do assento do motorista.

— E o Texas, na verdade, não é tão grande, especialmente visto do topo.

Dinheiro. Poder. Status. Meu caminho e o de Vincent Blake provavelmente iriam se cruzar de novo, assim como o meu e de Toby. O meu e de Eve.

— Aqui — disse Toby, e colocou um pequeno cubo de madeira na minha mão antes de dar a partida. — Eu fiz uma coisa pra você, menina terrível.

O apelido quase me desmontou.

— O que é isso?

— Blake não me deu muita coisa para me entreter, só madeira e uma faca.

— E você não usou a faca? — perguntou Grayson ao meu lado.

O tom dele deixou muito claro o tipo de *uso* que ele teria aprovado.

— Você teria usado — argumentou Toby —, se achasse que seu sequestrador poderia atingir Avery?

Toby tinha me protegido. Ele tinha feito algo para mim.

Você tem uma filha.

Eu tenho duas.

Eu baixei os olhos para o cubo de madeira nas minhas mãos, pensando na minha mãe, naquele homem, nas décadas e tragédias e pequenos momentos que tinham levado todos nós até ali.

— Cuide dela — disse Toby a Grayson quando os limites da propriedade de Blake surgiram. — Se cuidem.

A imprensa tinha sido retirada, mas Oren e seus seguranças ainda estavam ali esperando, assim como Jameson Winchester Hawthorne.

Grayson viu o irmão e respondeu pelos dois:

— Vamos cuidar.

416 JENNIFER LYNN BARNES

Capítulo 85

— **O cavaleiro retorna** com a donzela em perigo — declarou Jameson quando me aproximei.

Ele olhou para Grayson.

— Você é a donzela — acrescentou.

— Imaginei — disse Grayson, sem demora.

— O que você está fazendo aqui? — perguntei a Jameson, mas a verdade era que eu não me importava por que ele tinha vindo, apenas que ele estava ali.

Nós tínhamos vencido — depois de tudo, *eu tinha vencido* —, e Jameson era a única pessoa no planeta capaz de entender exatamente e por completo o que eu tinha sentido no momento em que notara que meu plano daria certo.

O barato. A onda. O encanto de adrenalina.

O momento em que a vitória estivera ao meu alcance tinha sido como parar na beira da catarata mais forte do mundo, o rugido do momento bloqueando todo o resto.

Como saltar de um penhasco e descobrir que eu sabia voar.

Como Jameson e eu, e Jameson-e-eu, e eu queria reviver tudo com ele.

— Achei que você precisava de uma carona pra casa — me disse Jameson.

Eu olhei para além dele, esperando ver a McLaren, um dos Bugattis ou o Aston Martin Valkyrie, mas em vez disso meu olhar encontrou um helicóptero, menor do que o que Oren tinha usado para me levar até ali.

— Eu tenho quase certeza de que você não podia aterrissar esse helicóptero ali — disse Grayson ao irmão.

— Sabe o que dizem sobre permissão e perdão? — respondeu Jameson, então voltou a me olhar com uma expressão familiar, igualmente *eu te desafio* e *eu nunca vou te abandonar*. — Quer aprender a voar?

Naquela noite, eu girei nas mãos o cubo que Toby tinha me dado. Arranhei o dedo na borda e notei que era feito de peças interligadas. Trabalhando devagar, resolvi o quebra-cabeça, desmontei o cubo e dispus as peças na minha frente.

Em cada uma, ele tinha entalhado uma palavra.

Eu

Vejo

Muito

Da

Sua

Mãe

Em

Você

E foi então, mais do que no momento em que eu tinha derrotado Blake, que eu soube.

* * *

Na manhã seguinte, antes de todo mundo acordar, eu fui até o salão principal e acendi a lareira gigantesca. Eu podia ter feito aquilo no meu quarto ou em qualquer uma das dezenas de outras lareiras da Casa Hawthorne, mas parecia certo voltar ao cômodo onde o testamento tinha sido lido. Eu quase via os fantasmas ali: todos nós, naquele momento.

Eu, pensando que herdar alguns milhares de dólares mudaria minha vida.

Os Hawthorne, descobrindo que o velho tinha deixado a fortuna para mim.

As chamas aumentavam cada vez mais na lareira e eu olhei para os papéis que tinha na mão: os documentos do fundo que Alisa tinha organizado.

— O que você está fazendo?

Libby, de pantufas em forma de caixão, se aproximou, engolindo um bocejo. Eu levantei os papéis.

— Se eu assinar isso, meus bens vão ficar presos em um fundo, pelo menos por um tempo.

Todo aquele dinheiro. Todo aquele poder.

Libby olhou de mim para a lareira.

— Bem — disse ela, o mais animada que uma pessoa usando uma *outra* camiseta que diz EU COMO QUEM ACORDA CEDO já soou —, o que você está esperando?

Eu baixei os olhos para os documentos, ergui-os para a lareira... e joguei tudo ali. As chamas lamberam as páginas, devorando o juridiquês e, com ele, a opção de delegar o poder e responsabilidade que eu tinha recebido para outras pessoas. Eu sentia algo em mim começar a se soltar, como as pétalas de uma tulipa se abrindo no início do florescimento.

Eu era capaz daquilo.

Eu ia fazer aquilo.

Se o último ano tinha sido algum tipo de teste, eu estava pronta.

Eu comecei a levar o caderno de couro que Grayson tinha me dado para toda parte. Eu não tinha um ano para fazer planos. Tinha dias. E, sim, havia conselheiros financeiros, uma equipe jurídica e um *status quo* com o qual eu podia contar se quisesse ganhar tempo, mas não era isso que eu queria.

Não era o plano.

No fundo, eu sabia o que queria fazer. O que precisava fazer. E todos os advogados, conselheiros financeiros e investidores poderosos do estado do Texas... eles não iam gostar.

Capítulo 86

Na noite mais importante da minha vida, eu estava em frente a um espelho de corpo inteiro, usando um vestido longo vermelho-escuro digno de uma rainha. A cor era insuportavelmente viva, mais escura que um rubi, mas igualmente luminosa. Fios dourados e pedras preciosas delicadas se combinavam para formar veios discretos que subiam sinuosos pela saia rodada. O corpete era simples, ajustado no meu corpo, com mangas vermelhas esvoaçantes e transparentes que beijavam meus pulsos.

No pescoço, eu usava um único diamante em formato de lágrima.

Cinco horas e doze minutos. A ansiedade aumentava dentro de mim. Logo, meu ano na Casa Hawthorne teria terminado.

Nada seria igual novamente.

— Se arrependeu de deixar Xander te convencer a dar essa festa?

Eu me virei do espelho para a porta, onde Jameson estava parado, de smoking branco e colete vermelho, do mesmo tom escuro do meu vestido. O paletó estava desabotoado, a gravata-borboleta preta um pouco torta e um pouco frouxa.

— É difícil me arrepender com um Hawthorne de smoking — falei, um sorriso curvando a boca quando me aproximei dele. — E hoje vai ser meu tipo de festa.

Nós estávamos chamando de Festa da Contagem Regressiva. *Que nem de Réveillon,* Xander tinha dito ao propor o evento, *mas à meia-noite você vira bilionária!*

Jameson estendeu uma das mãos, com a palma para cima. Eu a peguei e nossos dedos se entrelaçaram, a ponta do meu indicador tocando a pequena cicatriz na parte interna do dele.

— Para onde primeiro, Herdeira?

Eu sorri. Diferente do baile introvertido, aquela noite era minha ideia, uma festa rotativa na qual nós passaríamos uma hora em cinco locais diferentes da Casa Hawthorne, fazendo a contagem regressiva para a meia-noite. A lista de convidados era pequena: os de sempre, menos Max, que estava presa na faculdade e participaria por ligação de vídeo no fim da festa.

— O jardim de esculturas.

Os olhos verdes de Jameson estudaram meu rosto.

— E o que faremos no jardim de esculturas? — perguntou, uma quantidade apropriada de suspeita no tom dele.

Eu sorri.

— Adivinha.

— O nome do jogo é pique-molha.

Vestindo um smoking azul-brilhante que parecia pertencer a um tapete vermelho e segurando o que devia ser a maior pistola d'água do mundo, Xander estava realmente em seu habitat.

— O objetivo é: completa dominação aquática — continuou.

Cinco minutos depois, eu me enfiei atrás de uma escultura de bronze de Teseu e o Minotauro. Libby já estava ali, agachada no chão, o vestido vintage dos anos 1950 levantado até as coxas.

— Como você está? — perguntou Libby, mantendo a voz baixa. — Grande noite.

Espiei por trás do Minotauro, então recuei.

— Neste momento, estou sendo *caçada* — falei, e sorri. — Como você está?

— Pronta.

Libby baixou os olhos para os balões d'água que segurava nas mãos e para seu par de tatuagens: SOBREVIVENTE em um pulso, e no outro... CONFIANÇA.

Passos. Eu me preparei no momento em que Nash escalou Teseu e aterrissou entre Libby e eu, segurando o que parecia ser uma pistola d'água *derretida*.

— Jamie e Gray uniram forças. Xander arranjou um lança-chamas. Isso nunca é bom sinal — disse Nash, e olhou para mim. — Você ainda está armada. Ótimo. Controlada e calma, menina. Sem piedade.

Libby se inclinou por trás de Nash para olhar nos meus olhos.

— Lembre — disse ela, o olhar dançando —, não é jogo sujo se você ganhar.

Eu virei a pistola de água para Nash no momento em que ela o acertou com um balão de água.

* * *

Às oito, a festa passou para a parede de escalada. Jameson se arrumava ao meu lado.

— Encharcada e de vestido longo — murmurou ele. — Vai ser um desafio.

Torci o cabelo molhado e respinguei água nele.

— Estou pronta.

Às nove, passamos para a pista de boliche. Às dez, seguimos para a oficina de cerâmica, uma sala com rodas de oleiro e um forno.

Quando deu onze horas e nós passamos pelo labirinto de corredores da Casa Hawthorne até o fliperama, nossos vestidos e smokings tinham sido encharcados, rasgados e sujos de argila. Eu estava exausta, dolorida e preenchida de uma empolgação que desafiava qualquer descrição.

Era isso.

Era *a* noite.

Era tudo.

Era *a gente*.

No fliperama, quatro chefs particulares nos encontraram, cada um com um prato exclusivo para apresentar. *Ensopado de carne em longo cozimento, acompanhado de pãezinhos de porco tão macios que deveriam ser ilegais. Risoto de lagosta.* Os dois primeiros pratos quase me fizeram chorar, e isso antes de eu morder um sushi que parecia uma obra de arte bem quando o último chef pôs fogo na sobremesa.

Eu olhei para Oren. Era ele quem tinha liberado os cozinheiros para entrarem ali naquela noite.

— Você precisa provar isso — eu disse a ele. — Tudo isso.

Observei Oren ceder e provar o pãozinho de porco, e então senti outra pessoa me observando. Grayson estava de smoking prateado com linhas rígidas e angulares, sem gravata-borboleta, a camisa abotoada até o alto.

Eu achei que ele ia manter distância, mas andou até mim, sua expressão atenta.

— Você tem um plano — comentou, em voz baixa, suave e segura.

Meu coração acelerou. Eu não tinha só um plano. Eu tinha O *Plano*.

— Eu o escrevi — disse a Grayson. — E então reescrevi, várias e várias vezes.

Ele era o Hawthorne no qual eu mais tinha pensado enquanto fazia aquilo, aquele cuja reação eu menos podia prever.

— Fico feliz — me disse Grayson, as palavras lentas e deliberadas — por ter sido você.

Ele deu um passo para trás, abrindo caminho para Jameson deslizar para o meu lado.

— Você já decidiu — me perguntou Jameson — que sala vai acrescentar à Casa Hawthorne esse ano?

Eu me perguntei se ele sentia minha ansiedade, se ele tinha alguma ideia de *para o que* estávamos fazendo contagem regressiva.

— Eu tomei muitas decisões — eu disse.

Alisa ainda não tinha chegado, mas ela logo estaria ali.

— Se você estiver planejando construir uma corrida de obstáculos que desafie a morte no lado sul do bosque Black Wood — disse Xander, saltitando, em êxtase após uma vitória no skee-ball —, conte comigo! Eu tenho uma dica de onde arranjar uma gangorra de dois andares por um preço razoável.

Eu sorri.

— O que você faria — perguntei a Jameson — se fosse acrescentar uma sala?

Jameson puxou meu corpo contra o dele.

— Centro de paraquedismo, acessível por uma passagem secreta na base da parede de escalada. Quatro andares de altura, parece só outra torre pelo lado de fora.

— Fala sério — disse Thea, que apareceu segurando um taco de sinuca. Ela usava um vestido longo e prateado que deixava faixas largas de pele bronzeada à mostra e cuja fenda ia até a coxa. — A resposta correta é obviamente *salão de baile*.

— O hall tem o tamanho de um salão de baile — apontei. — Tenho certeza de que é usado assim há décadas.

— E ainda assim — retrucou Thea — segue *não sendo um salão de baile*

Então se virou de volta para a mesa de sinuca, onde ela e Rebecca estavam enfrentando Libby e Nash. Bex se debruçou na mesa, mirando o que parecia ser uma tacada impossível, o smoking de veludo verde se apertando contra o peito, cabelo vermelho-escuro penteado para um lado e caindo no rosto.

O mundo tinha aceitado minha versão da morte de Will Blake. A culpa tinha ficado totalmente em cima de Tobias Hawthorne. Mas, quando Toby tinha reaparecido, milagrosamente vivo, e anunciado que ia mudar seu nome para Tobias Blake, a imprensa não levara muito tempo para descobrir que ele era filho de Will, ou para começar a especular a respeito de quem era a mãe biológica de Toby.

Rebecca tinha deixado claro que ainda não se arrependia de ter aberto o jogo.

Ela deu a tacada e Thea caminhou de volta até ela, lançando a Nash um olhar de conquista.

—Ainda confiante, caubói?

426   **JENNIFER LYNN BARNES**

— Sempre — retrucou Nash.

— Isso — disse Libby, encontrando o olhar dele — é um eufemismo.

Nash abriu um sorriso.

— Com sede? — perguntou pra minha irmã.

Libby cutucou o peito dele.

— Tem um chapéu de caubói na geladeira, não tem?

Ela olhou para os pulsos, então andou até a geladeira e pegou um refrigerante cor-de-rosa e um chapéu de caubói de veludo preto.

— Eu uso isso — disse ela a Nash — se *você* pintar as unhas de preto.

Nash deu a ela o que só poderia ser descrito como um *sorriso de caubói*.

— Das mãos ou dos pés?

Um chorinho atrás de mim me fez virar para a porta. Alisa estava ali, segurando um filhote bem agitado.

— Eu a encontrei na galeria — me informou ela, seca. — Latindo para um Monet.

Xander pegou o cachorrinho e a ergueu, murmurando para ela.

— Sem comer Monets — falou com voz de bebê. — Tiramisu feia.

Ele deu a ela o maior e mais tonto sorriso do mundo.

— Cachorro feio — continuou. — Só por causa disso... você precisa fazer carinho em Grayson.

Xander jogou o filhote no irmão.

— Você está pronta pra isso? — perguntou Alisa ao meu lado enquanto Grayson deixava o filhote lamber o nariz dele e desafiava os irmãos para uma rodada de pinball segurando-o-cachorrinho.

— O máximo que vou ficar.

Trinta minutos. Vinte. Dez. Nenhuma quantidade de vitórias ou perdas em sinuca, *air hockey* nem pebolim, nenhuma quantidade de pinball com cachorrinho nem de tentar bater o recorde em dezenas de jogos de fliperama podia me distrair de como o relógio avançava.

Três minutos.

— O truque para uma boa cara de blefe — murmurou Jameson — não é deixar o rosto imóvel. É pensar em outra coisa em vez das cartas, a mesma coisa o tempo todo.

Jameson Winchester Hawthorne me ofereceu a mão e, pela segunda vez naquela noite, eu a peguei. Ele me puxou para uma dança lenta, do tipo que não precisava de música.

— Você está fazendo sua cara de blefe, Herdeira.

Eu pensei em voar por uma pista de corrida, parar na beira do telhado, andar na garupa da moto dele, dançar descalça na praia.

— Duto — eu disse.

James arqueou uma sobrancelha.

— Tipo de água?

— É seu anagrama — eu disse a ele — para *tudo*.

Meu celular tocou antes que ele pudesse responder, era uma chamada em vídeo de Max. Eu atendi.

— Cheguei na hora pra contagem regressiva? — perguntou, gritando por cima do que parecia ser uma música muito alta.

— Você está com seu champanhe? — perguntei.

Ela ergueu uma taça. Bem na hora, Alisa apareceu ao meu lado segurando uma bandeja da mesma coisa. Eu peguei uma taça e olhei nos olhos dela. *Quase na hora.*

— Piotr — disse Max, séria — se recusa totalmente a aceitar uma taça no serviço. Porém, ele escolheu uma música tema. Eu o ameacei com musicais.

— Essa é a minha garota! — gritou Xander.

— Mulher — corrigiu Max.

— Essa é a minha mulher! De uma forma totalmente não possessiva e absolutamente não patriarcal!

Max ergueu sua taça para brindá-lo.

— Do baralho.

— Está na hora.

Jameson apareceu ao meu lado de novo. Eu me encostei nele enquanto os outros se reuniam ao meu redor.

— Dez... Nove... Oito...

Jameson, Grayson, Xander e Nash.

Libby, Thea e Rebecca.

Eu.

Alisa ergueu uma taça de champanhe, mas ficou afastada do grupo. Ela era a única que sabia o que estava prestes a acontecer.

— Três...

— Dois...

— Um.

— Feliz ano-novo! — gritou Xander.

No momento seguinte, tinha confete voando por toda parte. Eu não fazia ideia de onde Xander tinha arranjado confete, mas ele continuou a jogá-lo pro alto, aparentemente do nada.

— Feliz vida nova — corrigiu Jameson.

Ele me beijou como se fosse noite de ano-novo, e eu aproveitei.

Eu tinha sobrevivido a um ano na Casa Hawthorne. Eu tinha completado as condições do testamento de Tobias

Hawthorne. Eu era uma bilionária. Uma das pessoas mais ricas e poderosas do planeta.

E eu tinha *O Plano*.

— Posso? — me perguntou Alisa.

Nash estreitou os olhos. Ele a conhecia e isso significava que sabia muito bem quando ela estava aprontando alguma coisa.

— Pode — eu disse a Alisa.

Ela ligou a televisão de tela plana e colocou em um canal financeiro. Levou um ou dois minutos, mas então o aviso de URGENTE apareceu na tela.

— Precisamente que tipo de urgência? — me perguntou Grayson.

Deixei que o repórter respondesse por mim.

— Nós acabamos de receber a notícia de que a herdeira Hawthorne, Avery Grambs, herdou oficialmente os bilhões deixados a ela pelo falecido Tobias Hawthorne. Descontados impostos e levando em conta a inflação do último ano, o valor atual da herança é estimado em mais de trinta bilhões de dólares. A srta. Grambs anunciou que...

O repórter se interrompeu, as palavras morrendo na garganta.

Pela segunda vez na minha vida, eu senti todos os olhos de uma sala se virarem para mim. Havia uma simetria estranha entre aquele momento e o momento logo antes do sr. Ortega ler os termos finais do testamento de Tobias Hawthorne.

—A srta. Grambs anunciou — tentou o repórter de novo, com a voz esganiçada — que, valendo a partir da meia-noite, ela assinou documentos transferindo noventa e quatro por cento da sua herança para um fundo beneficente que será totalmente distribuído nos próximos cinco anos.

Estava feito. Era oficial. Eu não podia desfazer, mesmo que quisesse.

Thea foi a primeira a quebrar o silêncio.

— Que raios?

Nash se virou para a ex-noiva.

— Você a ajudou a doar todo esse dinheiro?

Alisa ergueu o queixo.

— Os sócios da firma nem sabem.

Nash soltou uma risada baixa.

— Você vai ser despedida, sem dúvida.

Alisa sorriu, não o sorriso tenso e profissional que normalmente usava, mas um de verdade.

— Segurança profissional não é tudo — disse ela, e deu de ombros. — E acontece que eu aceitei uma nova vaga em um fundo beneficente.

Eu não conseguia olhar para Jameson. Nem Grayson. Nem mesmo Xander ou Nash. Eu não tinha pedido a permissão deles. Eu também não ia pedir perdão. Em vez disso, ergui o queixo, como Alisa tinha feito.

— Logo mais todos vocês receberão convites para se juntarem ao comitê da Fundação Hannah Igual Para a Frente e Para Trás.

Silêncio.

Dessa vez, foi Grayson quem o quebrou.

— Você quer que a gente te ajude a doar tudo?

Eu olhei nos olhos dele.

— Eu quero que vocês me ajudem a encontrar as melhores ideias e as melhores pessoas para determinar como doar tudo.

Libby franziu o cenho.

— E a Fundação Hawthorne?

Além da fortuna de Tobias Hawthorne, eu também tinha herdado o controle de seu empreendimento beneficente.

— Zara concordou em continuar por mais alguns anos enquanto eu estiver ocupada de outras maneiras — respondi.

A Fundação Hawthorne tinha seu próprio regimento, que colocava uma porcentagem mínima e máxima de bens que podiam ser doados por ano. Eu não podia esvaziá-la, mas podia garantir que minha fundação tivesse regras diferentes.

Que minha herança não fosse ficar *separada* para a caridade por muito tempo.

Sorrindo, eu passei uma folha de papel para Libby.

— O que é isso? — perguntou ela.

— Informação de acesso para cerca de dez sites diferentes nos quais eu te inscrevi — eu disse a ela. — Ajuda mútua, no geral, e microempréstimos para mulheres empreendedoras em países em desenvolvimento. A nova fundação vai cuidar das doações oficiais, mas nós duas sabemos como é precisar de ajuda e não ter para onde ir. Eu separei dez milhões por ano para você, para isso.

Antes que ela pudesse responder, joguei algo para Nash. Ele pegou, então examinou o que eu tinha jogado. *Chaves.*

— O que é isso? — perguntou, seu sotaque forte com a graça que estava achando naquela reviravolta.

— Isso — eu disse a ele — são as chaves para o novo food truck de cupcakes da minha irmã.

Libby me encarou, arregalando os olhos, boquiaberta.

— Eu não posso aceitar isso, Ave.

— Eu sei — falei, sorrindo. — É por isso que dei as chaves para Nash.

Antes que eu pudesse dizer qualquer outra coisa, Jameson entrou na minha frente.

— Você vai doar — disse, a expressão dele tão misteriosa para mim quanto tinha sido no dia em que nos conhecemos — quase tudo que o velho deixou para você, tudo que ele *escolheu* para você...

— Eu vou manter a Casa Hawthorne — eu disse a ele.

— E dinheiro mais do que suficiente para mantê-la. Talvez eu até mantenha uma ou duas casas de férias, depois de visitar todas elas.

Depois de *nós* visitarmos todas elas.

— Se Tobias Hawthorne estivesse aqui — declarou Thea —, ele ia *ficar doido.*

Todo aquele dinheiro. Todo aquele poder. Dispersado, de forma que nenhuma pessoa pudesse controlá-lo de novo.

— Eu acho que isso é o que acontece — disse Jameson, sem nunca desviar o olhar do meu, a boca curvada em um sorriso — quando você faz uma aposta muito arriscada.

UM ANO DEPOIS...

— **Eu estou aqui** hoje com Avery Grambs. Herdeira. Filantropa. Ela mudou o mundo... e tem só dezenove anos. Avery, nos conte, como é estar na sua posição com tão pouca idade?

Eu tinha me preparado para aquela pergunta e para toda pergunta que a entrevistadora pudesse fazer. Ela era a única para quem eu tinha dado uma entrevista no ano anterior, uma magnata da mídia cujo nome era sinônimo de esperteza e sucesso. E, mais importante, ela mesma era uma humanitária.

— Divertido? — respondi e ela riu. — Eu não quero soar modesta — falei, projetando a sinceridade que sentia. — Estou ciente de que sou basicamente a pessoa mais sortuda do mundo.

Landon tinha me dito que a arte de uma entrevista como aquela — íntima, muito aguardada, com uma entrevistadora que era um atrativo quase tão grande quanto eu — era fazer tudo soar como uma conversa, fazer o público sentir que éramos só duas mulheres conversando. Honestas. Abertas.

— E a questão — continuei, o encanto na minha voz ecoando pela sala da Casa Hawthorne onde a entrevista estava acontecendo — é que nunca fica normal. Você nunca se acostuma.

Ali naquela sala, que a equipe tinha passado a chamar de A Toca, era fácil se sentir encantada. A Toca era pequena, pelos padrões da Casa Hawthorne, mas cada aspecto dela, do chão de madeira reutilizada às poltronas de leitura ridiculamente confortáveis, tinha minha marca.

— Você pode ir para qualquer lugar — disse a entrevistadora, discretamente combinando com o encanto na minha voz. — Fazer qualquer coisa.

— E eu fiz — eu disse.

Estantes embutidas forravam as paredes da Toca. Em cada lugar que eu fora, eu tinha achado um souvenir, uma lembrança da aventura que eu tinha vivido ali. Arte, um livro na língua local, uma pedra do chão, algo que tinha me tocado.

— Você foi a todo lugar, fez todas as coisas... — disse a entrevistadora, com um sorriso sabido. — Com Jameson Hawthorne.

Jameson Winchester Hawthorne.

— Você está sorrindo — me disse ela.

— Você também iria sorrir — respondi — se conhecesse Jameson.

Ele seguia exatamente como sempre tinha sido, buscando emoção, perseguindo sensações, assumindo riscos... e muito mais que isso.

— Como ele reagiu quando descobriu que você iria doar uma parte tão grande da fortuna da família?

— Ele ficou chocado no início — eu admiti. — Mas, depois, se tornou um jogo... para todos eles.

— Todos os Hawthorne?

Eu tentei *não* dar um sorriso grande demais.

— Todos os meninos.

— Os meninos, ou seja, os irmãos Hawthorne. Metade do mundo está apaixonada por eles, agora mais do que nunca.

Não era uma pergunta, então eu não respondi.

— Você disse que, depois que o choque da sua decisão passou, doar o dinheiro se tornou um jogo para os irmãos Hawthorne?

Tudo é um jogo, Avery Grambs. A única coisa que podemos decidir nessa vida é se jogamos para ganhar.

— Estamos em uma corrida contra o tempo para encontrar as causas e as organizações certas para doar o dinheiro — expliquei.

— Você criou sua fundação com o requisito de que todo o dinheiro tinha que ser doado em cinco anos. Por quê?

Essa pergunta era mais fácil do que ela pensava.

— Grandes mudanças exigem grandes ações — eu disse. — Acumular o dinheiro e distribuí-lo lentamente ao longo do tempo nunca pareceu a direção certa.

— Então *você* abriu o espaço para os especialistas.

— Especialistas — confirmei. — Acadêmicos, pessoas com os pés no chão, e mesmo só pessoas com grandes ideias. Nós abrimos inscrições para vagas no comitê, e agora somos mais de cem trabalhando na fundação. Nossa equipe inclui de ganhadores do Nobel e do prêmio MacArthur a líderes humanitários, profissionais médicos, sobreviventes de violência doméstica, pessoas encarceradas e uma dúzia de ativistas com menos de dezoito anos. Juntos, nós trabalhamos para gerar e avaliar planos de ação.

— E analisar propostas — disse a entrevistadora, mantendo o mesmo tom pensativo. — Qualquer um pode enviar uma proposta para a Fundação Hannah Igual Para a Frente e Para Trás?

— Qualquer um — confirmei. — Nós queremos as melhores ideias e as melhores pessoas. Você pode ser qualquer um, vindo de qualquer lugar. Você pode sentir que não é ninguém. Nós queremos ouvir você.

— De onde você tirou o nome da fundação?

Eu pensei em Toby, na minha mãe.

— Isso — eu disse ao mundo todo que estava assistindo — é um mistério.

— E falando em mistérios... — A mudança no tom me sugeriu que estávamos prestes a falar sério. — Por quê?

A entrevistadora deixou a pergunta no ar e então continuou:

— Por que, tendo recebido uma das maiores fortunas do mundo, você escolheu doar quase tudo? Você é uma santa?

Eu dei uma risada de desdém, o que provavelmente não pegava bem na frente de milhões de espectadores, mas não consegui me conter.

— Se eu fosse uma santa — falei —, você acha mesmo que eu teria guardado *dois bilhões de dólares* para mim?

Eu sacudi a cabeça, meu cabelo escapando de trás dos ombros.

— Você entende quanto dinheiro é isso? — insisti.

Eu não estava sendo hostil, e esperava que meu tom deixasse isso claro.

— Eu poderia gastar cem milhões de dólares por ano — expliquei —, todo ano, pelo resto da minha vida, e ainda existiria uma boa chance de que eu teria mais dinheiro quando morresse do que tenho agora.

Dinheiro gerava dinheiro, e quanto mais se tinha, maior a taxa de retorno.

— E, francamente — falei —, eu não *posso* gastar cem milhões de dólares por ano. Literalmente não consigo! Então, não. Eu não sou uma santa. Se pensar com cuidado, eu sou bem egoísta.

— Egoísta — repetiu ela. — Por doar vinte e oito bilhões de dólares? Noventa e quatro por cento de todos os seus bens, e você acha que as pessoas deveriam perguntar por que você não fez mais?

— Por que não? Alguém me disse uma vez que a questão de fortunas como essa, em certo ponto, não é mais o dinheiro, porque não dá para gastar bilhões nem se tentasse. É o poder — falei, e baixei os olhos. — E eu só não acho que alguém deveria ter tanto poder assim. Eu certamente não deveria.

Eu me perguntei se Vincent Blake estava assistindo, ou Eve, ou qualquer um dos poderosos que eu tinha conhecido desde que havia herdado.

— E a família Hawthorne está mesmo bem com isso? — perguntou a entrevistadora.

Ela também não estava sendo hostil. Só curiosa e profundamente empática.

— Os meninos? — insistiu. — Grayson Hawthorne abandonou Harvard. Jameson Hawthorne teve problemas com a lei em pelo menos três continentes diferentes nos últimos seis meses. E foi dito recentemente que Xander Hawthorne está trabalhando como mecânico.

Xander estava trabalhando com Isaiah, tanto na oficina dele quanto em várias novas tecnologias com as quais eles estavam *muito* animados. Grayson tinha saído de Harvard para colocar toda a força da sua mente no projeto de doar o dinheiro. E o único motivo para Jameson ter sido preso, ou *quase* preso, tantas vezes era que ele não conseguia recusar um desafio.

438 JENNIFER LYNN BARNES

Especificamente os meus.

O único motivo para *eu* não ter manchetes parecidas é que eu era melhor em não ser pega.

— Você esqueceu de Nash — eu disse, à vontade. — Ele é barman e trabalha experimentando cupcakes nos fins de semana.

Eu estava sorrindo, emanando o tipo de contentamento — sem falar divertimento — que uma pessoa não podia fingir. Os irmãos Hawthorne não estavam, como ela tinha sugerido, perdidos. Eles estavam, todos eles, exatamente onde deveriam estar.

Eles tinham sido esculpidos por Tobias Hawthorne, formados e forjados pelas mãos do bilionário. Eles eram extraordinários e, pela primeira vez na vida, não estavam vivendo sob os pesos de suas expectativas.

A entrevistadora notou meu sorriso e mudou de assunto, de leve.

— Você tem algum comentário a respeito dos boatos de que Nash Hawthorne está noivo da sua irmã?

— Eu não presto muita atenção em boatos — consegui dizer com seriedade.

— Qual seu próximo passo, Avery? Como você mesma apontou, você ainda tem uma enorme fortuna. Algum plano?

— Viajar — respondi imediatamente.

Nas paredes a nossa volta havia pelo menos trinta souvenires, mas havia ainda muitos lugares onde eu não tinha estado.

Lugares onde Jameson ainda não tinha aceitado um desafio duvidoso.

Lugares onde poderíamos voar.

— E — continuei —, depois de um ano ou dois, eu vou me matricular em ciências atuariais na Universidade do Connecticut.

— Ciências atuariais? — perguntou ela, as sobrancelhas arqueadas. — Na Universidade do Connecticut?

— Análise de risco estatístico — eu disse.

Havia pessoas no mundo que construíam modelos e algoritmos cujos conselhos meus consultores financeiros ouviam. Eu tinha muito a aprender antes de começar a gerenciar os riscos sozinha.

E, além disso, no momento em que eu falara da Universidade do Connecticut, Jameson tinha começado a falar de Yale. *Você acha que aquelas sociedades secretas precisam de um Hawthorne?*

— Certo, viagem. Faculdade. O que mais?

A entrevistadora sorriu. Ela estava se divertindo.

— Você deve ter planos para algo divertido — continuou. — Essa foi a maior história de Cinderela do mundo. Nos dê só um gostinho do tipo de extravagância com a qual a maioria das pessoas só pode sonhar.

As pessoas assistindo provavelmente esperavam que eu falasse de iates, joias ou aviões particulares — ilhas particulares até. Mas eu tinha outros planos.

— Na verdade — falei, bem ciente da mudança no meu tom conforme a animação crescia dentro de mim —, eu tenho, sim, uma ideia divertida.

Era o motivo para eu ter concordado com a entrevista. Sutilmente, eu abaixei a mão na lateral da poltrona, onde eu tinha guardado um cartão dourado gravado com um desenho complicado.

— Eu já te disse que seria difícil gastar todo o dinheiro que dois bilhões de dólares geram em um ano — falei —, mas o que eu não contei é que não tenho a intenção de aumentar minha fortuna. Todo ano, depois de orçar meus gastos, analisar qualquer mudança no meu patrimônio e calcular a diferença, eu vou separar o restante para a doação.

— Mais doações beneficentes?

— Eu tenho certeza de que haverá muito mais trabalho beneficente no meu futuro, mas isso é por diversão.

Não tinha muita coisa que eu queria comprar. Eu queria experiências. Eu queria continuar aumentando a Casa Hawthorne, mantê-la e garantir que a equipe se mantivesse empregada. Eu queria garantir que nunca faltasse nada a ninguém que eu amo.

E eu queria *isso*.

— Tobias Hawthorne não era um homem bom — falei, séria —, mas ele tinha um lado humano. Ele amava quebra-cabeças, charadas e jogos. Todo sábado de manhã, ele apresentava um desafio para os netos, pistas a serem decifradas, conexões a serem feitas, um quebra-cabeça complicado e cheio de etapas para ser resolvido. O jogo levava os meninos por toda a Casa Hawthorne.

Eu os imaginava na infância tão facilmente quanto conseguia imaginá-los agora. *Jameson. Grayson. Xander. Nash.* Tobias Hawthorne tinha sido um homem difícil. Ele jogava para vencer, passava de limites que nunca deveria passar, esperava perfeição.

Mas os jogos? Os que os meninos jogaram quando eram menores, os que *eu* tinha jogado? Esses jogos não tinham nos *tornado* extraordinários.

Eles mostraram que nós já éramos.

— Se tem uma coisa que os Hawthorne me ensinaram —
eu disse — é que eu gosto de um desafio. Eu gosto de *jogar*.

Como Jameson tinha dito uma vez, sempre haveria mais
mistérios para resolver, mas eu sabia, bem no fundo, que tínhamos jogado o último jogo do velho.

Então eu estava planejando um jogo todo meu.

— Todo ano, eu vou organizar um concurso, com um
prêmio significativo em dinheiro, do tipo que muda vidas.
Alguns anos, o jogo será aberto ao público em geral. Em outros... bem, talvez você se veja recebendo o convite mais exclusivo do mundo.

Não era o jeito mais responsável de gastar dinheiro,
mas, depois que eu tivera a ideia, não conseguia abandoná-la,
e, depois que mencionara para Jameson, não tinha como
voltar atrás.

— Esse jogo — disse a entrevistadora, com os olhos atentos. — Esses quebra-cabeças. Você vai criá-los?

Eu sorri.

— Eu terei ajuda.

Não só dos meninos. Alisa às vezes participava dos jogos
de Tobias Hawthorne quando era menor. Oren estava cuidando da logística. Rebecca e Thea, quando juntas, eram
completamente *diabólicas* nas contribuições para o que eu
vinha chamado de *O Maior Jogo*.

— Quando o primeiro jogo vai começar? — perguntou a
mulher na minha frente.

Era a pergunta pela qual eu estava esperando. Ergui o
cartão dourado e o mostrei para a câmera, com o desenho
virado para o lado de fora.

— O jogo — eu disse, minha voz cheia de promessa —
começa agora.

AGRADECIMENTOS

Quando escrevi *Jogos de herança* e *O herdeiro perdido*, eu não tinha certeza de que encontrariam um público grande o suficiente para justificar um terceiro livro. Eu tinha esperado e planejado — PLANEJADO MUITO — poder compartilhar as reviravoltas que eu sabia que aguardavam Avery, mas *A aposta final* só existe pelo apoio incrível que os primeiros dois livros receberam do meu time editorial, livreiros, bibliotecários e leitores. Sou realmente grata por todo mundo que tornou essa livro possível.

Minha editora, Lisa Yoskowitz, advogou incansavelmente por esses livros desde o momento em que leu *Jogos de herança*. É difícil descrever o quanto os insights editoriais dela foram valorosos. Muitas partes de *A aposta final* são resultado direto dos incríveis instintos de Lisa sobre o que uma história precisa, e as habilidades dela me inspiram a fazer tudo o que posso para levar os personagens, a narrativa e o mundo a outro patamar. Além disso, por mais grata que eu seja pela nossa parceria criativa, sou igualmente agradecida pela graça, compreensão e suporte que Lisa oferece em cada etapa do processo editorial. Escrevi este livro durante o primeiro ano do meu bebê, no meio da pandemia, enquanto lidava com ajuda inconstante para cuidar dele. Lisa, eu não teria conseguido sem você!

Minha agente, Elizabeth Harding, tem sido uma campeã para os meus livros desde que eu mal tinha saído da adolescência. Dezoito anos e vinte e três livros depois, sou muito grata por tudo que ela fez e continua a fazer por mim e meus livros. Elizabeth, trabalhar com você é uma alegria!

Devo muita gratidão ao meu time maravilhoso da Little, Brown for Young Readers. Sou maravilhada com a criatividade, visão e trabalho que foram empregados para levar essa série a tantas mãos! Obrigada para a designer da capa original, Karina Granda, e a artista Katt Phatt, por criarem uma capa tão linda para *A aposta final*. Vocês capturaram o livro perfeitamente e o resultado não poderia ter sido nada além de estonteante! Outro grande obrigada para a estrela de produção Marisa Finkelstein, que operou mágica com o cronograma para me dar tanto tempo com o livro quanto possível. Marisa, agradeço muito por todo o trabalho que você fez para que o livro tivesse o que precisava e quando precisava — e em um prazo apertado, uau!

Obrigada também a Megan Tingley e Jackie Engel pelo incrível apoio à série. A Shawn Foster, Danielle Cantarella, Celeste Risko, Anna Herling, Katie Tucker, Claire Gamble, Leah CollinsLipsett e Karen Torres por colocar esse livro na frente dos leitores em *todos os lugares*. A Victoria Stapleton, Christie Michel e Amber Mercado por tudo o que fizeram para conectar bibliotecas e leitores à série. A Cheryl Lew, Savannah Kennelly, Emilie Polster e Bill Grace por fazer e manter esses livros visíveis por tanto tempo. A Virginia Lawther, Olivia Davis, Jody Corbett, Barbara Bakowski e Erin Slonaker em sua ajuda para tornar *A aposta final* pronto para os leitores. A Caitlyn Averett pela ajuda em cada etapa do processo. A Lisa Cahn e Christie Moreau pelo trabalho nos audiolivros da série. E a Janelle DeLuise e Hannah Koerner por encontrarem uma casa tão fantástica para a série no Reino Unido! Obrigada também ao meu time editorial britânico na Penguin Random House, especialmente Anthea Townsend, Phoebe Williams, Jane Griffiths e Kat McKenna.

Minha equipe incrível na Curtis Brown tem feito mais pela série Jogos de Herança do que eu jamais imaginei ser possível! Um obrigada gigante a Sarah Perillo, por ajudar a levar Jogos de Herança para leitores no mundo todo, e a Holly Frederick por fazer sua magia na parte de televisão! Sou também muito agradecida pela ajuda de Mahalaleel M. Clintom, Michaela Glover e Maddie Tavis.

Eu quis ser escritora desde os cinco anos de idade, e uma das coisas mais legais de viver esse sonho tem sido me tornar parte de uma comunidade incrível de autores de livros para jovens. Obrigada a Ally Carter, Maureen Johnsson, E. Lockart e Karen M. McManus, por serem parceiros de conversas deliciosas nos eventos virtuais que ajudaram a lançar essa série. Rachel Vincent está sempre lá quando preciso falar sobre alguma parte do livro que não consigo resolver, e sou muito grata pelos nossos dias de escrita semanais! Obrigada também aos meus outros amigos autores; faz muito tempo desde que vi muitos de vocês pessoalmente, mas vocês são o motivo de a comunidade que encontrei parecer um lar.

Finalmente, obrigada a minha família. Por anos, enquanto eu conciliava um trabalho que demandava muito, a escrita e ser mãe de três filhos, as pessoas se perguntavam, *Como você dá conta de tudo?* E a resposta sempre foi *Eu não faço tudo sozinha, tenho muita ajuda e apoio.* Obrigada aos meus pais por serem os melhores que alguém poderia pedir. Eles são meus maiores fãs, uma fonte inesgotável de apoio, aqueles que entrariam em um carro e dirigiriam por duas horas para olharem meus filhos e me trazerem comida quando o dia simplesmente não tinha horas suficiente. Meu pai, Bill Barnes, também ajudou a revisar esse livro, e meus pais me ajudaram a criar o mundo em que os Hawthorne vivem respondendo a diversas perguntas dos mais variados assuntos!

Obrigada ao meu marido, Anthony, que é um parceiro em todos os sentidos da palavra. Não consigo imaginar um marido ou pai melhor, e sou muito grata por tudo o que você faz. Por último, obrigada aos meus três filhinhos, o mais velho tendo cinco anos quando comecei a escrever esse livro, pelos aconchegos, aprenderem a entreter a si mesmos de vez em quando e por trazerem tanta alegria para a minha vida.